Schwammerlsaison

Wolfgang Pesec wurde in Graz geboren. Zwei Jahre später betrat der erste Mensch den Mond. Nach seinem Gymnasialabschluss studierte er in seiner Heimat Wirtschaftsingenieurwesen/Bauwesen. Danach arbeitete er als Universitätsassistent, ehe er bei einem Unternehmen in den weltweiten Vertrieb wechselte.

WOLFGANG PESEC

Schwammerlsaison

KRIMINALROMAN

emons:

Bibliografische Information der Deutschen Nationalbibliothek
Die Deutsche Nationalbibliothek verzeichnet diese Publikation in der Deutschen Nationalbibliografie; detaillierte bibliografische Daten sind im Internet über http://dnb.d-nb.de abrufbar.

MIX
Papier aus verantwortungsvollen Quellen
FSC® C083411

Umschlagmotiv: shutterstock.com/Natasha Breen
Umschlaggestaltung: Tobias Doetsch
Gestaltung Innenteil: César Satz & Grafik GmbH, Köln
Lektorat: Uta Rupprecht
Druck und Bindung: CPI – Clausen & Bosse, Leck
Printed in Germany 2015
ISBN 978-3-95451-667-4
Originalausgabe

Der Tod ist erst der Anfang von allem Übel
und das Leben alles andere, nur nicht sein Ende.
Peter Rudl, deutscher Aphoristiker

Der Tod ist erst der Anfang meiner täglichen Arbeit
und diesen Sommer nimmt sie scheinbar kein Ende.
Dr. Schneider, Grazer Gerichtspathologe

1

Wunderbar friedlich breitet sich das weststeirische Hügelland unter ihm aus. Trotz vereinzelter Nebelschwaden ist die Luft unglaublich klar. Den Pachern kennt er, den Hausberg der Marburger. Im Winter sieht man die Lichter der Flutlichtpisten sogar von hier oben. Und Slowenien kommt einem an einem Morgen wie diesem wirklich nur einen Steinwurf entfernt vor. Es ist noch gar nicht so lange her, da hat er sich wegen dieser Nähe Sorgen gemacht. Den Krieg unmittelbar vor der eigenen Haustür hat ja keiner gerne, und schon gar nicht, wenn die da drüben richtige Flugzeuge haben. Bei uns gab es damals bloß ein paar alte Saab, die aufs Verschrotten gewartet haben. Einmal hat sich sogar eine MIG über Graz verirrt. Aber bevor auch nur einer den Zündschlüssel von einem Abfangjäger hat umdrehen können, war sie schon wieder über der Grenze. Wenn er sich recht erinnert, dann liegt das jetzt auch schon wieder zwanzig Jahre zurück. Schon so lange? Wie schnell doch die Zeit vergeht.

Bevor er in sein Schwammerlrevier fährt, machte er hier jedes Mal für ein Weilchen halt. Ein lieb gewonnenes Ritual. Die Holzbank, auf der er sitzt, ist noch immer feucht vom Morgennebel. Das stört ihn aber kaum. Er ist für den Wald und praktisch jedes Wetter gerüstet. Eigentlich sollte er langsam aufbrechen, aber ein paar Minuten gönnt er sich noch. Die Schwammerl werden ihm nicht weglaufen.

Zu schön ist es hier. Das Schattenspiel der unzähligen Hügel hat es ihm besonders angetan. Hügel, die sich, einer nach dem anderen, bis hin zum fernen Horizont erstrecken. Und wie friedlich es ist. Es kommt ihm vor, als würde er das Auenland überblicken. Die Weststeiermark erinnert ihn nicht erst seit heute an »Der Herr der Ringe«. Wendet er seinen Blick ein wenig weiter nach rechts in Richtung Koralm und den Großen Speik, und noch ein wenig weiter bis zum Reinischkogel, dann ist der Gebirgszug vielleicht nicht ganz so schroff und unheimlich, aber doch Tolkiens Nebelgebirge gar nicht so unähnlich.

Er blickt nach oben und sieht den Raubvogel, noch ehe er ihn kreischen hört. Weit über ihm zieht er langsam seine Kreise. Unermüdlich. Sieht aus, als würde sich der Vogel dabei gar nicht anstrengen. Er kann keinen Flügelschlag erkennen. Nur die stillen, immer gleichen Kreise. Ja, wirklich schön ist es hier. Er liebt diese Morgenstunden. Das Södingtal liegt verschlafen zu seinen Füßen. Zwar kann er den fernen Pendlerverkehr hören, der sich in einer endlosen Schlange hinein nach Graz wälzt, aber das stört ihn nicht. Schon bald wird ihn die Stille des Waldes wie ein Mantel umhüllen.

Seine Frau hat ihm eine Jause eingepackt. Eine Thermoskanne mit frisch gekochtem Kaffee sollte auch irgendwo im Rucksack stecken. Lieb ist sie schon, die Frau. Hat immer alles akzeptiert, was er – und noch weniger sie – ohnehin nicht hatten ändern können. In seinem ehemaligen Beruf als Politiker gab es nun einmal keine geregelten Arbeitszeiten. Auf die diversen Zeltfeste hatte sie ihn anfangs zwar begleitet, später aber immer weniger. Warum auch. Schön aussehen und nur danebenstehen ist schließlich auch keine Profession. Und die Horden von Besoffenen dort, die waren ja ein Kapitel für sich. Erst verhalten fröhlich, dann wirklich lustig, später manchmal ein wenig sentimental und am Schluss garstig und aggressiv. Das ist nun alles vorbei, Gott sei Dank! Er ist in Pension.

Für viele ein Schreckgespenst, für manche ein Lichtblick, für ihn eindeutig eine Erlösung. Wenn man in die Jahre kommt, dann braucht man einen stressfreien Schlaf. Und irgendwann ist man das gezwungene Mitfeiern, das Händeschütteln und das Kinderwangenzwicken auch leid.

Ob das alles stimmenmäßig etwas gebracht hat, kann er gar nicht sagen.

Ist auch egal.

Schluss jetzt mit dem Gegrübel. Er muss allmählich aufbrechen, sonst schneidet ihm die Konkurrenz die Pilze noch weg. Er hasst es, wenn er auf dem moosigen Waldboden über Spuren frisch geernteter Schwammerl stolpert. »Wärst eben früher aufgestanden«, hört er dann die Stimme seiner Frau. »Wär ich, hätt ich, tät ich.« Ist schon recht, meine Liebe.

Gestern hat es praktisch den ganzen Vormittag genieselt, ehe sich nachmittags eine heiße Sonne aus den Wolken hervorgekämpft hat. Perfektes Wetter für eine reiche Ernte.

Seine Frau rechnet fest mit ihm. Eierschwammerlgulasch mit Semmelknödel. Zwar nicht ganz seine Leibspeise, aber beinahe. Ächzend steht er auf und geht zurück zu seinem fabrikneuen M-Klasse-Mercedes. Wird wahrscheinlich sein letzter Neuwagen sein. Altersmäßig ist er wohl schon in die Zielgerade eingebogen. Wenn er nur wollte, könnte er das Ziel fast schon sehen. Aber wer will das schon. Von seiner Abfertigung ist zwar noch eine Stange Geld übrig, aber so wirklich brauchen tut er das viele Angesparte nicht mehr. Er und seine Frau sind recht genügsam, der Wagen ist neu, das Haus abbezahlt und renoviert, die Kinder schon lange aus dem Haus, beide Mädels verheiratet und in guten Händen. Sorgen muss er sich also keine machen. Und kann sich ganz und gar den Schwammerln widmen.

2

Er ist ein Gewohnheitstier. Er parkt immer an der gleichen Stelle, und er geht immer denselben Weg. Natürlich macht er auch einmal einen Abstecher nach links hinauf auf einen Hang oder dann wieder ein paar Schritte nach rechts hinein ins Dickicht, aber auch nur dann, wenn ihm das Gelände dort vielversprechend erscheint. Die Grundrichtung ändert er aber nie. Warum auch. Dort, wo er geht, hat er noch immer was gefunden; und dort, wo er jedes Mal parkt, ist er fast immer alleine. Heute sollte es ausnahmsweise anders sein.

Ein Puch G parkt auf seinem Stammplatz. Tannengrün und stark verrostet, aber immerhin ein Puch G. Die gekieste Bucht am Rand der Straße bietet zwar kaum Platz, für zwei so große Fahrzeuge reichte es aber gerade einmal so. Zum Glück hat ihm der Mann den großen Gefallen getan, sich ganz brav an das hintere Ende der schmalen gekiesten Bucht zu stellen. Zwar muss er nun verkehrt herum einparken, aber das geht schon in

Ordnung. Es sieht fast so aus, als hätte der Puch-G-Fahrer mit ihm gerechnet. Warum Männer immer davon ausgehen, dass Geländewagen nur von Männern gefahren werden, ist schon ein recht seltsames Phänomen. Seine Frau würde sagen: »Typisch Mann.«

Tief atmet er die frische Waldluft ein. Auch hier ist es schön, wenn auch bedrückender als auf seiner Lieblingsbank. Mitten im Wald ist nichts mit »über die Hügel und Ebenen schauen«. Hoch ragen die Bäume in den blauen Himmel. Ganz oben wiegen sich die Wipfel gemächlich im Wind, während sich weiter unten im Halbdunkel fast schwarze Äste müde aneinander reiben. Ihr trauriges Ächzen hebt sich vom stetig tiefen Hintergrundrauschen beinahe nervig ab. Er streckt seinen alten Rücken durch und schlüpft in die Schlaufen seines Rucksacks. Das scharfe Fixiermesser liegt im Weidenkorb. Ein richtiger Schwammerlsucher transportiert seine wertvolle Fracht in luftigen Körben, nicht in so trivialen Plastiksackerln.

Der Herr Dröster ist zum Aufbruch bereit und schließt mit einem Fingerdruck auf die Fernbedienung seinen teuren Wagen ab. Als Nächstes wird sich die Spurensicherung das Fahrzeug vornehmen, wenn auch nicht mit der gleichen liebevollen Vorsicht.

Fünf hastige Schritte über die lichtgesprenkelte Straße, und er verschwindet im Dunkel des Waldes. Gut zwanzig Minuten wird er noch am Leben sein. Gerade genug Zeit, um ein Eierschwammerlfeld und zwei prächtige Steinpilze abzuernten.

Nach dem ersten Anstieg hört er aus der Ferne das Glucksen eines kleinen Baches, der sich munter talwärts schlängelt. Er kennt den Bach, an seinem Rand ist er einmal bis zu den Knöcheln im schlammigen Morast versunken. Dann knackt irgendetwas im Unterholz, er dreht sich um. Zwar ist er in diesem Wald noch nie einem Lebewesen über den Weg gelaufen, das größer war als ein Feuersalamander oder ein verschreckter Vogel, aber hier muss es wohl auch Rehe und Hirsche geben. Er blickt den nächsten Anstieg hinauf. Dort oben gibt es eine Stelle, wo er bisher immer fündig geworden ist.

Zwar hört er noch das leise Pfeifen, aber als sich der Pfeil von hinten durch die Lunge und in sein Herz bohrt, hört er gar nichts mehr. Eigentlich ein schöner Tod.

3

Die Frau ist nervös. Noch nicht wirklich beunruhigt, aber doch etwas angespannt. So lange ist er noch nie weg gewesen, ohne zumindest einmal kurz daheim anzurufen. Er weiß, dass sie sich um ihn sorgt. In seinem Alter mutterseelenallein herumzuwandern, ist nicht ganz ungefährlich. Bei einem Herzinfarkt würde er wohl für immer im Wald bleiben. Zwar gibt ihr das obligate Handy ein gewisses Gefühl an Sicherheit, aber wissen kann man ja nie. Allerdings wäre ihr wohl in hundert Jahren nicht in den Sinn gekommen, dass man ihren Mann ermorden könnte.

Er wird sich schon noch melden, redet sie sich zu. Sie muss ohnehin noch bügeln, und im Fernsehen läuft gleich eine dieser Reality Soaps. Ihr Mann hasst diese Sendungen. Volksverblödung, sagt er immer. Nun muss sie schmunzeln, denn recht hat er ja. Aber zum Ablenken reicht es. Dass sie an diesem Tag noch viel mehr Ablenkung brauchen wird, ist eine traurige Tatsache.

4

Der Mörder beugt sich über die Leiche. Er hat in angemessener Entfernung gewartet, bis das schreckliche Zucken endlich aufgehört hat. Erst dann ist er aus dem Schatten des Dickichts hinaus auf die kleine Lichtung getreten. Ein Mensch stirbt nicht so schnell, heißt es. Jetzt weiß er, dass das stimmt. Und er hat den Beweis auch gleich mit erschreckender Eindringlichkeit vermittelt bekommen. Bis zu diesem Tag hat er noch nie getötet. Einmal ist keinmal – oder ist das erste Mal immer das schwerste Mal? Wie man es auch dreht und wendet, das Resultat liegt blutend vor ihm. Trotz des feuchten Waldaromas kann er den typisch eisenhaltigen Geruch des Blutes wahrnehmen. Anfassen wird er den Toten nicht, er ist ja schlau. Die finden Fingerabdrücke heutzutage sogar schon auf menschlicher Haut. Zwar zeigen die im Fernsehen allerhand Mist, aber manchmal ist auch für ihn etwas dabei. Solche Sendungen, wo mittels ausgefeilter forensischer Methoden praktisch jeder überführt wird, können einem richtig Angst machen. Da muss man automatisch davon ausgehen, dass die eigentlich alle irgendwann erwischen.

Die sind aber auch dumm. Wenn die Polizei technisch so fortschrittlich ist, warum behält sie dann ihre Geheimnisse nicht einfach für sich? Sie zwingen einen ja förmlich, aufzupassen wie ein Haftelmacher. Da verschafft einem das Fernsehen schon einen gewissen Vorteil.

Er ist sicher, dass er alles richtig gemacht hat. Er hat im Wald weder geraucht noch hat er vor, etwas liegen zu lassen. Darüber hinaus hat er sich bemüht, so wenig sichtbare Fußabdrücke wie möglich zu hinterlassen. Für Letzteres kann er seine Hand aber nicht ins Feuer legen. Irgendwie hat auch er heraufkommen müssen. Schließlich kann er nicht fliegen wie ein Engel. Dabei muss er grinsen. Er und ein Engel! Maximal ein Todesengel ist er.

Den Jagdbogen hält er in der linken Hand. Das monatelange Üben hat sich sichtlich ausgezahlt. So ein Blattschuss mit dem Bogen ist gar nicht so einfach. Schon gar nicht, wenn der erste Schuss sofort sitzen muss. Tief und an tödlicher Stelle platziert. Einen Plan B bei Versagen gibt es da nicht.

Beim Bogenschießen trägt er immer Handschuhe. Die hat er jetzt auch dringend nötig, denn den Pfeil darf er keinesfalls zurücklassen. Für diese simple Erkenntnis braucht es auch kein Fernsehen, das steht heute schon in jedem zweiten Kinderbuch. Er bückt sich, fasst den Pfeil nahe der Eintrittswunde und versucht, ihn herauszuziehen. Mehrmals rutscht er ab, ehe er den Pfeil richtig zu fassen bekommt. Die ersten fünfzehn Zentimeter rutscht der Schaft auch ganz problemlos durch den toten Körper, dann aber verhakt sich die scharfe Pfeilspitze. Er ist kein Arzt, ahnt aber, dass es wohl nur zwei eng beieinanderliegende Rippen sein können, die ihn da behindern. Er muss den Pfeil also drehen. Das schmatzende Geräusch verursacht ihm einen nicht unerwarteten Anflug von Übelkeit.

So hat er sich die Sache nun auch wieder nicht vorgestellt. Er ist schließlich kein Metzger. Leider wird ihm niemand diese Arbeit abnehmen. Er dreht den Pfeil und spürt, wie die beiden hinteren Enden der dreiecksförmigen Pfeilspitze innen über die Rippen schaben. Auf einmal wird der Widerstand merklich geringer. Da er nicht gleich den Eintrittskanal finden kann, reißt er den Pfeil die letzten Zentimeter durch das noch warme Fleisch. Jetzt ist ihm so richtig schlecht. Alles, nur nicht kotzen! So ein genetischer Fingerabdruck wäre sein forensisches Todesurteil. »Nur nicht übergeben«, murmelt er vor sich hin, während er die blutige Pfeilspitze an seinem Taschentuch abwischt. Sobald er zu Hause ist, muss er das Tuch so schnell als möglich verbrennen. Beweise zu sammeln wie Briefmarken, das wäre auch so ein grober Verstoß gegen die eisernen Grundregeln. Ob er seinem Vorsatz tatsächlich treu bleiben wird, ist freilich noch ungewiss. Ein Andenken hat doch jeder Mörder gern. Das braucht er auch, um sich das Gefühl seiner göttlichen Macht immer wieder in Erinnerung rufen zu können. Wie bei einem Videorekorder. Quasi ein Zurückspulen, um das Geschehene immer wieder neu erleben zu dürfen.

Ohne jegliches Mitgefühl wirft er ein letztes Mal einen Blick auf die Leiche und macht dabei ein einziges Foto. Dann verschwindet er auf demselben Weg, auf dem er heraufgekommen ist. So kann er wenigstens überprüfen, ob die Spuren, die er bei seiner Pirsch hinterlassen hat, nicht allzu deutlich sind. Seine Schuhe haben kein Profil, solche mit ausgeprägtem Profil kann man viel leichter zurückverfolgen. Würde er mit solchen Dingern hier herumlaufen, dann könnte er auch gleich alles mit bloßen Händen antatschen.

Leise ist es. Fast hat es den Anschein, als hielte der Wald Totenwache.

Sein Wunsch zu morden schlummert schon seit Langem in ihm. Nicht immer schon, nicht vordergründig und sein Leben auf Schritt und Tritt begleitend, aber mit jedem Tag ein wenig fordernder. Wenn schon nicht die anderen das Heft in die Hand nehmen und der Ungerechtigkeit einen schweren Riegel vorschieben, so einen richtig großen, wuchtigen, einen, mit dem die damals ihre Burgen und Schlösser gesichert haben, dann braucht es dafür einen Berufenen. Sosehr er sich auch umgehört und akribisch sämtliche Zeitungen studiert hat, es hat doch da draußen keinen gegeben, der auch nur die leisesten Anstalten gemacht hätte, aufzuräumen und die Dinge wieder ins rechte Lot zu rücken. Kein einziger Hinweis, dass jemand da draußen Robin Hood spielen will. Bis vor Kurzem zumindest.

Für ihn wäre es die Erlösung gewesen, wahrscheinlich hätte er dann weitergelebt wie bisher. Unbescholten und von der Mitwelt weitgehend unbeachtet. Beschwören würde er das aber nicht. Vielleicht wäre das scheinbar Vermeidliche doch unvermeidlich gewesen, und es wäre später so oder so passiert.

Mit der Zeit ist seine Ungeduld dann plötzlich und sprunghaft angewachsen. Nicht so langsam, dass man sich hätte daran gewöhnen können, sondern heftig und irgendwie krankhaft. Wie ein bösartiges Geschwür. Als wollte es all seine Energien auffressen. Damit kann er aber nicht so einfach zu einem Seelenklempner gehen und sein Innerstes nach außen kehren. Zwar gilt auch für Psychiater die ärztliche Schweigepflicht, aber wenn einer einen derartigen Groll gegen gewisse Menschen hegt, dass ihm nur deren Todeszuckungen Erleichterung verschaffen, dann wird es mit dem ärztlichen Schweigegelübde und der Toleranz auch nicht mehr weit her sein. Und nur um sich die Last von der Seele zu reden, würde er weiß Gott kein so großes Risiko eingehen. Da könnte er gleich die Polizei anrufen und präventiv Selbstanzeige erstatten.

Das, was er soeben vollbracht hat, war da schon der bessere Weg. Zwar nicht für den soeben Dahingeschiedenen, aber ein Altruist ist der Bogenschütze noch nie gewesen. Aller Anfang ist schwer, sagt man, und den ersten Schritt hat er heute, hier und jetzt, getan. Vorbildlich und so richtig kaltschnäuzig. Nun fängt für ihn das Warten an.

Ein beinahe fröhliches Lächeln huscht über sein Gesicht. Eins nach dem anderen. Zug um Zug. Ein Vertrag per E-Mail ist auch ein Vertrag, und dass er seinen Teil der Abmachung eingehalten hat, könnte das arme Stück dampfenden Fleisches in seiner Stummheit bestätigen.

Im Wald bleibt es still. Schon bald wird der erste Fuchs kommen, denn es gibt tatsächlich große Tiere in diesem großen Wald.

5

Langsam steigt die Sonne höher, und träge verrinnen die Minuten. Zwar ist es Sommer und damit reichlich Futter im Wald, aber so einen prächtig gedeckten Tisch bekommt auch ein Fuchs selten zu Gesicht. Mühsam zupft er am Gewand des Toten herum. Dann wird es ihm zu dumm, und er nimmt sich den Hals und ein wenig später das Gesicht vor. Lange wird er hier nicht so ungestört sein. Er muss sich beeilen. Ernst zu nehmende Fressfeinde hat er hier oben zwar keine, aber bald schon werden die ersten Wanderer kommen. Nicht ganz so früh wie die Schwammerlsucher, aber auch nicht ganz so spät wie die Liebespaare.

6

Bloße Unruhe ist es bei der Frau jetzt nicht mehr, allmählich gerät sie in Panik. Mehrmals schon hat sie versucht, ihren Mann über sein Handy zu erreichen. Nach längerem Läuten ist sie automatisch auf die Mailbox gekommen. So klingt das nicht, wenn ihr Mann kein Netz hat und in einem dieser immer seltener werdenden Funklöcher steckt. Die Frau hat keine Ahnung, wo ihr Mann seine angestammten Schwammerlplätze hat. Schwammerlsucher verraten ihre geheimen Stellen nur selten, und sie hat ihn auch nie in den Wald begleitet. Sie mag den Wald nicht. Schon bald wird sie ihn noch weniger mögen.

Am Reinischkogel ist er. Zumindest das weiß sie. Sie wird die Polizei anrufen und nach ihm suchen lassen. Selber würde sie nicht hinauf auf den Berg fahren. Sie fährt nur ungern Auto, und sie fährt schlecht. Obendrein steht es mit ihrer Orientierung nicht zum Besten. Zwar findet sie sich im Shoppingcenter Seiersberg blind zurecht, aber damit hat es sich auch schon.

7

Der Notruf der Frau wird umgehend an den Polizeiposten in Voitsberg weitergeleitet. Während der Wartezeit hat die Frau genügend Zeit, um ihre letzten Nerven endgültig zu verlieren. Als dann der diensthabende Beamte, Revierinspektor Sepp Reininger, den Anruf entgegennimmt, wird er mit einem Geschluchze konfrontiert, wie er es schon lange nicht mehr gehört hat. Obwohl bei ihm die Leute immer nur dann anrufen, wenn es irgendwo brennt. Nicht im eigentlichen Sinn, aber manchmal auch dann.

122, 133, 144. Feuerwehr, Polizei, Rettung? Wer ist jetzt wer? Bei der Hektik, die so ein tragisches Unglück unweigerlich mit sich bringt, kann man sich schon einmal vertun. Ganz besonders dann, wenn einen das Unheil mit so einer Wucht trifft wie ein Vorortzug der GKB, der Graz-Köflacher Bahn, einen unachtsamen Autofahrer auf einem unbeschrankten Bahnübergang. Ob von links oder von rechts, ist dann auch schon egal.

Da rechnet auch keiner damit, dass der Griller explodiert und neben den Merkur-Koteletts gleich die ganze Hypothekenburg abfackelt. In dem Fall wählt man die 122.

Da rechnet auch keiner damit, dass der laue Samstagnachmittag dem Gatten einen schweren Herzinfarkt beschert. Da ist dann die 144 besser.

Und nach dem Urlaub rechnet auch keiner damit, dass gleich das ganze Haus leer ist. War ohnehin nicht viel Wertvolles da, aber das haben die auch noch mitgenommen, die dreisten Diebe. Sogar das blöde Plastikschiff aus Venedig, aus den siebziger Jahren. Von Tante Hilde, Gott hab sie selig. Dann, ja, dann brauchen sie ganz dringend ihn. Zu erreichen unter der 133. Wenn er ihnen dann höflich erklärt, dass die Einbrecher wahrscheinlich schon wieder in Rumänien bei Muttern in der Küche sitzen, oder vielleicht in der Ukraine oder in Moldawien, dann sind sie schrecklich böse. Er kann ja auch nichts dafür, wenn die Leute keine Alarmanlage haben.

Erwischen tun sie ganz selten wen. Und wenn, dann stirbt auch schon einmal einer. Da kann man sich schon einmal vertun. Natürlich nicht absichtlich, aber Polizisten sind auch nur Menschen.

Steh du einmal einem Kriminellen im Dunkeln gegenüber. Das weiß ja keiner, was so ein auf frischer Tat Ertappter in seiner Verzweiflung als Nächstes tut. Daheim sitzen deine Frau und die Kinder, an die denkst du zuerst. Die brauchen den Mann, die brauchen den Papa, und die pfeifen auf die Witwen- und Waisenpension. Und so kann es gut sein, dass du schießt. Wenn's geht, als Erster. Mehr aus Angst als aus sonst einem Grund. An die Folgen denkst du nicht. Nicht gleich. Erst ein wenig später, wenn sich der erste Schock gelegt hat. Trotzdem. Es gibt schon genug Polizistenwitwen.

Hier am Posten sind sie eindeutig unterbesetzt, und Geld für das Alltägliche ist auch keines da. Ihr Dienstfahrzeug ist da ein gutes Beispiel. Der alte Octavia Kombi macht es nicht mehr lange, aber den neuen VW-Passat haben sie schon nach ein paar Tagen wieder abgezogen. Die Köflacher brauchen ihn dringender, hat es geheißen. Ihnen bleibt wieder nur der alte Skoda. Verfolgen kann man damit keinen. Außer vielleicht einen Traktor, aber die sind ja auch schon recht ordentlich motorisiert. Wenigstens funktioniert die Radarpistole einwandfrei, aber das will im Grunde genommen auch wieder keiner. Abzocker sind sie dann. Wegelagerer. Moderne Straßenräuber. Ganz so unrecht haben die verärgerten Raser ja auch nicht. Die Quote muss man schon erfüllen. Vorzugsweise bei Schönwetter. Zu heiß soll es aber auch nicht sein. Bei dem dürftigen Gehalt schwitzt keiner gern.

Jetzt hat der Reininger fertiggedacht. Diesen Exkurs hat er sich nur erlauben können, weil die Frau am anderen Ende der Leitung in den ersten Minuten ohnehin kein deutliches Wort herausgebracht hat. Nun aber hat sich die Frau wieder einigermaßen im Griff, und der Revierinspektor Reininger versteht sogar, worum es geht.

Ihr Mann ist verschollen. Oben am Reinischkogel. Seit acht Stunden ist er schon fort, und bis dato kein Lebenszeichen.

Früher einmal hat jeder am Posten bei so einer Meldung laut aufgelacht. Acht Stunden! Das war ja gar nichts. Heute ist das schon ein bisserl etwas anderes. Heute besitzt doch jeder sein smartes Immererreichbargerät. Wenn einer ein Handy hat und nicht gleich abhebt, dann ist immer Feuer am Dach. Der allererste Gedanke ist meist sexistischer Natur. Liegt der Sauhund vielleicht mit einer Kollegin im Bett? An den Tod denkt man erst viel später.

Trotzdem ist die Forderung, immer und überall erreichbar sein zu müssen, schon eine rechte Unart. Das gilt auch für lautes Telefonieren in der Öffentlichkeit. Wo sind die Zeiten hin, wo man noch zünftig angeschnauzt wurde, wenn man zu nahe an einer besetzten Telefonzelle gestanden ist? Ganz großes Drama. »Verletzung der Privatsphäre! Lauschangriff! Unverschämt, so etwas!«

All das saust in Form von elektrischen Blitzen durch Reiningers Kopf, ehe die Anruferin einen allerletzten Schluchzer herauspresst. Multitasking in seiner schönsten Form. Da soll einer sagen, so ein Polizistenhirn sei simpel gestrickt. Ja, er hat verstanden, und ja, er wird jemanden hinaufschicken. Da aber keiner da ist, dem er die Arbeit aufs Auge drücken kann, wird er wohl selber fahren müssen. Ist auch nicht so schlecht. Jedenfalls besser, als sich von einem tollwütigen Raser eine blöde Goschn anhängen zu lassen.

Revierinspektor Reininger lässt sich noch rasch die Automarke, Farbe und Fabrikat, das Kennzeichen und die beiden Telefonnummern durchgeben. Die von der Frau und die von ihrem Mann. GU-ler sind sie also, denkt sich Sepp Reininger. Graz Umgebung. Behördliches Autokennzeichen GU 739 BS.

Wahrscheinlich ein paar gestopfte Grazer, die hinaus aufs Land gezogen sind. Der Revierinspektor Reininger erkennt das am Dialekt. Glauben, sie sind was Besseres, nur weil sie aufs Gymnasium gegangen sind und dann vielleicht auch noch auf die Universität. Ja, das mit der Ausbildung hat schon was für sich. Da hast du andere Möglichkeiten, was das Geldverdienen betrifft. Wenn der Sepp Reininger auf seinen monatlichen Gehaltszettel blickt, kommen ihm regelmäßig die Tränen. Ohne Überstunden läuft da rein gar nichts. Seine Blutsauger daheim fordern täglich mehr. Ein Schwimmbad will die Frau und die Tochter ein Pferd. Wenn er aber dann erst spätabends nach Hause kommt, wegen der Überstunden und dem so dringend notwendigen Zusatzeinkommen, dann ist es auch wieder nicht recht.

Während er dem Abschlussplädoyer der armen Frau so zuhört, schaut schon der nächste Gedanke beim Reininger vorbei. Die gehört wohl auch zu jenen Leuten, die nach wie vor in der Stadt arbeiten, aber draußen auf dem Land wohnen wollen. Wegen der guten Luft und so. Dass sie mit ihren Rußschleudern aber selber die Luft im Grazer Becken verpesten, das wollen sie nicht hören, die noblen Exgrazer.

Revierinspektor Sepp Reininger grunzt ein letztes Mal verbindlich, legt auf und schnappt sich seine üblichen Utensilien. Die obligate Glock-Dienstpistole, die Dienstmütze, das Funkgerät, das Handy, no na, eine halbvolle Flasche Mineralwasser mit Geschmack und Kohlensäure – stilles Mineralwasser, so ein Blödsinn, findet der Reininger Sepp –, und natürlich die Schlüssel vom Octavia. Dann meldet er sich bei der Sandra ab, die halbtags bei ihnen als Schreibkraft arbeitet. Bloß für den Fall, dass ihn jemand sucht. Er fährt hinauf auf den Reinischkogel. Höchstwahrscheinlich über Ligist.

8

Den Umweg über die Autobahn nimmt er nicht, der Herr Revierinspektor. Von Voitsberg ist es bis zum Kreisverkehr in Krottendorf ein Katzensprung, und wenn er über die GKB-Bahnübersetzung ist, dann geht es kurz hinter Ligist über den Oberwaldweg auch bald hinauf auf den Reinischkogel. Diverse Buschenschenken lässt der Reininger Sepp genauso links liegen wie eine ziemlich aparte Anhalterin. Dienst ist Dienst, und Schnaps ist Schnaps.

Das wäre was, wenn ihn einer mit einer jungen und noch dazu hübschen Anhalterin sieht. Darf er doch nur Verdächtige und

Zeugen im Dienstoctavia mitnehmen. Da wäre aber dann er der Verdächtige, weil die kennen ihn in der Gegend ja alle. Bei Postlern und Gendarmen ist das so. Der eine bringt die Post und manchmal auch die Rente, auf die die alten Leute so sehnlich warten, wenn am Ende des Geldes noch so viel Monat übrig ist. Und der andere bringt ihnen die Sicherheit. Zumindest das Gefühl.

In den Wirtshäusern nachfragen, ob der Mann gesehen worden ist, kann er später noch. Erst will er die üblichen Straßen abfahren. Den Reinischkogel entlang in Richtung Stainz. Wenn er dort niemanden findet, nimmt er sich die Straße nach Gundersdorf vor und dann den direkten Weg zur Autobahnabfahrt. Schön eins nach dem andern.

Gar so lange dauert es dann aber nicht, bis er den Wagen findet. Direkt neben der Straße steht er. Der Revierinspektor Reininger parkt unmittelbar vor dem Mercedes ein. Hätte er gewusst, dass der Mann tot im Wald liegt, und hätte er gewusst, dass die tödlichen Verletzungen von einem Pfeil stammen, dann hätte er vielleicht woanders geparkt und nicht akkurat auf jenen Spuren, die der Puch G hinterlassen hat.

Jetzt ist der Reininger Sepp auch noch ein etwas pedanter Mensch. Wenn der Schreibblock nicht parallel zur Tischkante liegt und der Kugelschreiber nicht parallel zum Block, dann wird er ganz nervös. Sogar seine Hauspatschen müssen immer exakt parallel stehen. Darüber rauft sich seine Frau immer noch die Haare – bemerkenswert nach mittlerweile zwanzigjähriger Ehe und bei den heutigen Friseurpreisen –, aber den Reininger kümmert das nicht. Ihm gefällt so eine Unordnung einfach nicht.

Einparken muss er möglichst parallel zum Gehsteig. In diesem Fall parallel zur Asphaltkante. Wenn irgend möglich, in einem Abstand von dreißig bis vierzig Zentimetern. Da ist der Sepp aber auch flexibel. Vorschriftswidrig in die Straße hineinragen? Geht nicht. Und hier jetzt den Octavia an den durchweichten Abhang stellen, aber genügend weit weg vom Asphalt? Geht natürlich auch nicht. So alt der Skoda auch ist, gehört er doch dem Steuerzahler, und der zahlt ohnehin schon genug.

Korrekturgeparkt hat er aber schon noch, der Herr Revierinspektor. Da sind dann noch die letzten verwertbaren Spuren verschwunden. So ein im Stand drehendes Vorderrad hat ein ganz beachtliches Spurenvernichtungspotenzial, vor allem auf Schotter. Da ist es dann vorbei mit Fotos, Gipsabdrücken und stichhaltigen Beweisen.

Der Reininger steigt aus und geht um das Fahrzeug herum. Nicht um den Mercedes. Wo kommt man denn da hin. Nein! Um den Octavia natürlich. Um zu überprüfen, ob der Wagen Reiningers strengen Ansprüchen hinsichtlich einer ordnungsgemäßen Parkierung entspricht. Erst wenn er das überprüft hat, ist er entspannt genug, um sich den Mercedes vorzunehmen. Eins nach dem anderen, wie gesagt.

Von außen sieht alles unverdächtig aus. Die Türen sind vorschriftsmäßig versperrt. Selbst im weststeirischen Wald treibt sich ja mittlerweile so allerhand Gesindel herum. Die Motorhaube ist warm. Nicht so warm wie nach einer zünftigen Autobahnfahrt, aber eben warm. Der Revierinspektor berührt auch das Dach. Quasi zum Vergleich. Temperaturmäßig kaum ein Unterschied. Der Wagen parkt hier also schon länger. Der Reininger beugt sich vor, hält die Hand seitlich vor die Augen und verschafft sich einen Überblick über das Wageninnere. Er kann nichts Ungewöhnliches erkennen. Weder am Beifahrersitz noch auf der Rücksitzbank liegt etwas. Sauber wie in der Auslieferungshalle beim Autohändler. Und auch keine Schwammerl sind zu sehen. Dass der Mann in der Zwischenzeit einmal beim Auto war, glaubt der Revierinspektor nicht so recht. Definitiv ausschließen kann er es aber nicht, da die innere Abdeckung des Kofferraums geschlossen ist und ihn somit blicktechnisch aussperrt.

Der Revierinspektor Reininger richtet sich auf und schaut sich um. Schön ist es hier oben. Viel zu selten ist er draußen in der Natur. Wenn seine Tochter dann auch noch das Pferd hat, stehen die Chancen noch viel schlechter, dass er je alleine hier heraufkommen wird. Seine Freizeit wird mit jedem Jahr knapper. Nicht einmal Zeit zum Schwammerlsuchen bleibt ihm.

Dass Schwammerlsuchen dieser Tage ein durchaus tödliches Hobby sein kann, weiß der Reininger noch nicht. Was er aber weiß, ist, dass, wenn einer einen Knollenblätterpilz mit einem Parasol verwechselt, es den anfänglich im Magen zwickt. Mitunter wird dem Armen sogar richtig übel, und am Ende zwickt ihn gar nichts mehr. So gesehen können die Folgen eifrigen Schwammerlsuchens durchaus tödlich sein.

Was soll er jetzt machen? Der Mann kann überall sein. Vielleicht hat er sich ja verlaufen? Diese triviale Schlussfolgerung nimmt sich der Sepp selbst nicht wirklich ab. Der Reinischkogel ist schließlich ein Naherholungsgebiet und derartig mit Wegen überzogen, dass man sich technisch gar nicht verirren kann. Da hat Reiningers Großmutter weniger Krampfadern als der Reinischkogel Wanderwege, und wer Reiningers Großmutter kennt, der weiß, dass ihre Beine aussehen wie das Donaudelta aus zehntausend Meter Höhe. Außerdem haben Schwammerlsucher einen inneren Kompass. Hat sich einmal einer so richtig verirrt, dann geht der nämlich so schnell nicht wieder in den Wald. Der ist dann aber auch kein richtiger Schwammerlsucher. Wahrscheinlich kennt dieser GU-ler den Wald weitaus besser als der Reiniger seinen eigenen Garten. Dort ist der Reininger auch viel zu selten. Wegen der vielen Überstunden, wegen dem Pool und dem vermaledeiten Gaul.

Der Reininger hat nun zwei Möglichkeiten. Hier zu warten, bis der Mann mit zehn Kilo Eierschwammerl aus dem Wald kommt, und ihn dann zu verhaften – so viel aus dem Wald zu tragen, ist schließlich verboten –, oder einen Suchtrupp zusammenzustellen. Letzteres ist schwierig. Wen soll er denn anrufen? Die Kollegen sind mit dem Golf Kombi wegen eines Einbruchs oben auf dem Dechantriegel, und die Köflacher würden ihm was husten. Die mit ihrem neuen Passat. Wenn er bloß daran denkt, kommt der Groll in ihm wieder hoch. Die Frau des Vermissten ruft er jetzt sicherlich nicht an, sonst geht das Geplärre von vorne los. Er kann sie ja verstehen, aber zu viel Tränen sind auch für ihn eine Belastung. Ihm reichen schon die Besuche, wenn er den Angehörigen von Unfallopfern die Nachricht übermitteln muss, dass der »Karli«, die »Stefanie« oder wie sie auch immer heißen mögen, nicht mehr heimkommen werden. Das sind Schicksalsschläge. Dagegen sind überfällige Schwammerlsucher in einer beneidenswerten Situation.

Dass der Reininger Sepp mit seiner Einschätzung aber so etwas von danebenliegt, weiß er eine Stunde später. Da hat nämlich ein

Wanderer den Toten gefunden. Und nun gilt es, gleich zwei zu beruhigen. Zuerst den Wanderer und dann die Frau. In dieser Reihenfolge. Eins nach dem anderen, wie gesagt.

9

Mit einem lustigen Ping kommt ein E-Mail herein. Da macht so ein E-Mail auch keine Ausnahme, wenn der Inhalt einen gar nicht zum Lachen bringt, sondern einem eine ausgewachsene Gänsehaut beschert. Außer einer angehängten Fotodatei steht da nicht viel, nur: »Es ist vollbracht.« Ehe er die Datei aufmacht, lehnt er sich in seinem abgewetzten Ledersessel zurück und verschränkt die Arme hinter dem Kopf. Es hat also angefangen. Dann holt er tief Luft, ehe er mit einem zögernden Mausklick das Foto öffnet. Er ahnt zwar, was ihn erwartet, trotzdem könnte es auch bloß ein derber Witz unter Gleichgesinnten sein. So wie er den anderen kennt, glaubt er aber nicht wirklich daran. Gut, dass mein letztes Essen schon ein Weilchen zurückliegt, denkt er, als sich das blutige Bild vor ihm aufbaut. Jetzt staunt er nicht schlecht. Es ist tatsächlich vollbracht. Die Jagdsaison ist definitiv eröffnet.

Nachdem er die Datei vereinbarungsgemäß gelöscht hat, holt er sich aus der Küche eine Flasche Bier. In Gedanken geht er zum wiederholten Mal seinen eigenen Plan durch. Wie er es auch dreht und wendet, Schwachstellen kann er immer noch keine erkennen. Dann marschiert er hinunter in den muffigen Erdkeller, um seine Waffe zu reinigen. Die kommende Nacht ist nicht zum Schlafen da.

10

Zurück auf den Reinischkogel und zu dem bereits angekündigten Wanderer. Besagter Wanderer namens König ist an diesem Tag ebenfalls alleine unterwegs. Wie viele quasi alleinstehende

Männer sich an einem einzigen Tag so auf dem Reinischkogel herumtreiben, ist schon bemerkenswert. Zuerst der Schwammerlsucher, dann natürlich der Mörder, zwischenzeitlich der Revierinspektor Reininger, der mittlerweile im Enzianhof auf ein Bier eingekehrt ist, und jetzt der Wanderer. Wahrscheinlich waren das noch nicht einmal alle, und dabei ist heute erst Dienstag. Ein unspektakulärer Tag, was die Wertigkeit der Wochentage angeht, aber ein durchaus spektakulärer Tag aus Sicht der Polizei. Bald wird es am Berg vor lauter Menschen nur so wimmeln.

Der Wanderer ist zur Abwechslung einmal keine sonderliche Konkurrenz beim Kampf um die Schwammerl. Er kommt nur zum Wandern hier herauf. Wenn er über einen Pilz stolpert, dann nimmt er ihn schon mit, aber extra drei Schritte in den Wald hinein macht er dafür auch nicht. Er ist genauso gerne hier oben, wie es der Tote gewesen war. Mit nur einem kleinen Unterschied: Er kommt immer mit dem Bus, da er kein eigenes Auto hat. Das versteht erst einmal keiner, weil ein Auto heutzutage ein jeder besitzt. Bald wird es so weit sein, dass der Gerichtsvollzieher, der gelegentlich mit seinen Kuckucksbildchen vorbeischaut, nicht nur den Fernseher verschonen muss. Der gehört ja mittlerweile zur unpfändbaren Grundausstattung. Bald werden auch Handys und Autos kuckucksfreie Zone sein. Was man zum Leben halt so braucht.

Warum denn besagter Wanderer kein eigenes Auto hat, ist schnell erklärt. Der Wanderer war früher Straßenbahnchauffeur bei den GVB – den Grazer Verkehrsbetrieben. Da hat er jedes Jahr gleich am ersten Jänner und gleich für die ganze Familie kostenlose Jahresnetzkarten bekommen. Vor diesem Hintergrund wird das Fehlen einer Familienkutsche schon ein wenig plausibler. So ganz ohne fahrbaren Untersatz war es aber auch nicht immer leicht. Wenn der Wanderer sich nämlich beim IKEA ein Billyregal gekauft hat und dann in der Stoßzeit damit nach Hause gefahren ist, war es aus mit der Freude und der menschlichen Nächstenliebe. Nicht bei ihm, ihm war das egal. Aber bei den anderen Fahrgästen. Seine Dienstuniform hat er da allerdings nicht tragen dürfen, weil das ja die ganze GVB in Verruf gebracht hätte. Maulen die Fahrgäste schon, wenn man zur Stoßzeit mit einem halbvollen Lidl-Sackerl die Öffentlichen benutzt, wie meutern sie dann erst, wenn ein gut verpacktes Zweimeterzehn-Billyregal einsteigt. Da gnade einem Gott! Zwar steigt so ein kantiger Billy selten ohne Begleitung ein, aber trotzdem. Es passiert ja schon einmal, dass der Billy einen anhupft. Unabsichtlich, versteht sich, aber so ist der Billy nun einmal. Ein äußerst kontaktfreudiger Schwede.

Es war aber immer noch besser, der Herr König ist hinten ohne Uniform eingestiegen, als vorne in Uniform gefahren. Er war nämlich ein wahrer Bruchpilot. So viel Straßenbahnunfälle, wie der gehabt hat. War bei den GVB schon fast eine Legende. Die, die ihn kannten, wollten immer im Vorhinein seinen Dienstplan wissen. Besser, man war darüber informiert, auf welcher Straßenbahnlinie der Herr König gerade seine Runden drehte. An so einem Tag blieb man besser daheim und konnte so sein eigenes Schicksal zumindest ein wenig mitbestimmen.

Der Herr König hat den Toten dann gefunden. Jetzt klingt das schon ein wenig seltsam, wenn man weiß, dass der König nur auf Wanderwegen unterwegs ist und sich kaum in den Wald traut, der Tote aber mitten im Wald liegt. Das liegt aber am Reinischkogel. Nun sollte man natürlich nicht einem Berg die Schuld geben, weil sich so ein Berg doch schwer wehren kann. Eigentlich ist wieder der Mensch der eigentliche Schuldige. Der Mensch macht ja die Wege. Und am Reinischkogel gibt es Stellen, da laufen alle paar Höhenmeter Forst- und Wanderwege parallel in die gleiche Richtung, bis dann einige nach oben, die anderen nach unten und vielleicht ein oder zwei geradeaus weiterwollen. Da vertut sich selbst ein geübter Wanderer wie der König schon einmal. Verständlich ist es ja, der ist doch auch immer nur im Kreis gefahren. Wie der Niki Lauda, nur eben auf Schienen. So einer braucht seinen Weg nicht erst extra zu suchen. Der Weg findet eher ihn. Obwohl der König dann schon öfters eigene Wege gegangen ist. Auch mit der Bim. Bei Entgleisungen war der König nämlich auch König.

Nun hat der König einen jener Wege erwischt, die nach oben gehen, obwohl der König eigentlich nach unten wollte. Wie dann länger kein Verbindungsweg schräg nach unten aufgetaucht ist, hat der König zwangsläufig eine Abkürzung genommen.

Das hat dann auch den Fuchs verscheucht.

Zuerst denkt sich der König: Seltsam, dass der Fuchs erst so spät davonläuft, sind doch so scheue Tiere, die Füchse. Und dann denkt er sich noch: Der hat aber ein rotes Maul!

Klar hat der ein rotes Maul. Kaut ja schon seit einer guten Stunde an dem Toten herum. Das ist dem Herrn König dann auch bald klar geworden. Da er erst vor rund dreißig Minuten auf einer sonnigen Waldlichtung seine Jause genossen hat, hat er nun genug Halbverdautes im Magen, um den ohnehin nur dürftig mit Spuren versehenen Tatort vollständig zu versauen. Zwar hat der Fuchs den halben Waldboden umgegraben, trotzdem kotzt der Herr König auf die einzige halbwegs erhaltene Fußspur. Haarscharf drauf.

Aus der Distanz betrachtet, stehen der Reininger und der König eindeutig auf der Seite des Mörders. So gründlich, wie die beiden gearbeitet haben. Tatortverunreinigung nennen das die Spezialisten, vollständige Tatortzerstörung trifft die Sache wohl eher. Da müsste der Herr Mörder eigentlich ein Dankschreiben an die Herren aufsetzen. So etwas gebietet schon allein der Anstand.

Der König ist aus dem Kotzen gar nicht mehr herausgekommen. Wie der herumgewürgt hat, war schon rekordverdächtig. Nun ist der Mensch ja von Natur aus neugierig. Das ist im Großen und Ganzen auch gut so, da die Menschheit genau solche Leute braucht. Ohne die Neugierigen wäre Amerika beispielsweise nie entdeckt worden.

Der König hat zwar gereihert, dass es eine helle Freude war, hinübergeschaut zum Toten hat er aber auch immer wieder. So wie der Fuchs den Toten hergerichtet hat, hat es die herrlichsten Motive gegeben, um den Würgereiz nicht einschlafen zu lassen. Der König ist ja kein Spezialist, weil pensionierter Bimfahrer, aber wie ein Mord kommt ihm die Sache auf den ersten Blick nicht vor. Dafür hat schon der Fuchs gesorgt. Nachdem der hungrige Meister Reinecke das Gesicht des Toten weggefressen hat, hat er sich auch gleich die Eintrittswunde vorgenommen. War eben ein äußerst gründlicher Fuchs. Da an dieser Stelle das Fleisch ein bisserl mager war, mager im Sinne von wenig da, hat er dann vorne weitergemacht. Obwohl der Tote anfänglich am Bauch gelegen ist, hat ihn der Fuchs sich so hingedreht, wie er es grade gebraucht hat. Fast wie beim Palatschinken machen. Immer schön wenden. Schwer war der Tote ja nicht gerade. Fünfundsechzig Kilo hat er gestern noch auf die Waage gebracht. Jetzt sind es wohl nur mehr sechzig. Dieser rapide Gewichtsverlust geht eindeutig auf die Kappe des hungrigen Fuchses.

Wie dann der König seine Fassung einigermaßen wiedergefunden hat, hat er zitternd das Telefon aus seinem Janker genestelt. Von wegen Funkloch! Alle fünf Balken hat sein Handy angezeigt. Als Erstes hat er seine Frau angerufen. Da ist es schon gut, wenn du im Leben zu zweit bist und in Notlagen einen vertrauten und verlässlichen Menschen erreichen kannst.

Die Frau vom König hat mit ihrem Bruchpiloten in ihrem langen Eheleben schon so viel mitgemacht, dass sie gar nicht einmal so überrascht ist. Aber wie sie ihn dann auch noch fragt, ob er den Mann nicht vielleicht versehentlich umgebracht hat, quasi im Vorübergehen mit dem Wanderstock, da bekommt der König dann schon ein bisserl eine Wut. Obwohl, die Frau hat ja auch irgendwie recht gehabt. Ihr Mann hat beim Bimfahren mehr Menschen ins Krankenhaus gebracht, als heutzutage Kinder in drei Volksschulklassen sitzen. Und da sind eher geburtenstarke Jahrgänge gemeint.

Schaum vor dem Mund ist sich dann aber nicht mehr ausgegangen, da die Mundhöhle des Herrn König schon so was von übersäuert war, dass eine mögliche Schaumblase wegen der aggressiven Säure auch gleich wieder zerplatzt wäre.

Die Frau König verspricht ihrem Mann, die Polizei zu verständigen, und der Herr König verspricht seiner Frau, unten auf der Straße zu warten. Wo genau er sich gerade befindet, weiß er nicht, aber die werden ihn schon finden. So gut kennt sich der König aus, dass er weiß, dass die Straße nicht allzu weit entfernt sein kann, und so gescheit ist er auch, dass er nur dann den Weg zurück zum Toten wiederfindet, wenn er in direkter Falllinie hinuntergeht. Der König ist schon recht froh, wie er wieder das graue Band der Zivilisation durch die Baumstämme hindurchschimmern sieht. So mit einem Toten im Rücken marschiert es sich nicht so leicht. Wie er dann zur Straße kommt, bricht er gar nicht einmal so weit vom Mercedes des Toten entfernt aus dem Unterholz. Insgeheim ahnt der Herr König, dass der Wagen dem bedauernswerten Opfer da oben im Wald gehört. Den Reininger Sepp trifft der Herr König nicht. Ist aber auch schon eine halbe Stunde her, dass der wieder weg ist. Dem Herrn König bleibt nun nichts anderes übrig, als zu warten. Und das tut er dann auch.

11

Der Revierinspektor Reininger bestellt sich sein zweites Krügel Bier. Von Vorbildwirkung wegen dem Autofahren und der dafür notwendigen Abstinenz kann da keine Rede sein. Dafür sitzt er aber auch nicht draußen im Schanigarten, sondern drinnen in der Küche. Der Wirt weiß ohnehin Bescheid. Schließlich trinkt auch die Polizei gerne einmal einen über den Durst. Manchmal auch im Dienst. Übertreiben will es der Reininger Sepp aber nicht. Weiß ja keiner, ob er heute nicht doch noch dienstlich gebraucht wird. Dabei denkt der Sepp eher weniger an den Schwammerlsucher.

Sollte er aber.

Zwar war früher die Sache mit dem Alkohol und dem Autofahren ein bisschen einfacher, weil eben ein Kavaliersdelikt, aber einen uniformierten Kollegen blasen zu lassen, das getrauen sich maximal die Frischlinge. Wer weiß, wie lange das noch so bleibt, fragt sich der Reininger und bestellt zur Sicherheit, wie um diesen unschönen Gedanken wegzuschwemmen, gleich noch einen Vogelbeerschnaps. Allein der Gedanke, dass alles immer schlechter wird, zwingt einen schon zu einem Rausch des Vergessens. Dann läutet aufgeregt sein Diensthandy.

Ein Toter liegt oben am Reinischkogel. Ein Wanderer hat ihn gefunden, und der wartet nun herunten auf der Straße auf ihn. Wo genau »herunten auf der Straße« ist, weiß keiner, aber der Herr Revierinspektor wird ihn schon finden. Mit einem Schlag bereut der Reininger das zweite Bier, aber Gott sei Dank hat er den Schnaps noch nicht ausgetrunken. Herzinfarkt heißt Amtsarzt. Mord heißt Almauftrieb. Anhauchen sollte er da besser niemanden. Der Reininger schnappt sich also seine Dienstmütze, lässt an der Theke anschreiben und setzt sich wieder in den Octavia. Das zumindest ist der Plan. Dass das Luder von Fahrertür bei dem alten Karren auch noch klemmt und der Reininger über die Beifahrertür einsteigen muss, ist schon eine rechte Schande. Und das vor all den Leuten, die da draußen im Gastgarten sitzen. Na, die werden sich über die Polizei gleich wieder das Maul zerreißen, denkt sich der Reininger verbittert und fährt knatternd los.

Den Wanderer zu finden, ist dann weitaus leichter, als es der Einstieg in den Octavia war. Obwohl die Fahrt hinauf zum König gerade einmal zehn Minuten gedauert hat, war das für den Reininger Zeit genug, um sich zumindest leidlich auf ein Gespräch mit dem geschockten Wanderer vorzubereiten. Gut, dass er in der Zwischenzeit die Frau nicht angerufen hat. Das Geplärre würde ohnehin noch früh genug kommen. Wenn es wider Erwarten ein Mord gewesen ist, dann hofft Revierinspektor Reininger inständig, dass ihm die Kripo den Canossagang zur Ehefrau abnimmt. Letztendlich wird sich aber auch diese Hoffnung alsbald zerschlagen.

Wie er dann das Häuflein Elend am Straßenrand sitzen sieht, wird es dem Reininger schon ein wenig mulmig im Magen. Sein angestammter Parkplatz ist noch frei. Der Reininger verzichtet schweren Herzens auf seine Korrekturparkerei und steigt aus. Wenigstens lässt sich die Fahrertür von innen öffnen. Der Reininger beschließt in weiser Voraussicht, die Tür diesmal angelehnt zu lassen. Das Herumgeturne ist ja nicht so seins. Noch ehe er ganz ausgestiegen ist, ist der Herr König schon bei ihm. Gesund schaut der Mann nicht gerade aus, denkt sich der Reininger. Wie zum Hohn für diese spöttischen Gedanken wird der Herr Revierinspektor bald ähnlich ungesund aus der Wäsche schauen.

Der pensionierte Straßenbahnfahrer König schildert dem Reininger in hektischen Worten die Situation. Dabei kann er sich nur mühsam zusammenreißen, und immer wieder muss er Atem holen. Der Reininger kennt das. Typische Anzeichen eines Schocks. Eigentlich müsste sich der Mann ärztlich versorgen lassen.

Zumindest sollte er sich hinlegen und die Füße hoch lagern. Dafür ist aber hier weder der richtige Ort noch der richtige Zeitpunkt. Leider kann der Reininger es dem Herrn König nicht ersparen, noch einmal mit ihm hinauf auf den Berg zu klettern. So wie der Reininger den König in einer Schnellanalyse einschätzt, wird der wohl nicht mehr so schnell alleine durch den Wald wandern.

Der Reininger tritt einen kleinen Schritt zurück, da ihm der säuerliche Atem des Mannes auf den Magen schlägt. Dass der sich dort oben übergeben hat, braucht der König dem Reininger erst gar nicht zu sagen. Das riecht der schon drei Meter gegen den Wind.

Mit einem Seufzer machen sich die beiden Männer auf den Weg. Der Herr König geht voran. Zwar nicht den ganzen Weg, aber doch ein gutes Stück. Dabei schaut der Reininger dem König auf die Wanderschuhe. Das ergibt sich beim Bergaufgehen fast automatisch. Dass die Bergschuhe des Herrn König serienmäßig rot gesprenkelt sind, glaubt der Reininger nicht. Ist wohl im Blut des Toten gestanden, der Herr Finder. Finderlohn gibt es bei Leichenfunden keinen, und wenn es blöd hergeht, dann kriegt der König von der Kripo auch noch eine Abmahnung. Hat er so gar nicht verdient, der arme Mann. Als braver Bimfahrer geht er in den Wald hinein, und als Spurenvernichter kommt er am anderen Ende wieder heraus. Ein Fastverbrecher und ein Beinahemittäter. Dass der Reininger eigentlich auch schon längst zu dieser Kaste gehört, ermittelt die Kripo knapp zwei Stunden später.

Als sie schließlich bei einer mächtigen Fichte ankommen, die wohl der letzte Sommersturm umgerissen hat, bleibt der Herr König stehen. Jetzt ist es nicht mehr allzu weit. Der König zeigt auf eine Stelle im Wald über ihm, weigert sich aber beharrlich, weiterzugehen. Noch einmal muss er sich diesen Anblick nicht antun. Er wird so oder so seine Alpträume haben. Der Reininger hat gnädigerweise ein Einsehen und lässt einen völlig erschöpften König hinter sich zurück. Langsam, beinahe behutsam nähert er sich der Fundstelle. Spaß macht so ein Polizistenleben auch nicht immer. Unfallopfer und tote Menschen stehen auf Reiningers persönlicher Beliebtheitsskala ganz weit unten.

Der Fuchs ist in der Zwischenzeit nicht mehr zurückgekehrt.

Auf Reiningers erste Reaktion hat das aber keinerlei Einfluss, da ihm so oder so schlecht wird. Auch wenn er am liebsten auf dem Absatz umgekehrt wäre, ist er doch eine Amtsperson. Im Krieg hätte man in so einem Fall von Feigheit vor dem Feind gesprochen, und weil eine mögliche standrechtliche Erschießung schon seit jeher ein starkes Argument war, um sich nicht einfach umzudrehen und hurtig davonzulaufen, haben es die wenigsten getan. Obwohl der Reininger in Friedenszeiten lebt und ihm bei Befehlsverweigerung nicht automatisch die Todesstrafe droht, bleibt er.

Der Reininger macht noch einen letzten Schritt in Richtung des Toten und bleibt dann endgültig stehen. Da der Tote jetzt auf dem Rücken liegt, kann der Reininger die Stelle, an der der Pfeil in den Körper eingedrungen ist, gar nicht sehen. Was er aber von seiner Position aus deutlich erkennen kann, ist, dass das Gesicht und die Kehle des Mannes fast vollständig verschwunden sind. Der Herr König hat ihn vorgewarnt und natürlich auch von dem Fuchs erzählt. Bei all dem Grauen, das sich dem Reininger bietet, ist er fasziniert, dass es ein einziges Tier in so kurzer Zeit geschafft hat, einen so vollständigen Eindruck von Unvollständigkeit hervorzurufen.

Da der Pfeil das Herz des Dr. Dröster praktisch zerfetzt und dieses unverzüglich seine Arbeit eingestellt hat, ist relativ wenig Blut ausgetreten. Schaut das Herz von einem gerade erst Pensionierten optimistisch und vielleicht sogar fröhlich in die Zukunft, die ja bekanntlich noch vor einem liegt, dann ist es schon recht feig, wenn der Pfeil von hinten kommt und sich kein einziger Abschiedsschlag mehr ausgeht. Da haben die Leber oder die Niere mehr Glück. Für die ist nicht sofort alles aus, die sind ja nicht zerplatzt.

Der Großteil der Schweinerei geht aber sicherlich auf die Kappe des hungrigen Tieres. Der Reininger kann hier eigentlich nicht mehr viel tun. Maximal die Fundstelle bestmöglich absichern. Da das Telefon vollen Empfang hat, ruft er auch gleich die Sandra an und erklärt ihr in kurzen Worten die Situation. Als Erstes beschreibt er die Stelle, wo das Auto des Toten parkt und wo er seinen Dienstwagen abgestellt hat, und dann in etwa die

Stelle, an der der Tote liegt. Die Sandra soll auch gleich einen Krankenwagen heraufschicken. Für den Herrn König. Ohne Blaulicht, aber rasch, wenn es geht. Dann soll sie die Kripo verständigen und gleich auch die Gerichtsmedizin. Der Reininger wird oben im Wald auf die Verstärkung warten.

Da der Reininger den König bereits vor einigen Minuten entlassen hat, sitzt der mittlerweile auf seinem angestammten Plätzchen an der Straßenböschung und wartet, während es sich der Reininger oben beim umgestürzten Baum bequem gemacht hat und ebenfalls wartet.

Manchmal hört der Reininger Stimmen von weiter oben, aber die verklingen zumeist rasch. Wie gesagt, der Reinischkogel hat unzählige Wanderwege. Der Revierinspektor Reininger steht dann zwar immer auf und lauscht, muss seinen geschützten Platz aber nicht verlassen. Darüber ist er schon recht froh, da er nicht zu viel Unordnung im Wald machen will. Wenn nämlich ein paar Verirrte von oben in Richtung Tatort marschieren, dann müsste er, wenn es blöd läuft, aufstehen und eventuell die Route des Mörders kreuzen. Und die Leute unbedingt aufhalten. Schreien allein und Herumfuchteln würden da nicht viel helfen. Die sind imstande und kommen näher, anstatt wegzulaufen. Neugierig, wie die Menschen nun einmal sind.

Auch wenn der Reininger seit seinem letzten Schießtraining ein bisschen schlechter hört, so hat er immer noch eine hervorragende Nase. Aber was man beim Weinbeißen und beim Gourmetessen so richtig gut gebrauchen kann, ist beim Warten neben einer Leiche genauso überflüssig wie ein Schirm unter Wasser. Wenn du Schwammerl suchst und die Schwammerl schon vorher riechen kannst, dann bist du glücklich und hoffnungsfroh. Denn du bist auf dem richtigen Weg, und es kann kaum mehr etwas schiefgehen. Wenn du aber eine Leiche lieber nicht riechen willst und den Geruchssinn auch nicht mehr zum Finden brauchst, dann bist du schon ein armer Kerl.

Obwohl sich der König ebenfalls als einen armen Kerl bezeichnen würde, kommt ihm in dieser Minute der Reininger bemitleidenswerter vor. Allein da oben zu sitzen und neben einer Leiche Wache zu schieben, ist nicht gerade gut fürs Gemüt.

Glücklicherweise hat ihn der König vorgewarnt. So hat der Revierinspektor schon viel eher gewusst, was auf ihn zukommt, und sich zumindest geistig auf den Anblick vorbereiten können. Er, der König, war da viel schlimmer dran gewesen. Wenn einer wie er fröhlich vor sich hin pfeift und dann auf einmal vor einer zermatschten Leiche steht, dann fragt der sich zu Recht, warum er nicht zwanzig Meter später durch den Wald hinunter ist. Vielleicht hätten sogar zehn Meter gereicht. Aber nein! Zumindest ist er nicht mehr ganz allein hier oben, und wenigstens ist der Reininger einigermaßen vom Fach.

Dass der König das »einigermaßen vom Fach« in seine Gedanken mit eingebaut hat, liegt weniger am Reininger Sepp und dessen offensichtlichem Mangel an Professionalität, sondern eher am Octavia. Mit so einem Auto, das traut sich sogar der Nichtautobesitzer König zu denken, bist du ziemlich am Arsch. Fahrtechnisch und wahrscheinlich auch berufsmäßig. Ist eigentlich ganz logisch. Welcher Angestellte fährt denn einen Dienstwagen so lange, bis er keine Zulassung mehr bekommt? Wohl kaum die Erfolgreichen. Die wirklich Erfolgreichen sagen sich und dem Chauffeur so jedes halbe Jahr, ehe der Chauffeur zur Servicestelle seines Vertrauens fährt, die rein zufällig seinem Schwager gehört, um dort die Reifen des besagten Wagens zu wechseln: »Die Reifen sind ja noch ganz in Ordnung, aber bitte schön wechseln Sie doch das Auto dazu, Herr Fahrer. Gehen S', seien S' doch so lieb.«

Da hat der König gar kein schlechtes Auge gehabt. Ist schon etwas Wahres dran an seiner Theorie. Gut, dass der Reininger von Herrn Königs Gedanken so gar nichts mitbekommt. Der hätte die Rettung doch glatt wieder abbestellt. Könnte man ihm dann auch nicht verdenken.

12

Der Anruf vom Revierinspektor Reininger hat die Sandra auf dem falschen Fuß erwischt. Nicht nur wegen der vielen Arbeit, die auf einmal über die Sandra hereingebrochen ist, sondern auch wegen dem Nagellack, den sie gerade aufgetragen hat. Der trocknet weniger schnell, als eine Leiche verwest. Nun kann man zwar davon ausgehen, dass ein warmer Spätsommertag einen toten Menschen rascher zu Kompost werden lässt als ein durchschnittlich kalter Wintertag. Und das stimmt auch. Nur stimmt es nicht, dass sich das mit dem Nagellack ähnlich verhält. Der Sandra ihrer glänzt zwar wunderbar, trocknet aber elendiglich langsam. Völlig egal, ob die Sommersonne beim Fenster hereinlacht oder sich der Schnee bis zum Fensterbrett türmt.

Von der Arbeitszeit her wär das ja kein Problem, schreibt die Sandra eben Überstunden, aber wenn sie jetzt überall herumtelefonieren muss und dann vielleicht noch die vier Schritte zum Faxgerät soll, dann sind nicht nur die Malerarbeiten an den Fingern umsonst, sondern auch die an den Füßen gleich mit dazu. Dabei wollte die Sandra doch noch schnell nach Bärnbach ins Bad. Nagellack zeigen. Ist ohnehin bald um, der Sommer.

Die Sandra flucht also wie ein Bierkutscher von einem Gösser-Lkw, dem gerade der Konkurrent vom Reininghaus-Bier die Vorfahrt genommen hat, und telefoniert dann. Zuerst mit dem Landeskrankenhaus in Voitsberg wegen des Mediziners und der Rettung. Ob das LKH für den Gerichtsmediziner zuständig ist, weiß die Sandra natürlich nicht. Woher soll sie das auch wissen? Für solche Zwecke ist die Sandra nicht geschult. Netterweise kümmert sich die Dame am anderen Ende der Leitung um beide Anliegen. Dann sucht die Sandra aus einem der unzähligen Ordner die Nummer der Mordkommission mit dem Sitz in der Landeshauptstadt Graz.

Nachdem die Sandra mehrmals weiterverbunden wurde, gerät sie endlich an einen Herrn Draxler, dem es gelingt, ihr in einem Fernverhör das Wenige, was sie weiß, in wenigen Minuten aus der Nase zu ziehen.

Das für ihn Wichtigste ist die Wegbeschreibung. Da war der Reininger ja sehr präzise. Die Stelle findet auch ein Blinder ohne Krückstock. Das jedenfalls hat der Reininger am Telefon behauptet. Reiningers Telefonnummer gibt sie dem Herrn Draxler auch gleich durch. Soll sich der doch mit den Oberwichtigen herumschlagen. Sie will schließlich noch ins Bad. Ist ohnehin schon so spät.

13

Das Landesgendarmeriekommando residiert schon seit ewigen Zeiten in der Straßgangerstraße. Dort schoppt sich das Polizeilich-Militärische. Im Süden die Gablenzkaserne, die zumindest in den achtziger Jahren für ihre legendären Nachspeisen berühmt war. Im Norden die Belgierkaserne mit der Stellungskommission und den Jagdpanzern und den nicht ganz so guten Desserts und gar nicht weit entfernt die Hummelkaserne, die mittlerweile verkauft worden ist. Für Mietskasernen soll sie geschliffen werden. Das ist zumindest ein kleiner Trost, wenn schon das Militärische weichen muss. Kaserne für Kaserne. Und es gibt Mietskasernen, in denen öfters geschossen wird als in Gebäuden, wo man es von ihrer Bestimmung her erwartet.

Aber zurück zur Polizei. In Wetzelsdorf fühlt sich also umfeldbedingt so ein ehemaliges Landesgendarmeriekommando, jetzt Landespolizeikommando, recht wohl. Mit der Zusammenlegung von Gendarmerie und Polizei haben sich natürlich sofort diverse Synergien ergeben. Schaut das Wort »Synergie«, wenn man schnell hinschaut, eigentlich ganz harmlos aus, wegen dem exotischen »y« für manche vielleicht sogar richtig sympathisch, so öffnet es einem schon die Augen, weil sich dahinter so etwas verbirgt wie: »Vieles gibt es jetzt doppelt, darum wird aus zwei eins gemacht.« Dann klingt das nette Wort auf einmal nicht mehr ganz so liebenswert. Das geht zwar noch in Ordnung, wenn du die »Eins« bist, bist du aber die überflüssige »Zwei«, dann ist Schluss mit lustig.

In der Privatwirtschaft bist du als »Zwei« nämlich gleich beim Arbeitsamt und in der Arbeitslosengeldschlange. Bei der Exekutive geht es da Gott sei Dank ein wenig gemäßigter zu. Da wird der liebe Kollege, bei dem die Pension ruft, eben nicht nachbesetzt. Haben halt die Hinterbliebenen mehr Arbeit, aber der Gang hinauf zum Bahnhofgürtel und zum Arbeitsamt bleibt denen erspart. An sich klingt »doppelte Arbeit« ja gleich fürchterlich, aber wenn es so einer bei seinem früheren Arbeitspensum so nebenbei zum mehrfachen Abteilungssudokumeister gebracht hat, dann hält sich das Mitleid der »Zwei« aus der Privatwirtschaft, die noch immer geduldig in der Arbeitslosenschlange wartet, in Grenzen.

Jetzt haben genau diese Synergien die Mordkommission umsiedeln lassen. Hinaus nach Wetzelsdorf ins ehemalige Landesgendarmeriekommando. Da weiß man aber auch nicht, was einem lieber ist. Die alten Büros in der Paulustorgasse, zweifellos eine legendäre Adresse. Auch heute noch ist das Paulustor jedem Steirer ein Begriff. Wenn einer dort sein Büro hat, dann ist der Weg zu einem Eis beim Temmel nicht länger als der zum Frankowitsch und den legendären Brötchen. Oder eben die Straßgangerstraße, wo man den Buchkogel und die Kirche Sankt Johann und Paul unmittelbar vor der Nase hat. Von den feschen Innenstadtmädels keine Spur, dafür aber Grün bis zum Abwinken. Und dort im Grünen residiert derzeit die Mordkommission.

Dem Major Spazierer war die Umsiedelung gar nicht so unrecht. Als gebürtiger Wetzelsdorfer, Postleitzahl 8053, fühlst du dich im Heimatbezirk deiner Kindheit auch als Erwachsener nicht wirklich fremd. Trotzdem war es für den Spazierer anfangs ein wenig gewöhnungsbedürftig, da die Leute von der ehemaligen Gendarmerie auch nicht gleich ein Fest mit Bier und Spanferkel gefeiert haben, nur weil die ach so wichtige Mordkommission in Wetzelsdorf eingezogen ist. Das Gefühl des Unerwünschtseins hat beim Spazierer aber nicht lange angehalten. Da hat sich die sensible Kollegin Ranner, die nun vom noblen linken Murufer in den nicht ganz so noblen Grazer Westen pendeln muss, schon erheblich schwerer getan.

Das mit den Murufern ist nämlich auch so eine Sache. Ob ein »Linker« oder ein »Rechter«, das ist zwar nicht die erste Frage, die man jemandem stellt, den man eben erst kennengelernt hat, aber interessieren tut es einen schon.

Die Mur schneidet die Stadt ziemlich genau in zwei Hälften, in das reiche linke und das ärmlichere rechte Murufer. Zwar ist die Trennung in »reich« und »arm« nicht mehr ganz so augenscheinlich, in den Köpfen der Altvorderen gibt es sie aber noch. Jetzt kann man die Mur sicherlich nicht mit der Berliner Mauer vergleichen, und einen Checkpoint Charly sucht man auch vergeblich, aber wenn unter einem die Mur hindurchplätschert, dann wechselt man trotzdem die Seiten. Aus Mariatrost, wo die Ranner bei ihrer Tante zur Untermiete wohnt, ins ferne Wetzelsdorf ist es dann eine kleine Weltreise.

Was das Kulinarische angeht, so hat sich der Herr Major allerdings deutlich verbessert. Wenn die Ranner an ihren Jausenbroten herumkaut und dazu Zucker mit Kaffee trinkt, fährt der Spazierer schnell zu seinen Eltern auf ein gutbürgerliches Mittagessen. Zweihundert Meter Luftlinie bis zu seinem Elternhaus sind ja ein Katzensprung. Da braucht er gar nicht erst anzurufen, um zu sagen, dass er zum Essen kommt. Da reicht es schon, wenn er das Fenster aufmacht und es hinausschreit. Die Mutti hört ihn dann schon.

Die Gegend kennt er wie seine Westentasche, auch wenn er dieses Wissen beruflich doch recht selten braucht. Morde passieren meist ganz woanders, wie zum Beispiel heute am Reinischkogel. Ist auch gut so. Allein schon wegen seiner geliebten Eltern. Die will er nicht in der Nähe irgendwelcher Mörder wissen.

Der Major Spazierer sitzt gerade an seinem Computer, als ihn über Umwege Sandras Meldung aus Voitsberg erreicht. Neben seinem Chef, dem Oberst Draxler, ist auch die Spurensicherung bereits informiert und schon auf dem Weg hinauf auf den Berg.

Der Oberst Draxler. Lange hat der auch nicht mehr bis zu seiner Rente, denkt sich der Spazierer beinahe wehmütig. Den Draxler wird er schon sehr vermissen. Ist zwar ein rechter Grantler, und das nicht erst seit dem Tod seiner Frau Irmi, fachlich aber ein Knaller. Gelernt hat der Spazierer von ihm eine ganze Menge. In den letzten Jahren ihrer Zusammenarbeit ist sogar so etwas wie Freundschaft entstanden. Nicht, dass die zwei jede freie Minute zusammenhängen, wahrlich nicht. Dafür sind ihre persönlichen Interessen einfach zu unterschiedlich, ihre Charaktere zu verschieden und der Freundes- und Familienkreis des Herrn Major zu groß. Muss ja auch nicht sein. Zum Aufeinanderpicken sind

Brief und Briefmarken bestimmt, der Spazierer und der Draxler sicherlich nicht. Der Spazierer spielt leidenschaftlich gern Fußball, während der Draxler sich diesen lieber anschaut. Der Spazierer fährt im Winter leidenschaftlich gerne Schi, wohingegen der Draxler eher der Langläufertyp ist. Das nur als kurze Vorstellung.

Der Draxler, eben noch ein Nervenbündel im Wartezimmer der Zahnarztpraxis seines Vertrauens, ist nicht unfroh, dass er sich aus beruflichen Gründen zu einem späteren Zeitpunkt von seinem Weisheitszahn wird verabschieden müssen. Bei wichtigen privaten Terminen ist der Draxler selten erreichbar, beim Arzt immer.

Da könnte man meinen, dass der Draxler ununterbrochen sein Handy anstarrt und sich denkt: Bitte läut, bitte läut! Heute war es die liebe Sandra aus Voitsberg, die ihm diesen großen Gefallen getan hat. Bald wird sich die Sandra über eine große Schachtel Merci freuen können. Der Draxler ist kein Schnorrer. Schon gar nicht dann, wenn er für etwas wirklich dankbar sein darf. Der Draxler ist zwar Polizist, aber auch Polizisten haben ein Recht auf Angst. Und wenn es die Angst vor Bohrern und Zangen ist.

Der Draxler ist bereits auf halbem Weg auf den Reinischkogel. Das hat er dem Spazierer beinahe vorwurfsvoll übers Handy mitgeteilt, mit dem Befehl, es ihm gleichzutun. Und zwar sofort, nun ist Eile angesagt. Mit der Kollegin Ranner im Schlepptau, versteht sich. Dem Spazierer ist, in Kenntnis des geplanten Zahnarztbesuches, auch nur ein mitleidiger Grinser ausgekommen. Da versucht der Draxler, seine Freude über diesen nahezu perfekt getimten Mordfall mit harscher Bärbeißigkeit zu kaschieren. Damit kann er den Spazierer nicht ärgern.

Wer ihn wirklich ärgern kann, das ist die Hilde Ranner. Wo sie sich jetzt gerade wieder herumtreibt, kann der Spazierer nicht sagen. Zwar ist der Herr Major kein Macho im herkömmlichen Sinn, aber das weibliche Herumgetue der Ranner und ihre permanente Arbeitsplatzabstinenz kann manchmal ganz schön nerven. Die Gute ist nahezu immer in Bewegung. Einmal verrutscht die linke Kontaktlinse, und schon ist die Frau Ranner eine halbe Stunde weg. Der Herr Spazierer kennt die Augen der Ranner schon fast besser als seine eigenen. Er weiß, dass, wenn Ranners linke Linse Sperenzchen macht, die rechte auch nicht lange auf sich warten lässt. Und wieder ist eine halbe Stunde den Kanal hinunter, in Richtung Gössendorf, wo die Kläranlage schon sehnsüchtig auf so eine vergeudete halbe Stunde wartet. Sind die beiden Linsen ausnahmsweise artig, dann kann sich der Spazierer sicher sein, dass das Fräulein Ranner eine der beiden unabsichtlich mit dem Kajalstift ansticht. Dann ist eine ganze Stunde so schnell weg wie ein Patzerl Schnee im Mai. Wenn sie dann endlich einmal auf ihrem Platz sitzt, dem Spazierer gleich direkt gegenüber, dann ruft sie mit Sicherheit gleich den Schnurlibärli an.

Der Schnurlibärli ist nämlich der Freund der Hilde Ranner. Ein Student der Technik. Kein zugezogener Kärntner oder Oberösterreicher, sondern, wie der Spazierer, ein gebürtiger Grazer. Quasi ein Eingeborener. Aus Graz und noch dazu der einzige Sohn eines stinkreichen Ärzteehepaares. Und wo wohnen stinkreiche Grazer? Sicherlich nicht am orographisch rechten Murufer, sondern am linken. Weniger in den Niederungen als oben am Ruckerlberg. Wo, wenn man dort die Euros für ein unverbautes Fünfhundertquadratmeterfleckerl hingeblättert hat, das restliche Geld gerade einmal für ein Zelt reicht. Kein Hauszelt, wo denkt man da hin, eher ein einfaches Zweimannzelt. Ist also sündteuer, da oben am Ruckerlberg. Dort wohnt also der Schnurlibärli in einer Zweihundertquadratmetereinliegerwohnung. Dass der Schnurlibärli zum einen einen Blick auf das elterliche Sportschwimmbecken hat, neben dem das Stukitzbad wie eine ärmliche Badewanne wirkt, und zum anderen auf das Landeskrankenhaus hinunterschauen kann, ist schon sehr schön. Dem Fräulein Ranner kann das alles nur recht sein. Sie tut wirklich ihr Bestes, um reich zu heiraten. »Tu felix Ranner, nube!«

Den Schnurlibärli, den reichen Schnösel, hat der Spazierer beim letzten Tag der offenen Tür hier am Stützpunkt kennengelernt. Aber nur im Vorübergehen. Schon beim ersten Hinschauen hat der Spazierer gewusst, dass die Ranner für den Schnurlibärli nur eine Übergangslösung ist. Maximal bis zum Ende des Studiums und bis dahin zum Angeben bei den Kommilitonen. »Meine Freundin arbeitet bei der Mordkommission«! Das klingt gar nicht so schlecht. Dass die Ranner die nächsten zehn Jahre noch genießen soll, würde ihr der Spazierer gern sagen, tut es aber dann doch nie. Zehn Jahre, weil diese Weichbirne von Schnurlibärli noch mindestens so lange studieren wird, da ist sich der Spazierer sicher.

Wo bleibt denn die Ranner?, fragt sich Kommissar Spazierer jetzt schon bald ärgerlich. Fünf Minuten gibt er ihr noch, dann fährt er ohne sie los. Das macht ja ein schönes Bild, wenn der Herr Major als Letzter eintrudelt. Zwar geht sein Alfa 159 ab wie die Hölle, aber ohne Blaulicht ist er eben auch nur ein einfacher Autofahrer. Mit Blaulicht einem Toten zu kondolieren, wäre zwar eine nette Geste, ob das aber zu rechtfertigen ist, wenn der Kollege Draxler schon fast am Tatort ist, bezweifelt der Spazierer.

In der restlichen und hoffentlich kurzen Wartezeit verschwendet der Spazierer dann doch noch den einen oder anderen Gedanken an die Ranner. Wie die ins Telefon säuselt, wenn der Schnurlibärli anruft, ist sagenhaft. Da packt der Schnittenkaiser Manner weniger Zucker in eine gesamte Tagesproduktion als die Ranner in einen einzigen Schnurlibärlianruf. Ist immer ganz nah am Zuckerschock, die Gute. Dass das Schnurlibärli nie vor elf anruft, ist auch klar. Muss noch seinen Rausch ausschlafen, der Herr Student. War wieder voll gut gestern Nacht in seinem Lieblingslokal. Gut war es immer dann, wenn die Ranner Journaldienst gehabt oder brav im Bettchen geschlummert hat. Hat die Ranner dann endlich frei, geht der junge Mann mit ihr bestenfalls zum Essen, und das noch dazu am frühen Abend. Spaßfaktor gleich null.

Na endlich, denkt sich Kommissar Spazierer, als sich zaghaft die Tür öffnet. Zaghaft, weil die Ranner gerade zwei Automatencappuccino balancieren muss.

Einen für sich und einen für den Chef? Sicherlich nicht. Einen für jetzt und einen für später. Die Ranner ist ein typisches Einzelkind. Teilen, außer mit dem Schnurlibärli, gibt es bei der nicht. Den ersten trinkt sie heiß und den zweiten etwas später und kalt. Bekannterweise macht kalter Kaffee schön.

Der Kommissar Spazierer grinst über beide Ohren und tut ihrer Schönheit einen großen Gefallen: beide später, beide kalt. Einsatz, junge Dame, Notizblock, Fotoapparat, Diktiergerät und das Für-Schnurlibärli-immer-erreichbar-Gerät, und ab geht die Post. Dass es hinauf auf den Reinischkogel geht und hinein in den Wald, wird ihr der Spazierer aber erst auf der Autobahn verraten. Das aber auch nur wegen der hochhackigen Schuhe, die die Ranner heute anhat.

So ist der Spazierer. Der kann manchmal ein ganz schönes Schwein sein.

Wie sie dann an Lieboch vorbei sind, hebt der Spazierer seine Informationssperre auf. Fast ins Weinen kommt die Ranner. Die schönen Schuhe! Hat ihr der Schnurlibärli zum zweiten Jahrestag geschenkt. Will wohl, dass du dir das Genick brichst, denkt sich der Spazierer böse. Das wäre auch eine Möglichkeit, eine Beziehung elegant zu beenden.

Das Navi benötigt der Spazierer für diese Strecke nicht. Bei seinem angeborenen Orientierungssinn wäre das eine unnötige Energieverschwendung. Erst kurz vor der Stelle, wo das Auto des Ermordeten geparkt sein soll, ruft der Spazierer den Draxler an. Ist nicht mehr weit, meint der Draxler. Wie dann der Spazierer eintrifft, kommt er sich vor wie im Shoppingcenter Seiersberg an einem Adventsamstag. Autos, so weit das Auge reicht. Da die Straße mittlerweile für den öffentlichen Verkehr vollständig gesperrt ist, stellt der Spazierer seinen Alfa in zweiter Reihe ab. Die Rettung, in der bei offener Heckklappe der aufgebahrte König ruht, blockiert er in weiser Voraussicht nicht.

Kaum dass der Spazierer ausgestiegen ist, ist auch schon der Reininger Sepp bei ihm. Bleich, aber im Dienst. »Der Herr Oberst ist mit der Spurensicherung oben im Wald«, berichtet ihm der Reininger stellvertretend. Der Herr Major soll sich gleich den König vornehmen, der eigentlich schon zu lange auf seine Taxifahrt ins Krankenhaus wartet. Da soll sich der König bei der Ranner bedanken, denkt sich der Spazierer fast entschuldigend. Außerdem kann ihm der Reininger gar nichts anordnen. Weil diesen Wunsch aber der Draxler geäußert hat, geht das schon in Ordnung. Da die Ranner vor lauter nervös, wahrscheinlich wegen der Schuhe und weniger wegen dem Mord, zum Alfa zurückmuss, um ihr Diktiergerät zu holen, hat der Spazierer ein wenig Zeit, sich umzuschauen.

Die Stelle hier kennt er. Da hat er auch schon einmal geparkt. Schwammerlsuchen ist für ihn zwar kein ernst zu nehmendes

Hobby, aber manchmal treibt es auch einen Kommissar privat in den dunklen Wald. Wie dann die Ranner endlich wieder zurück ist, nimmt sich der Spazierer den König vor. Dass die Ranner so lange gebraucht hat, weil gerade der Schnurlibärli angerufen hat, verschweigt das Fräulein geflissentlich. Dumm ist sie ja nicht. Zumindest nicht hauptberuflich.

Obwohl der Revierinspektor Reininger sämtliche Personalien des Herrn König bereits aufgenommen hat, tut das die Ranner auf Geheiß ein zweites Mal. Der König wohnt im selben Bezirk wie die Eltern des Herrn Major. Auch ein 8053er also. Wie der Spazierer dann erfährt, dass nicht nur die Postleitzahl, sondern auch noch die Gasse übereinstimmt, kommt ihm der Herr König auf einmal gar nicht mehr fremd vor. Natürlich! Der legendäre Bimfahrer König. Bruchpilot und bekennender Alleinwanderer. Der Kommissar hätte den König fast nicht erkannt, so sehr haben ihn die letzten Stunden gezeichnet.

Der Herr König gibt dem Spazierer den Sachverhalt im Wesentlichen so wieder, wie er es bereits beim Revierinspektor Reininger getan hat. Neues ist ihm vor lauter Liegen auch nicht eingefallen. Der Spazierer bedankt sich recht artig und trägt den Rettungsfahrern auf, den Herrn König ins LKH West zu fahren. Der Spazierer weiß, dass die Königs kein Auto haben, die Frau König auf die Öffentlichen angewiesen ist und das LKH West nun einmal am komfortabelsten liegt. Da hilft sich das ärmliche rechte Murufer dann schon gegenseitig.

Als endlich der Draxler aus dem Wald zurück ist, schaut er auch nicht gerade aus, als hätte er eben ein erholsames Wochenende in der Therme Loipersdorf verbracht. Im Vergleich zu dem schrecklichen Anblick da oben im Wald ist das Ziehen eines Weisheitszahnes gar nicht einmal so schlimm. Er ist aber zu lange Profi oder zu sehr Mann, als dass er so was je öffentlich eingestanden hätte. Maximal seinem Zahnarzt hätte er es gesagt. Von Mann zu Mann und quasi als kleine Rechtfertigung für seine feige Flucht aus dem Wartezimmer.

Ob es Mord war oder nur ein bedauerlicher Unfall mit anschließendem Wildimbiss, kann momentan keiner sagen. Schrecklich zugerichtet ist der Tote, aber das heißt noch nichts. Ein klareres Bild wird man sich wohl erst nach der Obduktion machen können. Trotzdem tippt der Draxler schon auf Mord, aus einem Gefühl heraus. Da der Draxler praktisch sein ganzes Leben lang Mörder gejagt hat, haben seine Vorahnungen beinahe schon verbindlichen Beweischarakter. Dass jetzt der Spazierer und die Ranner auch hinauf müssen, verlangt der Draxler aber nicht. Wenn es um die psychische Aufarbeitung so einer Sauerei geht, sind vier oder gar sechs Augen eher hinderlich. Wenn nämlich drei Leute nicht mehr klar denken können und nur grässliche Bilder im Kopf haben, kann der Mörder schon feiern gehen. Dann ist nichts mit Aufklärung, lebenslanger Haft und Frieden im Wald.

Um eine Anregung für einen Alptraum reißt sich der Spazierer nicht extra, auch wenn er nur allzu gerne der Ranner in ihren Stilettos beim Bergsteigen zugesehen hätte. Da wäre es aus gewesen mit dem lustigen Stöckelgeklappere. Andererseits hätte die Gute beim Bergabgehen einen immensen Vorteil gehabt. Quasi gleich zwei Steigeisen an den Füßen, Halt ohne Ende, und belüftet hätte es den Waldboden noch dazu. Irgendwann erwischt er die Ranner schon noch auf dem falschen Fuß. Da hat der Herr Major gar keine Zweifel.

Der Draxler bleibt noch am Tatort. Da aber die Leiche schon bald aus dem Wald heraus und in die Gerichtmedizin hinein geschafft werden soll, ist es besser, wenn der Spazierer und die Ranner vorfahren, um bei der Obduktion dabei zu sein. Zumindest draußen, vor der Tür. Ohne direkten Blick auf die verstümmelte Leiche. Sonst wäre die ganze Übung mit dem Nichthinaufgehen ja völlig umsonst gewesen.

Eines gibt der Draxler den beiden als Wermutszuckerl schon noch mit auf den Weg: Sämtliche privaten Abendveranstaltungen sind bis auf Weiteres abzusagen. Das hat sich der Spazierer ohnehin gleich gedacht, und damit hat er auch gar kein großes Problem. Fußballspielen tut er schließlich montags, donnerstags und freitags, aber gottlob ist heute ja Dienstag. Fußballtechnisch ein Fenstertag. Außerdem ist der Major Spazierer weder verheiratet noch fix liiert. Eigentlich nicht einmal lose.

Für die Ranner sind die Anweisungen ihres Oberchefs da schon eher ärgerlich. Wollte sie doch heute ihrem Schnurlibärli in seiner

Designerküche seine Leibspeise kochen. Beef Tartar auf Toast. Dazu hätte sie eine gute Flasche Rotwein kredenzt. Bei der Zubereitung von Beef Tartar kann man zwar nicht von Kochen reden, aber so auf du und du steht die Ranner mit dem Kochen nun auch wieder nicht. Schon allein wegen der so einfach zuzubereitenden Leibspeise ist der Schnurlibärli für sie der Mann fürs Leben.

Die Änderung ihrer gemeinsamen Pläne wird sie ihrem Schnurlibärli jetzt aber auch nicht auf der Fahrt in die Gerichtsmedizin mitteilen. Zwar ist sie sich nicht sicher, aber wahrscheinlich nerven ihre Telefonate den Herrn Major. Soll er sich eben auch eine Frau suchen, der liebe Herr Spazierer. Für sein Alter sieht er ja gar nicht einmal so schlecht aus.

14

Kaum dass die Ranner im Schlepptau ihres unmittelbaren Chefs abgerauscht ist, nimmt sich der Draxler den Reininger zur Brust. Dass da oben im Wald der König den Tatort unabsichtlich verwüstet hat, ist besonders für den Toten bitter. Vor allem wegen der vernichteten Beweise und den damit rapide gesunkenen Aufklärungschancen. Dem König kann man es aber nicht wirklich verübeln, er ist ein ehemaliger Bimfahrer und kein Polizist. Und der grauenhafte Anblick hat ja sogar dem Draxler aufs Gemüt geschlagen. Dass aber der Reininger mit seinem Dienstoctavia die vielleicht einzige echte Spur vernichtet hat, tut nicht nur dem Toten weh, sondern gleich der ganzen Polizistenzunft, meint der Draxler zynisch.

Wie der Herr Oberst denn jetzt da draufkommt, will der Reininger Sepp erstaunt wissen.

Nun zeigt sich, warum der Draxler Oberst ist und der Reininger nur einfacher Revierinspektor.

Eigentlich ist das ganz logisch. Um das zu erklären, stellt der Draxler dem Reininger eine simple Aufgabe. Der Reininger soll sich all die Autos, die da herumparken, jetzt ganz einfach einmal wegdenken. Das versucht der Reininger auch gleich. Beim alten

Octavia dauert es ein Weilchen, obwohl er gerade diesen am liebsten losgeworden wäre. Der Draxler schaut den Reininger Sepp fragend an. Dann nickt der Reininger. Gedanklich sind die Autos verschwunden.

Nun soll sich der Reininger vorstellen, er wäre der Fahrer des Mercedes. Er soll sich quasi in den Toten hineindenken. Zwar tut sich der Reininger Sepp auch dabei wieder ein bisschen schwer, er in einem praktisch neuen Mercedes, aber auch das klappt schlussendlich. Und schließlich soll Reininger gedanklich einparken. Der Reininger parkt nun artig und immer noch schwer vergeistigt den Wagen. »Wo am Parkplatz steht das Auto jetzt?«, fragt ihn der Draxler. »Am Anfang der Parkbucht oder eher am Ende?«

»Ich hätte den Wagen mittig oder am Ende abgestellt. Allein schon wegen der einfacheren Zufahrt.« Der Draxler sieht das auch so. Warum sollte sich also der Tote so knapp an den Anfang der gekiesten Ausweiche stellen. Wenn der direkt vom Tal heraufkommt, dann schafft der das ja gar nicht in einem Schwung. Der müsste dann, fast wie in der Stadt, umständlich reversieren. Das macht keiner freiwillig. Wenn einer ein eingefleischter Schwammerlsucher ist und auch wie ein Schwammerlsucher denkt, dann parkt der ohnehin gleich protzig in der Mitte. Soll sich die Konkurrenz doch ein paar Kilometer weiter einen Parkplatz suchen. Im Wald belebt Konkurrenz das Geschäft nicht.

Das leuchtet dem Reininger ein. Dass der einzige Grund, warum das Opfer so umständlich eingeparkt hat, nur ein zweites Fahrzeug sein kann, das schon vorher hier gestanden ist, kommt dem Revierinspektor dann auch ohne Soufflieren. Mist, denkt sich der Reininger. Dabei hat er sich so gefreut, dass für ihn noch ausreichend Platz da war. Dem Draxler muss er aber auch nicht gleich von seinem Parkspleen erzählen. Dass da keine Spuren mehr sind, dass nach dem andauernden Lenkraddrehen auch gar keine Spuren mehr da sein können, ist dem Reininger nur allzu klar. Klar ist ihm auch, dass der Draxler nun sauer ist.

15

Der Mörder macht sich Sorgen. Er ist ja schließlich kein Profi. Obwohl das Argument ganz schön hinkt, warum sollte sich nicht auch ein Profi über seine Arbeit ein wenig Gedanken und mitunter auch Sorgen machen. Gerade einer, der das Morden hauptberuflich betreibt, wird sich in seiner Performance, wie es auf Neudeutsch so schön heißt, verbessern wollen.

Der Mörder sitzt daheim, vor sich auf dem Tisch einen eiskalten Sommerspritzer. Quasi als Belohnung. Stichhaltige Beweise hat er draußen im Wald keine hinterlassen. Davon geht er aus, und damit liegt er auch goldrichtig. Mit dem Mord in Verbindung bringen könnten ihn maximal der Pfeil, der Jagdbogen und natürlich das Foto.

Sein erster Mord hat ihn derartig schnell beruhigt, wie es gerade einmal eine Kortisonsalbe bei einem böse juckenden Ausschlag schafft. Das hätte er sich so nicht träumen lassen. Scheinbar kann er sich selbst heilen, da braucht er kein Rezept und keine Apotheke. Eigentlich ein wunderbares Gefühl, wenn ein Mörder so gar nicht von der Menschheit und ihren Errungenschaften abhängig ist. Ihn kostet es praktisch nichts. Nur die anderen kostet es das Leben. Ob dieses Gefühl der plötzlich wiedergefundenen Ruhe jetzt nachhaltig ist, kann er nicht sagen. Schön wäre es schon. So ein Leben als Menschenvernichter hat er sich ja auch nie gewünscht. Seine Eltern haben sich zwar nie besonders fürsorglich um ihn gekümmert, aber dass er zu einem Einzelgänger geworden ist, war eine ganz persönliche Entscheidung. Das mit dem Einzelgänger ist so natürlich nicht ganz richtig, da er mittlerweile über das Internet Kontakte geknüpft hat. Ist schon ein elegant anonymes Forum, das World Wide Web. Ohne den Computer wäre er wohl nie auf diese kühne Idee gekommen. Nun gilt es erst einmal abzuwarten. Blickt er auf das Foto des Toten, dann muss er wiederholt feststellen, dass er mit einem unübersehbaren Halali die Jagdsaison eröffnet hat. Ob es nun eine einsame Pirsch werden wird oder vielleicht doch eher eine Treibjagd, werden die nächsten Wochen zeigen. Obwohl ihm gar nicht der Sinn danach steht, wird er sich jetzt vermehrt unter die Leute mischen. Alibivorsorge nennt er das.

Für den Fall, dass der drüben in der Oststeiermark ebenfalls seinen Verpflichtungen nachkommt. Wann? Das steht in den Sternen.

16

Bei so vielen ungewissen Vorzeichen wird das Fräulein Ranner wohl noch einige Schnurlibärliabende stornieren müssen. Dass es dann, rein statistisch gesehen, auch den Spazierer und seine Kickpartien treffen wird, ist bedauerlich.

Auf der Fahrt in die Gerichtsmedizin lässt der Herr Major die Ranner anhand des Autokennzeichens eine Lenkererhebung durchführen. Der Spazierer ist informationstechnisch noch quasi Jungfrau. Dass der Herr Dröster bereits vor Stunden als vermisst gemeldet wurde und der Tote somit eine Identität hat, kann der Herr Major nicht wissen. Der Reininger Sepp war diesbezüglich auch kein Plappermaul.

Da nun die Gerichtsmedizin am Universitätsplatz 4 residiert, praktisch im Zentrum von Graz und ein schönes Stück vom Reinischkogel entfernt, haben die beiden ohnehin noch ein Stückchen Weg und ein bisschen Zeit vor sich. Nachdem das Fräulein Ranner das Kennzeichen telefonisch durchgegeben hat, wird es still im Alfa. Der Spazierer hängt seinen Gedanken nach. Sein Jahresurlaub steht unmittelbar vor der Tür. Nicht gleich morgen, aber doch schon in Sichtweite. Zwar liebt der Spazierer seinen Job sehr, aber ein paar Tage Nichtstun im warmen Griechenland hat er bitter nötig. Lesen und Hintern schauen. Darf er ja. Lesen sowieso und Hintern schauen auch. Ledig ist er und Single ist er. Letzteres nicht ganz freiwillig, aber die Richtige findest du wohl kaum beim Tanken bei der OMV-Tankstelle. Bei der OMV ist der Spazierer bei dem, was er dienstlich unterwegs ist, nämlich öfters als auf einen Spritz Veneziano in einem beziehungsfördernden Abendlokal.

Was jetzt den Urlaub angeht, so kommt ihm dieser Mord äußerst ungelegen. Leider unterliegt sein Beruf keinen saisonalen Schwankungen. Sollte aus seiner Sicht aber so sein. An die Polizeibeamten sollte auch einmal jemand denken. Sind schließlich auch nur Menschen. Am besten wär es, mordfreie Monate auszurufen. Und wenn sich einer nicht dran hält, dann gibt es eben doppelt lebenslänglich.

Wenn man den Spazierer so sieht, immer adrett und sportlich gekleidet, zumeist in einem eleganten Sakko, dann nimmt man ihm das Menschsein relativ leicht ab. Bei den Uniformierten ist es da schon ein wenig schwieriger. Da muss man sich als normaler Bürger erst einmal die Uniform wegdenken, um zum Menschen vorzudringen. Ist aber auch nicht ganz unproblematisch, weil, wenn die Uniform weg ist, die Herren, und mittlerweile auch vermehrt die Damen, in der Unterwäsche vor einem stehen. Da verliert der durchschnittliche Mann von der Straße ganz schnell den nötigen Respekt. Die ganz Schlüpfrigen denken sich bei den Damen auch noch BH und Höschen weg, und schon kommt wieder das Sexuelle durch.

Das Bimmeln des Ranner'schen Telefons schreckt den Spazierer auf. Die Ranner nimmt an und beginnt umgehend und wie verrückt auf ihren Notizblock zu kritzeln. Da ihre Stimme eher nach Kelly Chips und weniger nach Nutella klingt, wird es wohl kaum der Schnurlibärli sein. Nach drei erkenntnisreichen Minuten ist die Hilde Ranner endgültig im Bilde.

Der Wagenhalter ist ein Herr Dr. Dröster, wohnhaft in Hitzendorf bei Graz. Beim Namen Dröster klingelt etwas beim Spazierer. Ist das nicht der ehemalige Landesamtsdirektor?

Die Ranner klärt ihn auch gleich vollständig auf. »Dr. Dröster, vormals ÖVP-Funktionär, bereits pensioniert. Als Aktiver in leitender Funktion als Landesamtsdirektor auch für die Raumplanung im Land Steiermark verantwortlich. Seit nunmehr einem Jahr außer Dienst. War bei einer der letzten Landtagswahlen eines der politischen Zugpferde, ist dann aber freiwillig auf seinem Verwaltungsposten geblieben. Verheiratet. Zwei Töchter. Fährt einen M-Klasse-Mercedes mit dem behördlichen Kennzeichen GU 739 BS.«

Ein Politiker in einer Verwaltungsposition also. Schlagartig wird es dem Spazierer heiß. Dass sich Griechenland heuer wahrscheinlich nicht mehr ausgeht, weiß er nun mit ernüchternder Gewissheit. Bei Politikern wird die Sache immer kompliziert. Ein paar Fingerabdrücke, ein verdeckter Hinweis, ein kurzes Verhör und ein noch kürzeres Geständnis reichen da wohl nicht. Keine Zweitagesschnellermittlung.

Wie heißt es im Normalfall so schön: Wenn du ein Motiv findest, dann hast du schon fast den Täter. Bei Politikern gelten da andere Maßstäbe. Da musst du schon Glück haben, wenn du einen findest, der kein Motiv hat. Aber dass dann genau der auch der Täter ist, ist eher unwahrscheinlich.

Spazierers Meinung nach gehören Morde im Politikermilieu prinzipiell verboten. Ausgenommen öffentliche Attentate, da hat man den Mörder binnen einer Stunde. Schon allein wegen der unzähligen Kameras, die nun schon beinahe auf jedem Mast und an jedem Hauseck picken. Lang dauert es nicht mehr, und wir leben in einem völligen Überwachungsstaat. Was den gegenwärtigen Fall betrifft, so wird es nun ans Wühlen im politischen Sumpf gehen. Da wird er wohl Handschuhe anziehen müssen. Solche, die das Sumpfwasser vertragen, aber gleichzeitig schön weich sind. Samthandschuhe quasi. Hart anpacken darf er da niemanden. So schnell kann er gar nicht »A« sagen, wie er sonst degradiert unten im Keller beim Kopierer steht. Und dort kann er dann bis zu seiner noch fernen Pensionierung versauern. Zumindest, wenn er sich ganz dumm anstellt.

Feigling ist der Spazierer ja keiner, sonst machst du als Linksaußen beim Fußball auch keinen Stich, aber hier muss er vorsichtig sein. Umgehend denkt der Spazierer an die gute alte Gleichberechtigung. Soll doch die Ranner mal zum Zug kommen. Das Bezirzen mittelalterlicher Vorzimmerdamen ist sein Metier, wenn es aber um die Männer geht, kommt das Fräulein Ranner ins Spiel. Eine Catwalkbeauty ist die Ranner aus seiner Sicht ja keine, trotzdem doch eine Frau mit eindeutig weiblichen Attributen. Gerade weil sie relativ klein ist und für Spazierers Geschmack vielleicht ein wenig zu pummelig, entsteht der verwirrende Eindruck, der Herrgott hätte bei ihr versucht, sämtliche weiblichen Merkmale in Einmetersechzig hineinzustopfen. Oben viel, unten viel und dazwischen eine Fünfundsechzigzentimetertaille. Eine menschliche Sanduhr quasi. Dem Schnurlibärli gefällt es, und das ist wohl die Hauptsache.

17

Was die Alfabesatzung weiß, ist dem Draxler schon lange bekannt. Was er zusätzlich weiß, ist, dass es definitiv kein Raubmord gewesen ist. Drösters gut gefülltes Portemonnaie inklusive Fahrzeugpapiere und Autoschlüssel, alles da. Erneut winkt der Draxler den Reininger zu sich. Das Die-Ehefrau-Informieren steht an. Der Reininger Sepp hat es ohnehin gewusst. Als einfacher Revierinspektor ziehst du immer die Arschkarte. Jetzt würde er schon gern mit den Kollegen auf dem Dechantriegel tauschen. Dass die wegen einem banalen Einbruch immer noch da oben sind, glaubt der Reininger nicht. Oben sein werden die schon noch, aber wohl eher freiwillig. Die warten den ganzen Almauftrieb ab. Nicht nur wegen des Papierkrams, der dann immer den glorreichen Abschluss bildet und in diesem Fall hier wohl auch bei ihm hängen bleiben wird. Da kann sich ein Uniformierter absolut sicher sein. Und je spektakulärer die Amtshandlung, desto spektakulärer der Bericht. Seitenmäßig nämlich. Dass die Verständigung der Ehefrau eigentlich die Arbeit der Hitzendorfer Kollegen wäre, allein schon wegen der örtlichen Zuständigkeiten, lässt der Draxler nicht gelten. Den Reininger kennt die Frau Dröster schließlich schon. Zumindest telefonisch. Beim Telefonsex baust du ja auch eine Beziehung auf, obwohl du die dickliche, an einem Schal strickende Dame mit der sexy Stimme noch nie vorher gesehen hast.

Der Reininger zeigt auf seinen Octavia, der noch immer an derselben Stelle steht. Hoffnungslos eingeparkt ist er. Reiningers letzte Hoffnung, dass der Canossagang an ihm vorübergehen könnte, zerplatzt wie eine Seifenblase in einem zünftigen steirischen Hagelgewitter. Drei Pfiffe und ein paar ausladende Handbewegungen des Herrn Oberst, und schon wird dem Reininger Sepp eine schöne Gasse frei gemacht. »Der Herr Revierinspektor kann nun abrauschen«, meint der Herr Oberst lapidar. Aber eine Botschaft gibt ihm der Draxler dann schon noch mit auf den Weg. Er soll so lange bei der Frau bleiben, bis der Draxler zur Befragung da ist. »Und, Reininger, seien Sie einfühlsam. Sie haben nicht umsonst diverse Schulungen besucht.«

Noch immer bleich im Gesicht fährt der Reininger los. Das Dröhnen des Octavia hört man noch lange durch den Wald. Da ist ein neuer Auspuff aber auch schon überfällig, denkt sich der Draxler, ehe er zu den Tatorttechnikern zurückstapft.

18

Gefunden haben die Herren von der Spurensicherung nicht gerade viel. Nur einen vollgekotzten Fußabdruck. Nachdem die unappetitlichen Reste von Königs Frühstück beiseite geräumt waren, ist nur ein glatter Abdruck übrig geblieben. Ohne Auffälligkeiten und ohne erkennbares Profil. Da hat der König ganze Arbeit geleistet. Betrachtet man den Rest des Tatorts und denkt sich das Blut und die Hautfetzen weg, die der Fuchs emsig verstreut hat, so war der Mordplatz relativ sauber. Der König hat ihnen vom Fuchs erzählt, und da ein Mitarbeiter der Spurensicherung passionierter Jäger ist und solche Bissspuren freilich kennt, ist es fast amtlich. Ein Fuchs war es, der die eigentliche Sauerei veranstaltet hat. Könnte theoretisch auch ein junger Wolf gewesen sein, aber eben nur theoretisch. Gibt in der Steiermark von denen ja schon lange keine mehr. Der Rest des Tatorts hat nichts Vorzeigbares hergegeben. In einem durchsichtigen Plastiksackerl stecken gerade einmal zwei Zigarettenkippen. Von den Herren Experten glaubt keiner, dass die mit einem mutmaßlichen Mörder etwas zu tun haben, dafür sind sie zu alt und zu aufgeweicht. Außerdem passen diese Überbleibsel so gar nicht zu diesem klinisch reinen Tatort. Wenn aber der Mörder schon Tage vorher die Gegend ausgekundschaftet hat und dabei doch etwas nachlässig gewesen sein sollte, dann wäre das natürlich etwas anderes. Ins Labor kommen die Kippen auf jeden Fall.

Wie dann der graue Metallsarg von der Bestattung hinunter auf die Straße getragen wird, wird es schlagartig still. Da hält ein jeder seine eigene Andacht für den Toten. Ganz spontan. Da muss man auch nicht laut »Pssst« rufen wie bei einem turbulenten Kindergeburtstag, da bleibt ein jeder stumm. Freiwillig. Da fühlt jeder mit, da das Schicksal, dorthin zu gehen, wo der Herr Dröster gerade hingegangen ist, schließlich niemandem erspart bleibt. Auch all jenen nicht, die im Lichte der späten Sonnenstrahlen dort oben auf dem Reinischkogel ihre Arbeit verrichten. Die meisten wollen alt werden. Mit Würde natürlich. Kein sabberndes Dahinsiechen, wo man sich jeden Tag bis ins Genick hinauf anscheißt. Mit Würde, und wenn es geht, ohne Schmerzen. Alt werden à la Club Med quasi. Viele, die an diesem Tag am Berg stehen, werden wohl nicht so viel Glück haben, wie es der Herr Dröster gehabt hat. Das klingt im Angesicht des unfreiwilligen Todes vielleicht ein wenig absurd, aber wenn man etwas genauer hinsieht, dann ist da schon etwas Wahres dran. Der Dröster hat ja ein Leben gehabt. Den hat kein Auto erwischt, wie er als Vierjähriger mit seinem Dreiradler hinter der Mülltonne hervorgeschossen ist. Der ist auch nicht mit dreißig mit Blutgruppe »A negativ« in einen Thailandurlaub geflogen und mit »HIV positiv« zurückgekommen. Der hat fast siebzig Jahre leben dürfen. An einem warmen Spätsommermorgen als quasi gesunder Pensionär dem Lieblingshobby nachzugehen und dann im Lieblingswald einen Sekundentod zu sterben, ist schon ein schöner Abgang. Fast so etwas wie eine Belohnung für ein gutes Leben. Mit einem Brennen im Kreuz ist der Dröster ins Licht gegangen.

19

Die Frau weint nicht. Sie würde schon, wenn sie noch könnte, aber die Sorgen um ihren Mann haben sie schon stundenlang weinen lassen. Nicht, weil sie eine hysterische Heulsuse ist. Nein. Sondern weil es nach vierzig Jahren Ehe, wenn es denn eine gute war, so etwas wie ein unsichtbares Band gibt. Da braucht die arme Frau kein Handy, die ist mit ihrem Liebsten auf andere Weise verbunden. Wie ihr Mann gestorben ist, ist keine Küchenuhr stehen geblieben, und auch die Vögel haben nicht aufgehört zu singen. Da ist ganz einfach und ganz tief in ihr drinnen etwas zerbrochen. Wie wenn ein dürrer Zweig zerbricht. Die darauffolgenden Stunden waren unerträglich, erst dann hat sie es zugelassen. Der Horst ist tot!

Da hätte die ganze Welt versuchen können, sie zu beruhigen. Dass man ihn schon finden wird, dass sie sich keine Sorgen machen soll und dass alles wieder gut werden wird. In jenem stillen Moment der endgültigen Erkenntnis hat sie gewusst, dass der Horst von ihr gegangen ist.

Revierinspektor Reininger kennt solche Menschen. Menschen, die den Schmerz nicht hinausschreien, ihn nicht hinauslassen können. So traurig die Botschaft auch ist, die der Reininger der Frau Dröster nun übermittelt, es ist doch nur eine Bestätigung ihres untrüglichen Gespürs. Dass ihr Horst ermordet worden ist, spielt da auch keine Rolle mehr. Zumindest nicht im Moment. Dass die Frau zuvor bereits geweint hat, ist ein gutes Zeichen. Dann explodiert auch später, viel später und wenn es keiner mehr erwartet, kein menschlicher Kelomat. Trotzdem sind ihm die Lauten lieber. Die, die ihm stellvertretend für den ungerechten Tod ihrer Herzensmenschen mit den Fäusten auf die Brust hämmern. Einer muss ja Schuld haben am Tod des geliebten Menschen. Ist es eben der Reininger Sepp, der Überbringer schlechter Nachrichten. Mit solchen kann er umgehen. Da bietet er seine breite Brust schon einmal als Punchingball an. Extra gezahlt kriegt er dafür aber nicht.

20

So trist, wie die Stimmung in Hitzendorf ist, so ähnlich trist ist die Stimmung beim Fräulein Ranner. Der Schnurlibärli ist eingeschnappt. Die Ranner hat es nicht mehr ausgehalten und hat im Beisein vom Spazierer mit ihm telefoniert. Viel hat der

Spazierer ja nicht mitgekriegt, da der Schnurlibärli ohnehin gleich aufgelegt hat. Da war Apollo 13 im Funkschatten des Mondes mit Houston noch besser verbunden als die Ranner mit ihrem Schnurlibärli. Wirklich eingeschnappt ist der aber nicht. Die Ranner kann ohnehin immer. Da braucht er nur mit den Fingern zu schnippen oder ganz einfach »hopp« zu rufen. Wenn er ihr aber jetzt ein schlechtes Gewissen macht, dann kann er ihr das wieder Monate lang vorhalten. Persilschein quasi. Gar nicht blöd, der Berufssohn, denkt sich der Spazierer. Die Taktik durchschaut wohl jeder Mann. Eine verliebte Hilde aber rein gar nicht.

Die Ranner versucht, sich nicht anmerken zu lassen, dass sie am Boden zerstört ist. An diesem Tag machen sich die Frau Dröster und das Fräulein Ranner gegenseitig ganz schöne Konkurrenz. Die Ranner kann einem wirklich leidtun, denkt sich der Spazierer. Glaubt an das große Glück und liegt doch so falsch. Auf dem Ruckerlberg wird sie wohl nie wohnen. Er wird doch noch mit ihr reden müssen. Von Mann zu Frau. Nicht heute, aber bald. Dann, wenn auch die Stimmung passt.

Weil der Spazierer hungrig ist und die Ranner wohl heute auf ihre Portion Beef Tartar wird verzichten müssen, lädt der Spazierer die Hilde auf ein Wiener Schnitzel ein. Die »Drei Goldenen Kugeln« liegen bei der Gerichtsmedizin unmittelbar ums Eck. Viel totes Fleisch in der Gegend. Da der Herr Dröster noch auf dem Weg herunter vom Berg ist, wird er ihnen diesen kurzen Abstecher sicherlich verzeihen.

21

Lustlos stochert die Ranner an ihrem Schnitzel herum. Dass sie von dort, wo sie sitzt, fast auf den Ruckerlberg sehen kann, hebt ihre Stimmung auch nicht gerade. Da kann sie nicht einmal der Spazierer mit seinen guten Tischmanieren auf andere Gedanken bringen.

Der Spazierer isst nicht gern allein. Das hat er noch nie richtig leiden können. Essen ist für ihn so etwas wie ein Gemeinschaftserlebnis. Das ist schon fast wie beim Fußballspielen. Mit dem Ball allein auf dem Platz bist du auch einer zu wenig. Zu zweit geht es dann schon. Er und sein bester Freund haben als Kinder immer auf die Garagentür gespielt. Einmal um den Mistkübel herum, und du warst in der gegnerischen Hälfte. Einmal retour, und du hast alle Hände voll zu tun gehabt, um ja nicht in Rückstand zu geraten.

Eines weiß der Spazierer mit Sicherheit, dass nämlich seine ach so weisen Fußballvergleiche die Ranner regelmäßig auf die Palme bringen. Würde der Schnurlibärli Fußball anstelle von Feldhockey spielen, dann wäre das gewiss etwas anderes. Dann hätte die Ranner schon ein vitaleres Interesse an der ganzen Sache. So ist das aber nicht, und aus diesem Grund hockt die Ranner regelmäßig ganz oben auf besagter Palme. Sie von dort wieder herunterzubringen, grenzt an körperliche Schwerarbeit. Mit einer Milka Schokolade geht es vielleicht, auf süß steht die Ranner nämlich. Süß wie ihr Schnurlibärli.

Eines ist dem Spazierer nicht erst seit heute klar: Den nächsten Mann muss er der Ranner persönlich aussuchen.

Als der Spazierer mit dem Essen fertig ist, ist es das Fräulein Ranner auch. Von ihrem Schnitzel fehlt gerade einmal ein Quadratzentimeter Panier, und damit hat es sich auch schon. Jetzt ist der Spazierer in Wetzelsdorf zwar wohlbehütet und glücklich aufgewachsen, aber weder Reichtum noch Verschwendungssucht waren in der Familie Spazierer je ein Thema. Hat damals auch keinen wirklich gestört, trotzdem prägt es das spätere Leben nachhaltig. Ein Schnitzel, auch wenn es so zerstochen daliegt wie ein gepiercter Punk, lässt ein Spazierer nicht so einfach zurück. Artig bittet der Herr Major um ein Stück Alufolie und bezahlt anschließend. Der Herr Dröster ist auch gerade eingetroffen, der Dr. Schneider von der Gerichtsmedizin hat netterweise angerufen. Perfektes Timing.

Auf dem Weg zur Gerichtsmedizin starrt die Hilde Ranner wie hypnotisiert auf ihr Firmenhandy. Dass der Schnurlibärli für sein unreifes Telefonauflegen zumindest eine Entschuldigungs-SMS schicken müsste, ist wohl das Mindeste, was ein verliebtes Countrygirl erwartet. So wie der Spazierer den Schnurlibärli einschätzt, hängt der jetzt zwar laufend am Telefon, wohl aber eher, um seine Jungs zu mobilisieren. Sturmfreie Bude. Völlig unerwartet. Partyzeit! Zum Grillen ist auch genug da. Beef Tartar, schon bald Fleischlaberl.

22

Im Foyer der Gerichtsmedizin ist es gespenstisch still. Fast wie in einer Kirche. Auch wieder passend. Der Kommissar Spazierer klopft an die Tür des Obduktionssaals. So einfach hineinplatzen will er nicht. Eigentlich will er gar nicht hineingehen. Da liest er schon lieber einen Obduktionsbericht. Wenn geht, ohne die Fotos. Mit Worten kann man die Dinge ja auch ganz schön beschreiben. Immer nur sehen und anfassen ist auch nicht das Wahre. Gerade als der Spazierer ein zweites Mal klopfen will, öffnet der Dr. Schneider höchstpersönlich. Zwar hat er die obligaten Gummihandschuhe schon übergestreift, blutig sind sie aber noch nicht. Gut für die Ranner mit ihrem ohnehin strapazierten Nervenkostüm und ehrlich gesagt auch gut für den Spazierer. Auf ein Wiedersehen mit seinem Schnitzel kann er gut und gerne verzichten.

Dr. Schneider teilt der Kripo mit, dass er mit der Obduktion in Kürze beginnen wird. Wie so oft bietet er der Kripo an, dabei zuzusehen, und wie so oft lehnt die Kripo dankend ab. Selbst der Draxler tut sich so eine Tortur nur in Ausnahmefällen an. Deswegen ist einer auch nicht mehr oder weniger Mann, nur weil er eben keinen Saumagen hat. Das hätte der Spazierer dem Dr. Schneider so aber nie gesagt. Warum auch. Gedanken sind frei. Worte nicht immer.

23

Dank des neuen Navi findet der Draxler das Haus der Familie Dröster auf Anhieb. Da es in Hitzendorf keine Straßennamen gibt, sondern nur Adressen wie »Höllberg« oder »Altenberg« plus Hausnummer, ist so ein Navigationssystem gar nicht so schlecht. Wenn er dabei auch langsam das Denken vergisst. Da kann es leicht passieren, dass jahrtausendealte Sinne wie der Orientierungssinn ganz schnell verkümmern. Der Draxler hat eine männliche Navistimme aktiviert, da er beim Autofahren Männerempfehlungen doch eher vertraut. Nicht dass der Eindruck entsteht, der Herr Draxler wäre ein Chauvinist, aber positiv formuliert ist er zumindest ein Herr der alten Schule. Aber wer kann schon in den Draxler hineinschauen. Seit seine Frau vor nunmehr fünf Jahren bei einem Autounfall ums Leben gekommen ist, gibt es niemanden mehr, der so richtig versteht, wie der Draxler eigentlich tickt. Am ehesten kennt ihn noch der Spazierer, aber so verändert, wie der Draxler seit Irmis Tod ist, kennt auch der Spazierer gerade einmal das Inhaltsverzeichnis der Draxler'schen Gebrauchsanweisung.

Der Draxler parkt gleich hinter dem Octavia ein. Nicht, dass ihm der Reininger gleich wieder abrauscht. Den braucht der Draxler noch. Als ortskundige Unterstützung. So arrogant, wie es manchmal den Anschein hat, ist die Mordkommission nämlich auch wieder nicht.

Der Draxler läutet, und zu seiner Überraschung öffnet ihm der Revierinspektor Reininger persönlich. Hat anscheinend die Beschützerrolle übernommen. Ist auch gut so, denkt sich der Draxler. Dann wird es dem Reininger ohnehin ein Anliegen sein, bei der Mördersuche mitzumachen. So fertig, wie der Reininger ausschaut, so sicher kann sich da der Draxler sein. Da ist beim Reininger ehrliche Anteilnahme mit im Spiel.

Die Frau Dröster sitzt im Wohnzimmer. Genau genommen ist es eher ein Hocken auf der äußersten Sofakante, als wollte sie gleich aufspringen und weglaufen. Das kann der Draxler nur zu gut verstehen. Schließlich liegt der Anruf bei ihm zu Hause, dass seine über alles geliebte Frau nicht mehr heimkommen wird, noch nicht so lange zurück. Fortlaufen will man da. Schneller als der Wind, schneller als der Schall und schneller als das Licht. So schnell, dass man die Zeit zurückdrehen kann. Gerade so weit, dass man an der Schicksalskurve stehen kann, um panisch zu winken. Dass sie langsamer fährt. Dass der Traktor Zeit hat, abzubiegen. Dass der Tod seine Sense wieder einpacken kann und erst viele Jahre später wieder auf die Idee kommt, bei den Draxlers vorbeizuschauen. Der Draxler kann die Frau Dröster so gut verstehen.

Der Reininger setzt sich neben der Frau Dröster aufs Sofa. Als seelische Stütze. Dass der Draxler Ähnliches durchlebt hat, tut jetzt nichts zur Sache. Was der Draxler im Moment braucht, ist kein Gefühl von Verbundenheit, sondern zweckdienliche Informationen. Und zwar schnell. So lang die Spur noch warm ist. Obwohl der Draxler ehrlicherweise gar keine Spur sehen kann. Nicht einmal eine kalte.

Die Frau Dröster schaut den Draxler mit leeren Augen an. Da ist nichts in diesem Blick. Kein aufflackernder Lebenswille, kein Antrieb, allein weiterleben zu wollen. Auch das kennt der Draxler, auch das geht vorbei. Die Frage des Herrn Oberst, ob ihr Mann denn Feinde gehabt hat, versteht die Frau Dröster trotz ihrer tiefen Trauer. Im Gegensatz zum Reininger, der einfach nur da war, stellt dieser Mann jetzt Fragen. Der Reininger hat für Frau Dröster so etwas wie eine filigrane Brücke zur Realität geschlagen. Der erste Mensch, den sie gesehen hat, seit der Horst gegangen ist. Und dass er einfach nur da war und nicht viel gesagt hat, war schon nett. Da hat der Reininger seinen Job wirklich gut gemacht. Das spürt auch der Draxler, und dafür dankt er dem Reininger. Draußen dann und später.

Frau Dröster wiederholt die an sie gestellte Frage vom Draxler noch einmal. »Ob er Feinde gehabt hat?« Nicht dass sie wüsste. Neider hat es schon immer gegeben, aber in welchem Beruf gibt es die nicht. Dass er immer in der Öffentlichkeit gestanden ist, war sicherlich nicht immer leicht für ihn, aber dass sie ihn je über jemanden so richtig hat schimpfen hören oder dass er vor jemandem Angst gehabt hat, könnte sie nicht sagen. Da wäre es besser, er redet mit seinem Nachfolger und Parteifreund, dem Herrn Magister Hold. Der kennt das berufliche Umfeld ihres Mannes wohl am besten. Die Frau Dröster hat schon vor Jahren damit aufgehört, ihren Mann in der Öffentlichkeit zu begleiten. Immer viel zu viele Leute und viel zu wenig Ehrlichkeit. Und hinter dem vielen Lächeln nur eine hohle, nichts versprechende Leere. Das war nicht ihre Welt.

»Böse Nachbarn, ein über den Zaun hängender Ast, Rasenmähen am Sonntag?«, fragt der Draxler behutsam.

»Nichts dergleichen. Mein Mann war sehr beliebt und hat sich an die üblichen Gepflogenheiten gehalten. Obwohl wir eigentlich Grazer sind und für die Hitzendorfer immer »die aus Graz« bleiben werden, war immer ein Respekt da. Daran war sicherlich auch die Tätigkeit meines Mannes schuld. Im positiven Sinn, meine ich. Mein Mann hat als Raumplaner und oberste Widmungsinstanz die Gemeinden und ihre Bedürfnisse immer verstanden. Manchmal war er in der Sache schon auch hart, aber in solchen Fällen ist ihm das Gemeinwohl immer wichtiger gewesen als die Interessen Einzelner. So richtig geschadet hat er damit aber auch niemandem. Die Hitzendorfer hat er genauso behandelt wie die Feldbacher oder die Leibnitzer. War ein fairer Mann, mein Mann.«

Trotz dieser wolkenlosen Darstellung findet der Draxler in den Worten von Frau Dröster so einiges an Mordmotiven. Ein Thema, auf das er den Spazierer jedenfalls ansetzen wird, ist diese Sache mit den Grundstückswidmungen.

Dass die Frau Dröster manchmal schon in der Vergangenheitsform von ihrem Gatten erzählt, ist ein gutes Zeichen. Quasi ein erstes Annehmen der Realität. Kein stures Nichtwahrhabenwollen. Die Frau Dröster wird es ganz gut schaffen, denken sich der Draxler und der Reininger. Jeder für sich.

Einen eindeutigen Hinweis auf einen potenziellen Täter hat sich der Draxler freilich nicht erwartet. Wie denn auch. In einem wunderschönen Haus auf einem friedlichen Hügel haben Feinde nichts verloren. Da schaut man schon drauf, dass die eigene kleine Welt heil bleibt. Das ist bei ihm nicht viel anders. Wenn er seinen Bungalow von innen zusperrt, dann passt er auf, dass seine beruflichen Probleme und sämtliche laufenden Mordermittlungen draußen an der Gartenpforte beim Mistkübel bleiben. Müll zu Müll. In der Früh, wenn der Draxler dann wieder ganz Polizist und Staatsdiener ist, dann holt er sich sein Packerl dort wieder brav ab. Wenn einer es nicht schafft, dass die eigenen vier Wände ein unbeflecktes und ganz persönliches Refugium bleiben und das Böse ausgesperrt wird, dann macht er etwas grundlegend falsch. Und dann wird das Leben wirklich beschwerlich.

24

Was sich mittlerweile auf diversen Plattformen trifft, ist schon sagenhaft. Alte Nazis und neue Pädophile, harmlose Hobbyisten und Gartenliebhaber, Einsame und Liebessuchende, Fahrgemeinschaften und Freundschaften, Trauernde und Lachende und nun auch mörderische Jagdgemeinschaften. Ein vorsichtiges Antasten hier, eine nicht eindeutig interpretierbare Frage da, dann ein zögerliches Bekennen und am Ende eine klare Aussage. Mit dem gemeinsamen Grundtenor, dass man so gar keine Lust hat, sich das alles noch länger mit anzuschauen. Selbstjustiz? Lynchjustiz? Immer eine Frage des Standpunktes. Gefährlich, weil ehrlich gemeint. Und erst richtig bedenklich, wenn sich einer tatsächlich ein Herz nimmt und die blutige Schweinerei hemdsärmelig angeht.

25

Der Spazierer würde das mit den Problemen und der Beschwerlichkeit auch so sehen, obwohl er es da ein wenig leichter hat. Sport macht einem den Kopf schon frei. Da ist die Last des Tages ganz schnell abgeworfen. Vielleicht liegt es auch am Laufen. Beim Fußball rennt man den Problemen davon, und wenn einer nicht gerade im Tor steht und dort für seine Probleme immer erreichbar ist, dann gelingt einem das in der Regel.

Wie aber ein Mann wie der Dr. Schneider die Sache mit der Problembewältigung angeht, ist dem Spazierer ein Rätsel. Für die Kripo fängt eine Ermittlung zwar auch mit dem Tod an, aber von da an geht es meist nur mehr um die Lebenden. Unter denen ist der Mörder schließlich zu Hause, läuft frei herum, geht essen, abends einen trinken, so lange, bis sie ihn dann schnappen. Bis dahin aber meistens quickfidel.

Bei Dr. Schneiders Beruf fängt es mit dem Tod an und endet auch dort. So oft, wie am Tag beim Schneider der Tod anklopft, und zwar nicht, um jemanden abzuholen, sondern um ihn zuzustellen, braucht der sicher einen Psychiater, denkt sich der Spazierer. Einer allein kann so eine Last auch gar nicht tragen. Vielleicht ist der Dr. Schneider aber auch anders gestrickt, kommt es dem Spazierer dann in den Sinn. Arzt, Wissenschaftler, Inspektor und Totengräber in einer Person. Da muss einer schon ein besonderes Gemüt haben, um sich von dem Menschen, der gerade vor ihm auf dem kalten Metalltisch liegt, die Seele wegdenken zu können. Aber wenn einer die Hülle zu Lebzeiten nicht gekannt hat, dann ist das Wegdenken vielleicht auch gar nicht einmal so schwer. Da sieht der vielleicht wirklich nur ein armes Stück verrottenden Fleisches, das seine Hilfe braucht. Allein schon wegen der Gerechtigkeit. So einer heilt als Arzt auch keine Wunden im herkömmlichen Sinn, dafür schenkt er einer armen Seele vielleicht die wohlverdiente Ruhe. Wenn sich so ein Gerichtsmediziner den toten Körper ganz genau anschaut und dann beispielsweise die kleine Einstichstelle entdeckt, wo die Nadel mit dem Gift in den Körper hinein ist, dann kann sich die Seele des Verstorbenen schon beruhigt zurücklehnen. Die weiß dann schon, dass der Herr Doktor der Kripo sagen wird, was Sache ist. Dass dann die Seele schon einmal beim Spazierer vorbeischaut und in den Akten blättert, nur um nachzusehen, ob sie auch auf dem richtigen Weg sind, versteht sich auch von selbst. Wird dann der Mörder gefasst, dann kommt die Seele vielleicht noch ein letztes Mal zu Besuch. In den Gerichtssaal nämlich. Zur Urteilsverkündung.

Wenn der Dr. Schneider also darin seine Berufung sieht, dann braucht er vielleicht doch keinen Seelenklempner. Zu viel Seele ist wahrscheinlich auch ungesund, denkt sich der Spazierer abschließend. Gemeinsam mit der Hilde Ranner sitzt er auf pflegeleichten und in grellem Orange gehaltenen Plastiksesseln und wartet. Wäre der Spazierer bei seinen Eltern im Garten, dann würde ihn das Bohren, Klopfen und Sägen nicht ganz so stören. Das wäre dann bloß der umtriebige Nachbar, der zum zehnten

Mal sein Haus umbaut. Dass da drinnen aber das Bohren, Klopfen und Sägen einem nicht ganz so profanen Zweck dient, kann der Spazierer nicht so einfach verdrängen.

Die Ranner tut sich an diesem Tag mit dem Verdrängen ein bisschen leichter. Der Gedanke an totes Fleisch führt die Hilde unweigerlich zum Beef Tartar und auf diesem kleinen Umweg zum Schnurlibärli. Der Saukerl meldet sich nicht. Kein Wort der Entschuldigung und auch keine noch so kleine Versöhnungsgeste. Noch ist die Ranner nicht so weit, ihre Beziehung mit dem Schnurlibärli zu beenden, ein wenig ins Schwanken ist die Beziehung freilich geraten. Nicht wie nach einem Megabeben, aber einen ordentlichen Rumpler hat es schon gemacht.

Die Kripo wartet. Warten kennt der Spazierer vom Zahnarzt und vom Bundesheer. Da hat er auch permanent gewartet und nie gewusst, was als Nächstes passiert. Der glänzende Linoleumboden ist so fad gemustert, dass er auch nicht viel dazu beiträgt, die Langeweile zu mildern. Nach vier Partien Golf auf dem Diensthandy geht sich der Spazierer die Beine vertreten.

Zwischenzeitlich kritzelt die Ranner auf ihrem Schreibblock herum. Jetzt denkt sich wahrscheinlich jeder, dass die Ranner bereits ein Täterprofil erstellt. Zwar ist die Ranner nicht strohdumm, aber ganz so hell scheint die Sonne in ihrem Oberstübchen auch wieder nicht, dass sie einen so frischen Mord sofort durchschaut und den Mörder gleich mit dazuliefert. Was sie tatsächlich niederschreibt, ist, was sie an ihrer Beziehung zum Schnurlibärli so sagenhaft gut findet und was wiederum schlecht. Zur Sicherheit führt die Ranner auch gleich eine neutrale »+/-«-Spalte ein. Für nicht eindeutig zuordenbare Charaktereigenschaften. Quasi zur Sicherheit. Grübelnd sitzt die Ranner über ihrem Block und kaut nervös auf dem Stift herum. Der Spazierer ist schon beinahe eine halbe Stunde an der frischen Luft, und noch immer ist die »+«-Spalte auffallend übersichtlich. Übersichtlich im Sinne von leer. Ranners rabenschwarzer Kopf pendelt katatonisch vor und zurück. Zu schwierig erscheint ihr diese Übung. Bei der Minusspalte ist es viel einfacher. Eine weitere halbe Stunde später stehen bei »+« nur zwei Worte. »Ruckerlberg« und »reich«. Eine wirklich magere Ausbeute. Dass der Schnurlibärli mittlerweile bereits einen leichten Rausch hat, hätte die Ranner, hätte sie es gewusst, auch gleich in die Minusspalte eingetragen. Armer schwarzer Kater. Armes schwarzhaariges Mädel.

Während sich im Foyer teilweise Ratlosigkeit breitmacht, arbeitet Dr. Schneider hoch konzentriert. Seelisch ist er absolut im Gleichgewicht. Hätte der Herr Doktor um die Analyse zu seiner Person und speziell seiner beruflichen Motivation gewusst, er hätte den Herrn Major dafür auf der Stelle geadelt. Ein perfekter Blattschuss. Um den Dr. Schneider verstehen zu können, muss man sich sein familiäres Umfeld genauer ansehen.

Sein Großvater war nämlich früher bei der Kriminalpolizei. Mordkommission. Nun sind all jene Geschichten, die die Großväter ihren Enkeln auf ihrem beschwerlichen Weg hin zum Erwachsenensein erzählen, zwar nicht immer ganz jugendfrei, meistens aber extrem prägend. Viel prägender, als es der unmittelbare Einfluss der Eltern oftmals ist. Bei Dr. Schneider war es ähnlich. Zwar wollte der junge Schneider nicht unmittelbar zur Polizei, aber etwas in der Art musste es schon sein. Das forderte allein schon sein ausgeprägter Gerechtigkeitssinn, gepaart mit dem fast zwanghaften Wunsch, böse Menschen ihrer gerechten Strafe zuzuführen. Ein Richterdasein als eine berufliche Alternative schied dabei aus. Schwarz steht dem Dr. Schneider so gar nicht.

Da er schon in der Schule überdurchschnittlich begabt war und ihn das Medizinische schon immer interessiert hat, führte ihn der einzig logische Berufsweg direkt in die Arme der Gerichtsmedizin. Und dort trägt man Weiß. Das steht ihm.

Wie sich der Dr. Schneider das schrecklich zugerichtete Gesicht des Dr. Dröster anschaut, ist ihm relativ rasch klar, dass diese Verletzungen aufgrund der deutlichen Bissspuren von einem wilden Tier stammen müssen. Andere nennenswerte Wunden kann er auf den ersten Blick nicht erkennen. Bevor er sich an den berühmten Y-Schnitt macht, dreht er mithilfe seines Assistenten den Toten zuerst einmal auf den Bauch. Da der Tote bereits nackt ist und die Kleidung fein säuberlich am Nebentisch aufgebreitet liegt, weiß der Schneider natürlich, dass der Tote auch hinten beschädigt ist. Dort findet er ebenfalls Bissspuren, aber dann gleich ein wenig mehr. Dem Dr. Schneider fällt eine schmale, aber scheinbar tiefe

Wunde auf, in deren Zentrum sich offenbar ein Eintrittskanal befindet. Ähnlich einem Stichkanal, der durchaus von einem langen, eispickelähnlichen Gegenstand stammen könnte. Nach ein wenig Herumgestochere mit diversen länglichen Gerätschaften revidiert der Dr. Schneider seine Erstmeinung umgehend. Für einen Eispickel ist der Eintrittskanal eindeutig zu breit. Dr. Schneider kommt zwar ins Grübeln, sieht diese ersten Erkenntnisse aber als einen vielversprechenden Anfang. An einen Unfall hat Dr. Schneider von Anfang an nicht geglaubt.

Wie der Doktor dann den Dröster auch noch vorne aufmacht, bekommt er große Augen. Das ist ihm in seiner langen Karriere auch noch nie untergekommen. Das Herz des Toten ist zwar noch in Teilen vorhanden, sieht aber völlig zerrissen aus. Geplatzt wie eine reife Tomate nach einem Fall aus zehn Metern Höhe.

Obwohl der Dr. Schneider immer hungrig ist und ihm seine grausige Arbeit den Appetit nicht wirklich verderben kann, regt der Tomatenvergleich seinen mitunter zügellosen Heißhunger an diesem Tag nicht an. Sogleich legt der Mediziner in ihm eine Pause ein, und der Inspektor kommt zum Vorschein. Dass es ein Mord war, ist eindeutig. Nun gilt es das Wann, das Wie und speziell das Womit zu klären.

Die perforierte Lunge führt den Dr. Schneider zu den Rippen. Augenscheinlich zeigen diese weder Frakturen noch Abschürfungen. Erst nach ein bisschen Tunken, Tupfen und Organe beiseiteschieben stößt der Schneider auf eine innen liegende Stelle, die deutliche Kratzspuren aufweist. Zwei einander gegenüberliegende viertelkreisförmige Riefen. Nun misst Dr. Schneider den Durchmesser des Kreises ab. Akkurat vier Zentimeter. Interessant.

Nun gerät der Dr. Schneider ins Grübeln, da ihm die unsichtbare Seele des Toten die unweigerliche Frage nach der Tatwaffe stellt.

In all den Jahren seiner aktiven Laufbahn hat sich ein ganz schöner Katalog an möglichen und auch unmöglichen Tötungsinstrumenten angesammelt, den der Dr. Schneider, quasi zur Inspiration, jetzt durchblättert. Womit Herr und Frau Österreicher Frischfleisch produzieren, ist schon sagenhaft. Wie er dann über den Unfall auf einem Bogenschützenvereinsplatz stolpert, wo einer in Cowboymanier ebenfalls gestolpert ist, nämlich in den Schuss eines anderen, da schrillen beim Dr. Schneider die Alarmglocken. Ein Sport- oder Jagdpfeil könnte es gewesen sein. Zwar schießen die Sportschützen mit anderen und viel harmloseren Spitzen, aber der Dr. Schneider wähnt sich auf dem richtigen Weg. Nicht zuletzt, weil das Jagen mit Pfeil und Bogen immer mehr in Mode kommt. Der Dr. Schneider sieht sich noch einmal die Eintrittswunde an und ist sich alsbald sicher. Ein Pfeil. Das erklärt den Eintrittskanal, und auch der Rest ist schlüssig. Die schlitzartige Wunde, die beim Eintritt und beim Herausziehen des Pfeils entstanden ist, und die Kratzspuren beim Drehen der Spitze. Ein Pfeil würde auch erklären, warum das arme Pensionistenherz so ramponiert aussieht. Den Herrn Spazierer und sein pummeliges Anhängsel kann er schon einmal vorinformieren. So einladend ist der Gang im Foyer nun auch wieder nicht, dass er die Beamten unnötig lange warten lassen will. Die vollständigen Details und einen ausführlichen Bericht wird er zu gegebener Zeit nachreichen.

Weil die Ranner mit ihrer Liste nicht nennenswert weitergekommen ist und sich nun doch so einiges in der neutralen Spalte angesammelt hat, ist sie über die Ablenkung durch den Dr. Schneider recht froh. Dass so viel in der mittleren, neutralen Spalte steht, hat der Schnurlibärli ihrer verbliebenen Restliebe zu verdanken. Wenn die Ranner sich selbst gegenüber nämlich absolut ehrlich wäre, dann gehört alles, was sich dort angesammelt hat, eigentlich zu den negativen Eigenschaften. Objektiv betrachtet ist der Schnurlibärli genauso mausetot wie der Herr Dröster. Wäre da nicht der blöde Ruckerlberg.

Nicht nur die Gedanken an den Schnurlibärli treiben die Ranner an den Rand einer ausgeprägten Hitzewallung, sondern auch die unnatürliche Hitze, die die Gänge der Gerichtsmedizin ausfüllt wie feuchte Watte. Was die Hitze angeht, da kann die Ranner, und mit ihr sämtliche Steirer, auf einen sagenhaften Sommer zurückblicken.

26

Abgekühlt hat es diesen Sommer über nie so richtig. Beim Schwarzlsee haben sie sich gegenseitig förmlich zertreten, bis hinauf auf die Autobahn hat es sich gestaut. Ein jeder wollte raus aus der Stadt und hinein ins kühle Nass. Aber warm war er, der Teich. So warm, dass es sogar eine Quallenplage gegeben hat. Niemand hat es recht glauben wollen, aber im Schwarzlsee hat es in diesem Sommer tatsächlich Quallen gegeben. Tausende waren es. Ein wenig größer als Zwei-Euro-Münzen, aber eindeutig unangenehmer. Weil eben sehr schmerzhaft. Ein paar Obergescheite haben dann natürlich sofort gegoogelt. Eh klar. »Kein Anlass zur Besorgnis«, hat es da geheißen. Auch klar. Den Leuten wär's ohnehin egal gewesen. Es war so heiß, dass ein Nesselbrennen im Vergleich zu einem zünftigen Sonnenbrand ein Lercherlschas war.

Und dann diese Sommergewitter. Geblitzt und gedonnert hat es, dass es zum Fürchten war.

Aber so schnell, wie der Regen da war, war er auch schon wieder weg. Da braucht man gar nicht besonders alt zu sein, um zu wissen, dass es früher nicht ganz so schlimm gewesen ist. Was vor Jahren in einem Monat an Wasser heruntergekommen ist, das kommt jetzt in einer Stunde. Abgesoffen sind viele. Wenige persönlich, dafür aber ihre Keller. Die Mur hat sich ja wirklich Mühe gegeben, die immensen Wassermassen möglichst rasch in Richtung Schwarzes Meer zu deportieren. Und die Mur war auch nicht die eigentliche Ursache des Übels. Probleme haben da eher die kleinen Bäche gemacht. Die normalerweise nicht viel zu tun haben. Verstecken sich feig unterm Farnkraut und tun das ganze Jahr über nichts, und wenn dann einmal Arbeit ansteht, sind sie heillos überfordert. Dass aber ausgerechnet der Schöckelbach daran schuld war, dass in Graz der Katastrophenalarm ausgerufen wurde, ist schon eine rechte Schande. Trägt den Namen des Grazer Hausberges und macht dann so unrühmliche Schlagzeilen.

Kaum war der Regen vorbei, ist es gleich wieder heiß geworden. Und wenn es besonders heiß ist, muss man erfahrungsgemäß reichlich trinken. Das ist reine Physik. So ein Wasserverlust durch den Schweiß nach außen muss innerlich wieder ausgeglichen werden. Ist doch logisch.

27

Dass die Tatwaffe mit Sicherheit ein Jagdpfeil gewesen ist, teilt der Dr. Schneider der Kripo nun mit.

28

Der Draxler ist mit seiner kurzen Befragung draußen in Hitzendorf endlich fertig. Gehen tut aber noch niemand, der Reininger und der Draxler warten auf das Eintreffen der jüngsten Tochter. Ehe die nicht auftaucht, fährt keiner. Das sind sie als brave Diener des Staates der Frau Dröster einfach schuldig. Außerdem sagt einem das der gesunde Hausverstand. Nicht der depperte Rollkragenheini aus der Billa-Werbung, sondern der eigene, der echte. Da es noch ein Weilchen dauern wird, fragt der Draxler artig, ob er denn ein paar Minuten durch den Garten schlendern darf. Offiziell, um über den Mordfall nachzudenken, inoffiziell, um sich Anregungen zu holen. Für das eigene Grün rund um seinen kleinen Bungalow. Der »Micko« und der »Kochauf«, die namhaften Baumschulen in dieser Gegend und Mussadressen für den leidenschaftlichen Gartenliebhaber, sind von Hitzendorf nur einen Katzensprung entfernt. Wenn einer ein Gartenfreund ist und für eine ausgewachsene Kiefer im Topf sechstausend Euro übrig hat, dann ist er dort genau richtig. Ein Paradies für Gärtner, ein Ort der Erholung, der Ruhe und des Geldausgebens. Zumindest für einen Gartenfreak, wie der Draxler einer ist. Das hat der Spazierer beim Aufzählen von Draxlers Hobbys wohl vergessen.

Der so banale Wunsch des Oberst Draxler bringt die Frau Dröster wieder einen Schritt weiter ins Hier und Jetzt. Natürlich erlaubt sie ihm einen Spaziergang durch das Reich ihres geliebten Mannes. Der war zeit seines Lebens ein Maulwurf. Auch mehr unter der Erde als darüber. An das darf sie jetzt aber nicht denken. Zu schnell kommen zu viele schmerzvolle, weil schöne Erinnerungen auf. Umgraben, ausgraben, umpflanzen und zusammenstutzen. Abends war dann meistens sie gefragt. Da ist er auf dem Bauch gelegen, und sie hat ihn mit Pinzette und Nadel behandelt. Immer barfuß zu arbeiten, ist eben auch nicht so gescheit. »Wer noch nie einen Rosendorn in der Fußsohle gehabt hat, der weiß gar nicht, was Schmerzen sind«, hat er ihr bei dieser Gelegenheit immer gepredigt. Das alles aber ohne einen Anflug von Wehleidigkeit. Trotz der schmerzhaften Dornen hat ihr Mann seine Rosen über alles geliebt. Gott, wird er ihr fehlen.

Der Draxler ist froh, im Freien zu sein. So schön und geschmackvoll das Haus auch eingerichtet ist, im Augenblick ist es doch ein Ort der Trauer und des Todes. Der Draxler bewundert den Reininger. Obwohl Spurenvernichter, ist der gar kein schlechter Mann. Trotz seines Alters noch nicht so abgebrüht und gefühlskalt wie viele seiner Kollegen. Wenn der in Voitsberg einmal nicht mehr will, dann hätte der Draxler schon eine Verwendung für ihn. Als Erstes würde er ihm aber den Octavia wegnehmen. Eine Schande so etwas. Aber scheinbar hängt der Reininger an dem alten Karren. So brillant der Draxler auch ist, liegt er manchmal mit seinen Vermutungen aber schon so etwas von daneben.

Kaum dass der Draxler an den Reininger denkt, drängt sich wieder der Dröster in seine Gedankenwelt. Wenn der Draxler einen Toten bar jeden Lebens so vor sich liegen sieht und diesen zuvor nicht persönlich gekannt hat, dann ist für ihn so ein Leichnam so leer und nichtssagend wie ein weißes Blatt Papier. Wie der Draxler aber so durch den Dröster'schen Garten wandert, kann er da eine Liebe und Fürsorge erkennen, die über Herrn Dröster doch so einiges aussagt. Da bekommt der Unbekannte auf einmal ein Gesicht und eine Seele. Wer aus kleinen Setzlingen so schöne Pflanzen gezogen hat, der kann kein schlechter Mensch gewesen sein.

Da stößt es selbst dem abgebrühten Draxler traurig auf. In einem Satz gleich zwei Realitäten: die Pflanzen noch so gut in

Schuss, als ob der Dröster noch am Leben wäre, und dann doch das »gewesen«, weil der Dröster nun nicht mehr ist.

Zwar steht in Draxlers Garten einiges an Arbeit an, trotzdem könnte er sich durchaus vorstellen, quasi als Hommage an den Dröster, die zeitweilige Patenschaft für dieses kleine Paradies zu übernehmen. Die Frau Dröster hat in den nächsten Wochen sicherlich andere Sorgen. Er würde die Rolle eines Verwalters übernehmen. Unentgeltlich, versteht sich. Seit seine Frau nicht mehr ist, hat das Monetäre für den Draxler völlig an Bedeutung verloren. Da er jetzt nur mehr für sich selbst sorgen muss und keine besonders hohen Ansprüche hat, braucht er nicht viel. Wenn es später einmal passt, dann wird er der Frau Dröster seine Hilfe anbieten.

Wie der Dr. Dröster seine Pflanzen kombiniert hat, ist schon bemerkenswert. Der Affenschwanzbaum gleich neben der Natursteintreppe ist ein Traum. Wenn man so einen ausgräbt, bekommt man ungeschaut zweitausend Euro dafür. Respekt. Den muss man in den ersten Jahren, wenn er noch klein ist, erst einmal über den Winter bringen. Dann sieht der Draxler den Bambus. Das war wohl eine von Drösters Jugendsünden. Einen Bambus isst du maximal in der Suppe. Zumindest die Sprossen. So ein wucherndes Krebsgeschwür gehört nicht in die Steiermark. Das Ding soll in Asien bleiben. Kommt einer heimlich und illegal über den Bosporus, dann gehört der gleich mit Roundup vernichtet. Wenn man den Hund nicht einbetoniert, dann geht der ab wie ein Dobermann bei Hagel. Praktisch kein Halten mehr. Der Draxler hat diesen Fehler auch gemacht und schneidet nun seit Jahr und Tag die neuen Bambustriebe aus seiner Wiese. Dass ihm der noch einmal die Kellerwand perforiert, ist seine größte Angst.

Gerade wie sich der Draxler einer stattlichen Libanonzeder zuwendet, läutet sein Telefon. Der Spazierer mit Neuigkeiten. Ein Pfeil soll es gewesen sein. Erstaunlich, denkt sich der Draxler. Da wird es in Politikerkreisen wohl nur wenige geben, die sich im Metier der Wald- und Wiesenindianer auskennen. Dass diese exotische und seltene Mordwaffe das Ermitteln einfacher macht, glaubt der Draxler aber nicht.

Der Draxler beordert den Spazierer und die Ranner zurück ins Büro. Zu einer Lagebesprechung und zur Arbeitsaufteilung für die nächsten Tage. Auf dem Weg zurück zum Haus hört der Draxler einen Wagen vorfahren. Das wird wohl die Tochter sein, denkt er sich. Diesmal liegt der Draxler mit seiner Annahme wieder goldrichtig.

Wie sich dann Frau und Tochter in die Arme gefallen sind, haben sich der Reininger Sepp und der Draxler still und heimlich verabschiedet. Den Reininger hat der Draxler dann nach Hause geschickt. Zu Frau und Kind und vielleicht auch bald zum Pferd. Das Lob für die fürsorgliche Behandlung der Frau Dröster ist dem Draxler dann auch noch über die Lippen gekommen. Den Reininger hat es gefreut. Sind doch nicht so unnahbar, die Herren von der Kripo. Dass sie sich am nächsten Tag wieder zusammen telefonieren werden, braucht keiner erst extra zu erwähnen. Dass beide jetzt an diesem Fall arbeiten, ist beinahe selbstverständlich.

Gerade als der Draxler über den Steinberg nach Graz will, gerät sein Blut dann ein zweites Mal an diesem Tag so richtig in Wallung. Die Steinbergstraße ist bis Mitte September wegen Asphaltierungsarbeiten gesperrt, und das hat der Draxler aufgrund der vielen Gedanken, die ihm derzeit durch den Kopf schwirren, völlig verdrängt. Beim Gasthaus »Dorrer« ist dann endgültig Schluss. Zwar brennt im Gasthaus noch Licht; aber die Ranner und den Spazierer warten lassen, nur weil er sich verfahren hat und vor lauter Ärger auf einen weißen Spritzer gegangen ist, würden die beiden ihm sicherlich nicht nachsehen. Er ihnen umgekehrt noch viel weniger. Da bleibt ihm wohl nichts anderes übrig, als über den Thalersee zu fahren. Zwanzig zusätzliche Minuten. Ärgerlich, so etwas.

Ein anderer, der nicht so viel Polizist ist wie der Draxler, hätte einfach die Abkürzung genommen. Die Einödstraße auf direktem Weg hinunter ins Grazer Becken. Zwar ist die Zufahrt von oben nur Radfahrern und dem Winterdienst erlaubt, aber für Polizisten im Einsatz nicht explizit verboten. Trotzdem. Wo kommt man denn da hin, wenn sich nicht einmal die Polizei an Gesetze und Ordnung hält. Da muss der Draxler den Kopf schütteln. Anarchie nennt man so etwas. Der Draxler biegt also brav links ab und fährt den weiteren Weg.

29

Dass die Ranner auf ihrem Dienstblock bald keinen Platz mehr hat, hauptsächlich wegen ihrer Schnurlibärlistatistik, bringt den Spazierer doch langsam in Rage. Die soll sich gefälligst dem Wesentlichen widmen und endlich aufschreiben, was der Dr. Schneider höchstpersönlich von sich gegeben hat. Der leptosome Bärli mit seinem Popperscheitel ist doch ohnehin der Falsche. Bis sich eine Ranner aber von etwas trennt, fließt viel Wasser die Mur hinunter. Die sagt sogar zu einem leeren Automatencappuccinobecher leise »Servus«. Abschied nehmen kann die Ranner einfach nicht.

Wenn die Ranner so weitermacht, ist ihre persönliche Karriereleiter nicht nur zu Ende, dann nimmt ihr der Spazierer die Leiter ganz einfach weg. Ist im Moment ohnehin eher eine Stehleiter.

Wie gesagt, der Spazierer kann ein ganz schönes Schwein sein.

Da kommt der Hilde Ranner der sechste Sinn der Frauen zu Hilfe. Vom Beifahrersitz aus schaut sie den Spazierer von der Seite an und wird auf einmal dienstlich. Nach seiner Meinung fragt sie ihn. Auch nicht blöd. Interesse heucheln, aber sich im Grunde genommen selbst keinerlei Gedanken machen wollen. So ein Schuss geht aber sofort ins Leere, wenn der Gefragte gleich mit einer Gegenfrage antwortet. Diesmal verbeißt sich der Spazierer aber eine solche, grunzt unverständlich und hängt weiter seinen eigenen Gedanken nach. Die Ranner lässt er dabei links liegen. Korrekterweise eigentlich rechts sitzen.

Der Spazierer denkt also nach. An einen politisch motivierten Mord glaubt er nicht. Warum auch. Der Dr. Dröster war ja schon im Ruhestand und für niemanden mehr eine echte Konkurrenz. Auf dem Abstellgleis und auf einmal unbedeutend. Das typische Los eines Pensionisten. An einen Mord ohne Motiv glaubt der

Spazierer aber auch nicht. Viel eher vermutet er, dass der Mord etwas mit Dr. Drösters früheren unpolitischen Funktionen zu tun gehabt haben muss. Als oberster Raumordnungsfuzzi hast du nicht gerade wenig Macht. Der Spazierer spinnt diesen Gedanken jetzt weiter.

Wenn beispielsweise ein Städter draußen auf dem Land, dort, wo ihn keine Menschenseele kennt, eine Wiese kauft, die im Flächenwidmungsplan der betroffenen Gemeinde als zukünftiges Bauland ausgewiesen ist, dann freut sich die gesamte Familie, dass es wohl nicht mehr allzu lange dauern wird, bis sie frische, feinstaubfreie Luft atmen kann. Da lässt der Familienvater auch schon einmal einen Architekten antanzen, der ihm ein Haus entwirft, wie es sich er und die ganze Familie immer gewünscht haben. Mit Einreichplänen und dem ganzen Drumherum. Wenn die Pläne dann aber langsam vergilben, weil die Jahre ins Land ziehen und die Tinte auch nicht für die Ewigkeit gemacht ist, dann fragt der Familienvater schon einmal vorsichtig beim Bürgermeister nach, wie es denn so aussieht mit der Umwidmung, dem Bauen und der guten Luft für die Kinder. Wenn der Bürgermeister einen schlechten Tag gehabt hat, oder vielleicht sogar ein schlechtes Jahr, dann kann der schon verhindern, dass der Mann bald ein neuer Bürger der Gemeinde wird. Wenn dann der Familienvater nach zehn Jahren die Nerven verliert, weil die Kinder mittlerweile ohnehin schon aus dem Haus sind, dann verkauft der die grüne Wiese für ein Butterbrot und ein Ei.

Verschlägt es den gescheiterten Häuslbauer dann ein Jahr später zufällig in jene Gegend, die ihm so viele schlaflose Nächte bereitet hat, dann kommt es gar nicht so selten vor, dass dort, wo sein Haus hätte stehen sollen, ein Herr Kommerzialrat oder ein Herr Primarius eine Burg hingestellt haben, für die man nicht einmal in Graz eine Baubewilligung bekäme. Dagegen hätte das geplante Haus des Familienvaters wie ein Pförtnerhäuschen ausgesehen. Da hat der Bürgermeister dann doch einmal einen guten Tag gehabt.

Flächenwidmungspläne, Bürgermeister und Raumordnungsbeauftragte. Da kann der kleine Mann ein Lied davon singen.

Gerade wie der Spazierer mit seiner Analyse fertig ist, kommt die Einfahrt in den Kripostützpunkt in Sicht. Die gleißenden Lichter in seinem Rückspiegel gehören zum Ford Mondeo vom Draxler. Der vergisst auch immer abzublenden, denkt sich der geblendete Spazierer. Trotzdem ist er froh, dass der Draxler bereits da ist. Das schmollende Schweigen der Ranner geht ihm nämlich schon langsam auf die Nerven. Dass die Ranner nach ihrem gescheiterten Konversationsversuch konsequent schweigt, kann sich der Spazierer mit seiner beschissenen Ignoranz jedoch selbst zuschreiben.

Zu dritt gehen sie hinauf ins Büro. Wie zum Hohn warten dort noch immer die zwei gut gefüllten Cappuccinobecher auf das Fräulein Hilde. Wenn sie die jetzt auf einen Sitz wegtrinkt, dann kann sie wahrscheinlich gleich bei der nächsten »Miss-Polizei«-Wahl mitmachen. Wegen dem plötzlichen Überschuss an Schönheit.

Der Draxler tut nicht lang herum, schließlich will auch er endlich nach Hause. Er wird sich am nächsten Tag, gemeinsam mit dem Spazierer, den Nachfolger des Herrn Dr. Dröster, einen gewissen Mag. Hold, vorknöpfen. Den wird er mit Sicherheit auch fragen, wer im Amt so alles mit Pfeil und Bogen umgehen kann. Das Abklopfen von Drösters Berufskollegen ist am morgigen Tag also eine reine Männersache. Der Ranner gibt er den Auftrag, sich mit den namhaften Tageszeitungen in Verbindung zu setzen. Vielleicht gelingt es ihnen über einen Aufruf in der nächsten Ausgabe, etwas über den zweiten Wagen zu erfahren. So einsam sind die Straßen am Reinischkogel nun auch wieder nicht, dass dort nie ein Mensch vorbeikommt. Darüber hinaus fällt der heutigen Neidgesellschaft so ein neuer und teurer Mercedes bestimmt auf. Mit diesen Arbeitsaufträgen entlässt der Draxler seine Truppe in den Feierabend. Ist ohnehin schon spät. Gäbe es in der Nähe eine Turmuhr, so würde diese jetzt zur zehnten Stunde schlagen.

30

Der Kommissar Spazierer ist müde. Der gestrige Fußballabend sitzt ihm noch ein wenig in den Knochen. Präzise formuliert, hat der Spazierer einen mordsmäßigen Dippel auf dem rechten Schienbein. Die Präzision der Beschreibung dieser Beinahefraktur entspricht zwar nicht ganz den Vorstellungen eines Dr. Schneider, aber der Spazierer ist ja auch kein Promovierter.

Nun hat den Spazierer ein Schlag getroffen, für den sein Gegner, wär es nach ihm gegangen, für mindestens vier Jahre hätte einfahren müssen. So ein Mistkerl! Mit sechsundvierzig Jahren ist der Herr Major bei so einer Blessur froh, wenn er wenigstens zwei Tage Zeit zum Regenerieren hat. Altwerden ist mitunter ganz schön beschwerlich. Fehlen dem Spazierer die notwendigen Regenerationspausen, dann leidet er wie ein Hund.

Zwar will der Spazierer sich später einmal auf dem Land niederlassen, vielleicht in einem kleinen Haus mit Garten, aber momentan wohnt er noch in der Grazer Innenstadt. Wenn es einer genau wissen will, in der Morellenfeldgasse. Gar nicht so weit entfernt von der »Alten Technik«, wo sich üblicherweise der Schnurlibärli herumtreiben sollte. Sollte, weil der eher in diversen Studentenlokalen herumlungert als im Hörsaal G.

Heute Nacht wird es der Spazierer ruhig angehen lassen. Noch ein bisserl fernsehen, dann eine heiße Dusche und ab ins Bett. Schließlich muss er für Befragungen im Politiksumpf geistig frisch sein. In der Früh wird er sich noch ein wenig vorbereiten, obwohl er momentan nicht den Deut einer Ahnung hat, wie das gehen soll. Na ja. Sie sind ohnehin zu zweit, und der Draxler ist schließlich schon lang genug bei ihrem Verein.

31

Zwar hat dieser in vielerlei Hinsicht ereignisreiche Tag auch das Fräulein Ranner an die Grenzen ihrer Belastbarkeit gebracht, trotzdem sucht sie nicht den direkten Weg nach Hause. Da braucht man kein Hellseher zu sein, um zu wissen, wo es die

Dame zu so später Stunde noch hin verschlägt. Wäre es Winter gewesen, dann hätte sie vielleicht sogar Schneeketten anlegen müssen. Der Ruckerlberg ist schließlich steil.

Sagt jetzt einer der Ranner auf den Kopf zu, sie wäre ein Kontrollfreak, dann hätte sie wie wild auf den Boden gestampft und dabei auch noch gebrüllt. Sie doch nicht! Niemals! Trotzdem ist sie einer. Nur vorbeifahren hat ja auch schon etwas Spitzelhaftes an sich. Wie sie dann langsam an der Schnurlibärliheimstatt vorbeirollt, hat sie den Eindruck, als fahre sie bei der UPC-Arena vor. Eine Festbeleuchtung wie bei einem Europacupspiel von Sturm. Da können die in Liebenau ihre Scheinwerfer einpacken. Nur die Sonne leuchtet heller als der Ruckerlberg in dieser Nacht.

Ist der erste Eindruck schon grell und ernüchternd, so hat der zweite genügend Potenzial, um die Ranner regelrecht zu erschüttern. Im parkähnlichen Garten sieht es aus wie bei der alljährlichen Fête Blanche am Schwarzlsee. Viele schöne Menschen, alle in Weiß und alle so was von gut drauf, dass man ganz neidisch werden könnte. Fehlt nur noch die mondäne Dame aus der Raffaellowerbung. Dass da nicht nur Männer herumtanzen, sondern auch ein Haufen Mädels, hat für die Ranner einen ähnlichen Effekt wie der Pfeil für den Dröster. Ein tödlicher Stich ins Herz. Selbst durch die geschlossenen Autofenster kann die Hilde nun auch die Fleischlaibchen riechen, die munter am Grill vor sich hin brutzeln. Wird wohl ihr Beef Tartar sein.

Volltreffer, Fräulein Ranner. Ihr erster logischer Schluss an diesem so mörderischen Tag.

Jetzt ist die Ranner innerlich so zerrissen, dass im Vergleich dazu das obduzierte Herz des Herrn Dröster nahezu gesund wirkt. Was soll sie nun tun? Soll sie parken und warten, bis der Schnurlibärli seinen Auftritt hat, dann noch ein bisserl zuschauen, ob er herumflirtet oder gar einer der Nutten unter den Rock greift, oder gleich heimfahren und sich einreden, dass sie das alles nie gesehen hat? Realitätsverweigerung quasi.

Ob sie den Schmerz je wird verwinden können, den ihr das vorgespielte Beleidigtsein und die spontane Partyorganisation zugefügt haben, kann die Ranner hier und jetzt nicht sagen. Bei dem K.o.-Schlag, den der Bärli da ausgeteilt hat, wird sie es wohl auch morgen noch nicht können.

Die schmalen und fast immer kurvigen Straßen vom Ruckerlberg hinunter können ganz schön gefährlich werden. Besonders jetzt, wo die Hilde Ranner durch einen Schleier aus Tränen kaum etwas sehen kann. Viel schlafen wird sie in dieser Nacht nicht.

32

Was das Schlafen angeht, so hat der Draxler in dieser Nacht andere Pläne. Eine heiße Dusche, ein kühles Bier, rasch den Morgenmantel übergezogen und mit der Bierflasche in der Hand durch den mondhellen Garten spazieren. Das beruhigt ihn, und da kann er dann auch einschlafen wie ein sattes Baby. Um den Mistkübel macht er im bleichen Licht des Mondes aber einen großen Bogen.

33

Grübelnd liegt der Pfeilmörder in seinem Bett. Die fleckige Decke gehört auch einmal gestrichen, denkt er sich, ehe er in einen traumlosen Schlaf abdriftet. Zwar wird diese Nacht für ihn erholsam sein, für sein Unterbewusstsein jedoch Schwerstarbeit. So abgebrüht ist wohl keiner, dass so eine Ersttat im Unterbewusstsein keine Spuren hinterlässt. Doch wie dann der Schrei eines jagenden Kauzes die schwarze Luft durchdringt, ist er bereits eingeschlafen.

34

In Hitzendorf wird wohl noch lange das Licht brennen. Soeben ist auch die zweite Tochter eingetroffen. Bald können die drei

Damen vor lauter Weinen nicht mehr. Trauerarbeit nennt man das. Muss auch so sein. Erst wenn mit der letzten Träne der größte Schmerz hinausgeschwemmt ist, findet man die Kraft, alleine weiterzumachen. So ganz alleine, wie sich Frau Dröster momentan fühlt, ist sie nicht. Wenn eine Bindung gelöst wird, dann werden eben andere umso stärker. Dann rückt die Familie wieder enger zusammen. Frau Dröster muss in den nächsten Monaten wieder Halt finden, sich vielleicht von ein paar alten Gewohnheiten trennen und nach einem neuen Lebensinhalt suchen. Ob es nun die Kinder oder die Enkelkinder sind. Einen Sinn gibt es immer. Obwohl die Frau Dröster nicht jeden Sonntag in die Kirche pilgert, hat sie sich tief im Herzen den Glauben an Gott bewahrt. Sie wird ihren Mann wiedersehen. Später und in einem anderen Leben.

35

Drüben in der Oststeiermark sind zu einer so unchristlichen Zeit nicht mehr viele wach. Ein Bäcker und sein Geselle machen sich gerade auf den Weg zur Backstube. Ein brummendes Auto, ein knatterndes Moped, und wieder herrscht Stille. Zu dieser Zeit kann man sich in der Gegend in und rund um Hartberg auch mitten auf die Straße legen, um beispielsweise einen kapitalen Rausch auszuschlafen. Passieren wird einem da wohl nichts. Ausgenommen natürlich, man legt sich dummerweise auf die Oberbäcker- oder die Gesellenroute.

Der pensionierte Oberbaurat und Teilzeitaufsichtsjäger Dipl.-Ing. Rau – schon wieder ein Studierter – geht noch einmal den Inhalt seines grünen Rucksacks durch. Die Jause, der heiße Tee, die Munition, diverses Besteck, um Wild aufzubrechen, ein Fernrohr, ein Krimi für die morgendlichen Stunden, wenn sich die ersten Sonnenstrahlen ihren Weg in den Hochstand bahnen und das Warten auf das Wild langsam langweilig wird, einen Flachmann, den er heimlich eingepackt hat, während seine Frau Hannelore zu einem Tratsch drüben bei der Nachbarin war, und natürlich das Mobiltelefon. Alles da. So ein Telefon ist auch bei den Jüngern einer so urtümlichen Zunft, wie es die Jägerei nun einmal ist, nicht mehr wegzudenken. Hat ihm zwar schon einmal das Jagdglück zerklingelt, aber dass der Rau vergisst, auf »lautlos« zu schalten, wird ihm wohl kein zweites Mal passieren. Gut, dass er damals allein auf der Pirsch gewesen ist. Was wäre das unter seinesgleichen für eine Blamage gewesen.

Sein heutiges Opfer wird ein vor Wochen angeschossener Rehbock sein. Da er vom Hochstand aus jagen wird, lässt Rau seinen treuen Jagdhund zu Hause. Rau, wie wohl jeder Grüngewandete, sieht sich eher als Pfleger und Heger denn als eiskalter Tiermörder. Und mit dieser hehren Ansicht ist Rau in dieser schicksalsschwangeren Nacht nicht wirklich alleine. Der, der sich gerade ganz in Schwarz gewandet und gleichfalls auf den Weg hinaus in den Wald macht, sieht sich in einer ähnlich pflegerischen Mission. Als Pfleger und Erhalter des moralischen Gleichgewichts. Quid pro quo. Tier für Mensch und Mensch für Tier.

Während sich die beiden Bewaffneten zu ihrem kleinen Stelldichein aufmachen, der eine auf die Jagd nach einem Bock, der andere, dunklere in gewissem Sinne auch, walken die beiden Bäcker ihren ersten Teig aus. Dass der depperte Bub vor lauter pubertierendem Liebesglück in dieser Nacht beinahe alles falsch macht, was ihm der Meister bereits mühevoll beigebracht hat, ärgert nicht nur den Oberbäcker, sondern würde am nächsten Tag auch die Hannelore Rau aufregen, die mit genau diesen fast ungenießbaren Semmeln heimkommen wird. Würde – weil sie wohl keinen Bissen davon essen wird.

36

Wenn so die Nacht über Stadt und Land zieht, hat das schon etwas Mystisches an sich. Ganz besonders dann, wenn der Vollmond scheint. Diese Vollmondnacht ist die erste Nacht ohne Herrn Dröster. Den Dr. Dröster hat auch der Rau gekannt. Da braucht man sich nur die beruflichen Funktionen anzuschauen, und schon sagt man: »Eh klar.«

37

Der Schwarzgewandete hat mit dem Bäckergesellen eines gemeinsam, er ist ein leidenschaftlicher Mopedfahrer. Eigentlich ist das auch schon wieder falsch, da im Gegensatz zum Schwarzen der Bäckergeselle anstelle des verrosteten Mopeds schon gerne etwas Größeres fahren würde. Leider geht das mit sechzehn Jahren nun einmal nicht. Heute muss der Schwarze leider auf seine restaurierte MV50, gefertigt im schon längst insolvent gegangenen Puch-Werk, verzichten. Würde reichlich blöd aussehen, wenn so ein großer schwarzer Mann mit einem langen Schießgewehr auf einem kleinen schwarzen Moped durch die Nacht gondelt.

Was das Farbenspiel angeht, so könnte man freilich von einem ganz possierlichen Setup sprechen. Der eine ganz in Schwarz und der andere im konservativen Jägergrün. Beide vom Scheitel bis zur Sohle einheitlich. Der Dunklere der beiden hat sich den alten VW-Käfer seiner Großmutter ausgeborgt. Sie benutzt ihren garagengepflegten Wagen so selten, dass ihn in der Gegend kaum einer kennt. Nicht einmal ihre geschwätzigen Nachbarn.

Jetzt gibt es auf dem Land aber so gut wie nichts, was einem aufmerksamen Zuhörer verborgen bleibt, wenn, ja wenn man sich nur in den richtigen Kaffeehäusern oder Gastwirtschaften herumtreibt. Sind zufällig Auswärtige in der Nähe, wird vielleicht ein wenig leiser palavert, die müssen schließlich auch nicht alles wissen, aber an jenem Tag, an dem der Bier trinkende Rau selber in die Welt hinausgetragen hat, dass er sich in genau dieser Vollmondnacht den armen Bock holen will, war das nicht der Fall. Am Fuße des Ringkogels will er ihn schießen.

Der Schwarze ist zwar ein wenig besorgt, weil der alte Käfer so laut vor sich hin röhrt und er kein unauffälligeres und leiseres Fahrzeug hat auftreiben können, aber so wie er den Rau kennt, sitzt der ohnehin schon längst droben auf seinem Holzverschlag.

Da hört der maximal ein leises, weit entferntes Knattern. Wahrscheinlich trinkt er schon seinen ersten Schluck Obstler. Im Wald sieht den Feigling ja keiner, speziell nicht seine hantige Frau. Der alte Besen, denkt sich der Schwarze bösartig, und damit meint er ausnahmsweise einmal nicht den Tiertöter. Hätte der Rau den armen Bock bereits erlegt und wäre er schon wieder heraus aus dem Wald, dann wäre das aber auch nur ein geborgtes Glück. Damit rechnet der Schwarze aber nicht. Der Rau würde eine so schöne Spätsommernacht nicht unnötig verkürzen. Zurück zum Besen geht der nur mit deutlich mehr als den zulässigen und straßenverkehrstauglichen null Komma fünf Promille. Nur so kann er seine Alte ertragen.

Laut knattert der beige Käfer an Raus grünem Mitsubishi vorbei. Eigentlich gehörten Besitzer grüner Autos generell von der Erde getilgt, denkt sich der Schwarze erbost. Sind ohnehin alles Jäger und für ihn damit automatisch Mörder. In logischer Konsequenz stellt er sich die Frage, wofür nahezu die ganze Jägerschaft in grünen Geländewagen herumkutschiert. Mit einem getarnten Auto auf der Pirsch? Hoher Gang, niedrige Drehzahl, weil wenig Lärm, und dann »Bumm«? Der Schwarze schüttelt den Kopf. Das funktioniert vielleicht auf der Straße beim Unschuldige-Kinder-Abschießen, aber doch nicht im Wald.

Vor lauter Kopfschütteln hätte er fast seine Abzweigung verpasst. Gut sind die Bremsen des Käfer schon seit Jahren nicht mehr, aber für diese Bremsung reicht es gerade noch so. Er biegt von der befestigten Straße ab und fährt auf einem knochentrockenen Forstweg tief in den Wald hinein. Nach einigen Minuten hat er sein Ziel erreicht und parkt hinter einem aufgearbeiteten Holzstapel ein. Diesen Platz hat er vor Wochen sorgfältig ausgekundschaftet. Dass der Rau einmal alleine hier heroben ansitzen wird, war nur eine Frage der Zeit. Für verschiedene Wetter- und Bodenverhältnisse hat er unterschiedliche Verstecke vorgesehen gehabt. Diese Stelle schien ihm von Anfang an am geeignetsten zu sein.

Der Platz hinter dem aufgeschichteten Holz ist eben. Er wird mit dem Käfer wohl kaum Schwierigkeiten haben, da wieder wegzukommen. Das wäre vielleicht etwas! Ein erfolgreicher

Abschuss und dann stecken bleiben. Da könnte er sich gleich an den Kotflügel lehnen, eine rauchen und auf die Polizei warten. Was diesen Platz so geeignet macht, ist der extrem harte Boden. Ein Ergebnis der Dürre der letzten Monate. Da wird es wohl keine verwertbaren Reifenspuren geben. Hofft er zumindest.

38

Was das Trinken in einer lauen Vollmondnacht angeht, hat der passionierte Mopedfahrer absolut ins Schwarze getroffen. Oberbaurat a.D. Dipl.-Ing. Rau hockt hoch oben auf seinem Hochsitz und saugt eifrig am Flachmann. Viel ist nicht mehr drin. Im Gegensatz zum Kollegen Dröster hat den Rau die Pension wie eine zerstörerische Atombombe erwischt. Völlig ohne Vorwarnung. Ein Blitz, ein atemberaubendes Tosen und dann der alles vernichtende Feuersturm. Und dieser Sturm dauert noch immer an. Tag für Tag. Sein ganz persönlicher Feuersturm hat sogar einen Namen, weiblich wie bei allen zerstörerischen Stürmen. Hannelore! Mit diesem Drachen zusammenleben zu müssen, ist schrecklich. Die keift selbst dann, wenn er alles richtig macht. Quasi funktioniert. Funktionieren heißt, sich so zu verstellen, dass es seiner Alten passt. Ob er damals beim »Ja-Wort« wohl auch so betrunken war, wie er es in Kürze gleich wieder sein wird? Wahrscheinlich. Anders kann er sich die größte Fehlentscheidung seines Lebens auch gar nicht erklären. Während seiner Zeit als aktiver Oberbaurat war er Gott sei Dank so selten daheim, dass ihm die Hölle, in der er sich damals schon befand und jetzt erst richtig befindet, gar nicht so heiß vorgekommen ist. Nun aber bleibt ihm die Flucht ins Büro für immer verwehrt.

Ist dieses Wesen, das sich seine Ehefrau schimpft, eigentlich immer schon so gewesen? Auch hier hallt ihm vom schon beinahe sichtbaren Boden seines glücksbringenden Edelstahlgebindes ein klares »Ja« entgegen. Da hat er wohl den Hintern und den Busen geheiratet und nicht den Charakter. Zwei überbewertete Körpererhebungen, die heute auch nicht mehr dort sind, wo sie eigentlich hingehören. Beide quasi eine Etage tiefer gerutscht, der einstige Donnerbusen sogar zwei. Der schlechte Charakter ist aber geblieben. Unverändert und in Stein gemeißelt wie für die Ewigkeit.

39

Frau Dröster schreckt aus ihrem seichten Schlaf auf. Sie hat gerade von ihrem Mann geträumt, wie er draußen in den Wäldern nach Pilzen gesucht hat. Und in ihrem Traum hat sie noch einen anderen Mann gesehen. Verborgen im Schatten der Bäume. Gut getarnt zwischen mächtigen alten Tannen. Schwarz hat er ausgesehen und ohne Gesicht. Schwarz, wie man sich den Tod in seiner Kutte vorstellt, nur ohne die Seelensense. Anstatt der Sense hat die schwarze Gestalt einen länglichen Gegenstand getragen, der sie in einer vertrauten Art und Weise an ihren Großvater erinnert hat. Der war ein leidenschaftlicher Entenjäger gewesen. Trotzdem hatte die Schrotflinte ihres Großvaters ein wenig anders ausgesehen. Noch ehe dieses vage Bild deutlicher werden kann, wendet sich ihr Unterbewusstsein anderen Themen zu.

40

Die Frau Dröster hat in dieser Nacht wohl seherische Fähigkeiten gehabt. Wovon sie geträumt haben könnte, das werden auch bald die Ermittler in den Bereich des Möglichen rücken. Es könnte sich gut und gerne um ein Fernrohr mit Restlichtverstärker gehandelt haben. Und genau so ein Ding ist auch in dieser lauen Nacht in Verwendung. Leider ist es nicht der Oberbaurat Rau, der so eine ausgefeilte technische Errungenschaft bei sich auf dem Hochstand hat, denn mit dem Ding hätte er den leidenden Rehbock gleich viel eher entdeckt. Seinen Mörder nicht ganz so leicht, da dieser gut getarnt und ganz weit links auf der Lauer liegt.

Bei einem Duell in Wildwestmanier hätte Rau wenigstens eine geringe Chance gehabt, Hannelore noch länger mit seinen Alkoholeskapaden zu nerven. Weil es sich aber um einen feigen Hinterhalt handelt, sind seine Chancen praktisch null. Aufgrund Raus besserer Bewaffnung sind die Karten zwar anders gemischt, als es kürzlich am Reinischkogel der Fall gewesen ist, trotzdem ist der Hinterhalt ähnlich feig. Jedoch mit einem nicht ganz so leisen Ergebnis.

Dass die beiden Mörder, obwohl so grundlegend verschieden, in Wahrheit Gesinnungsgenossen sind, könnte nur eine nahezu unsichtbare Spur verraten, versteckt in den Bits und Bytes des Internetzes.

Dann fällt draußen auf dem Hartberger Hügel der zweite tödliche Schuss in dieser Woche. Laut und endgültig.

Jene, die an besagtem Tag, an dem der Rau den Abschuss des Bocks angekündigt hat, im Gasthaus gewesen sind, denken sich im Halbschlaf: Ach ja, der Rau, droben auf dem Hügel. Die, die das nicht wissen, denken sich: Wird wohl die Fehlzündung eines alten VW-Käfer gewesen sein. Der überwiegende Rest denkt an rein gar nichts, da ein gesunder Schlaf im Regelfall ein tiefer ist.

Drinnen in der heimelig warmen Backstube hören weder der Bäckermeister noch der liebestolle Geselle den Schuss, da das Ö3-Wecker-Team die beiden Berufseulen lautstark unterhält. Die stattlichen Hähne in der Umgebung, die wohl bald ihr morgendliches Gekrächze anstimmen werden, fühlen sich durch den Lärm zwar irritiert, denken jedoch nicht im Entferntesten daran, ihr Tagwerk um ganze zwei Stunden vorzuverlegen. Nach einem kurzen beleidigten Gackern tritt wieder Stille ein.

41

Mittwochmorgen, und die »Kleine Zeitung« weiß noch gar nichts von ihrem Glück. Eine übermüdete Ranner ist im Anmarsch. Jetzt hat der Draxler, abgelenkt durch andere Sorgen, der Ranner keine Vorgaben gemacht, wie denn so ein Aufruf über die

Printmedien auszuschauen hat, aber da braucht man auch kein Schriftsteller zu sein, um die paar Daten und Fakten zu übermitteln. Geht ja schließlich nicht um den Pulitzerpreis. Wie das Fräulein Ranner die Tür zum Foyer der Redaktion öffnet, sieht sie sich in einem raumhohen Spiegel mit dem eigenen Konterfei konfrontiert. Ihr erster Spiegelblick an diesem Tag. Wie sie sich mit rot verweinten Augen aus dem Spiegel heraus selber anschaut, wird aus dem vormals knuddeligen Bärli auf einmal ein hässliches Raubtier. Was der aus ihr gemacht hat! Der Spitzname »Schnurlibärli« ist ohnehin schon passé, den gibt es gar nicht mehr. Würde einer die Ranner fragen, ob ihre Liebe denn gestorben sei, sie würde wohl antworten, es gehe ihr zumindest nicht gerade gut.

Dann vergisst die Ranner den Bären für ein Weilchen und lässt sich zum Chefredakteur führen. Der sieht die Ranner nebst ihren verschwollenen Augen und nimmt leidgeprüft an, dass ihm wohl eine saftige Klage ins Haus steht. Verleumdung mit anschließendem Weinkrampf. Vielleicht sogar ein körperlicher Angriff eines hauseigenen Reporters? So etwas in der Art. Wie er dann hört, dass die Ranner von der Kripo ist und ihm nichts von alledem vorwerfen will, ist der Herr Chefredakteur sichtlich erleichtert. Dass der Dr. Dröster, der als ehemaliger Landesamtsdirektor in Graz durchaus einen Namen gehabt hat, gestern auf dem Reinischkogel ermordet worden ist, hat er über seine beruflichen Quellen zwar bereits erfahren, für die heutige Ausgabe ist diese Information aber leider zu spät eingetroffen. Wird aber mit Sicherheit in der nächsten Ausgabe das große Thema sein. Dass er der Bitte der Polizei um mediale Unterstützung gerne nachkommen will, weil so ein verordneter Aufruf einer Schlagzeile noch eine zusätzliche Würze verleiht, ist selbstverständlich. Das ist wie das Basilikumblatt in einer heißen Tomatensuppe. Das entscheidende Tüpfelchen auf dem »i«.

Die Ranner ist so viel Kripo, dass sie dem Chefredakteur gerade so viel an Informationen gibt wie unbedingt nötig. Davon aber auch nur so wenig wie möglich. Die Mordwaffe enthält sie dem Herrn Chefredakteur natürlich vor. Für ein Die-Katze-ausdem-Sack-Lassen ist es beileibe noch zu früh.

Der Chefredakteur verspricht, den Aufruf möglichst weit

vorne und gut sichtbar zu platzieren. Der Polizei hilft man ja gern. Das sagt er natürlich in seiner Funktion als Redakteur. Als Privatmensch sieht er das schon ein wenig differenzierter. Die letzte Geldstrafe wegen einer Anonymverfügung liegt da noch gar nicht so lange zurück. Und damals ist es richtig teuer geworden. Dass ihm sein Führerschein geblieben ist, grenzt beinahe an ein Wunder. Da denkt so ein Chefredakteur, in seiner Freizeit und als Privatperson, schon auch einmal ans Wallfahrten hinauf nach Mariazell. Zum persönlichen Dankesagen. Aber nicht zu Fuß, sondern mit dem Auto. Macht auch Sinn. Das Auto hat ihm ja auch erst den Grund dazu geliefert. Schon wegen einer umfassenden Absolution bringt er das Corpus Delicti auch gleich mit.

Aus wirtschaftlicher Sicht ist so ein Aufruf Gold wert. Ein Aufruf ist fast wie eine staatliche Subvention, da gehen schon ein paar Zeitungen mehr über den Ladentisch. Das allseits bekannte Sommerloch hängt nämlich noch immer träge am Journalistenhimmel. Die Bitte um einen ähnlichen Aufruf wird die Ranner dann auch gleich der »Kronen-Zeitung« telefonisch durchgeben. Mit den zwei Zeitungen deckt man einen Großteil der steirischen Leserschaft ab. Wäre doch gelacht, wenn den Wagen vom Dröster keiner gesehen hat.

42

Der Draxler und der Spazierer sitzen im Operncafé und tun, was man in einem Kaffeehaus eben so macht. Kaffee trinken und Briochekipferl essen. Wird später als Spesenabrechnung eingereicht. Da es sich um eine dienstliche Vorbesprechung handelt, sehen die beiden das auch nicht als Betrug am Steuerzahler. Steht ja nirgends, dass man solche Besprechungen immer in schlecht belüfteten Räumen abhalten muss, verstunken aufgrund der überquellenden Aschenbecher und wenig heimelig aufgrund der nervös flackernden Neonröhre.

Der Spazierer hat daheim bei seiner ersten Morgentasse Kaffee ein wenig gegoogelt und so manch Interessantes zutage gefördert.

Die Landesamtsdirektion hat ihren Sitz in der Hofgasse. Auch keine schlechte Adresse, denkt sich der Spazierer. Dort in der Hofgasse sitzt der amtierende Landesamtsdirektor Mag. Hold. Wahrscheinlich im selben Büro, in dem der Dr. Dröster seine aktive Zeit verbracht hat. Als Landesamtsdirektor ist man Herr über eine Vielzahl von Fachabteilungen. Da hat ein Volksschuldirektor weniger Kinder unter Aufsicht als ein Landesamtsdirektor Fachabteilungen. Wo sich der Dr. Dröster während seiner aktiven Zeit am stärksten eingebracht hat, das war die Fachabteilung für Raumordnung, also die 13B.

Da kommt nun auch wieder das typisch Österreichische durch. Der Chef sitzt in der Hofgasse, die so geschätzte dreißig bis vierzig Meter über dem Hauptplatz und über der Landhausgasse liegt, wo besagte Fachabteilung 13B ihre Büros hat. Da ist das Hierarchische gleichbedeutend mit dem Geographischen. Dass der Landeshauptmann oben in der Burg dann wieder ein bisserl höher sitzt als die Damen und Herren in der Hofgasse, ist auch logisch. Spinnt man diese Theorie weiter, dann kommen die ganz Schlauen zu der Erkenntnis, dass der Pächter vom Schlossbergrestaurant, das hoch droben über der Altstadt thront, der wohl wichtigste Mann im ganzen Land sein muss.

Der Herr Major zitiert nun die Ergebnisse seiner morgendlichen Recherchen.

»Die Fachabteilung 13B ist Herr über die übergeordnete Bau- und Raumordnung. Was tut die Abteilung da? Sie berät, begleitet und überprüft die Planungen der Gemeinden in den Bereichen örtliches Entwicklungskonzept mit Entwicklungsplan, Flächenwidmungsplan und Bebauungsplan.«

Dass sich der Spazierer niemals so geschraubt ausdrücken würde, ist klar. Logisch, dass der diese Informationen von einem Zettel herunterliest. Der Spazierer doziert weiter, während ihm der Draxler aufmerksam zuhört.

»Auf Basis des Steiermärkischen Raumordnungsgesetzes werden in der Vorbereitungsphase, der öffentlichen Auflage und der Genehmigungsphase für alle Änderungen sowie Revisionen auf raumplanungsfachlicher Grundlage Stellungnahmen abgegeben. Als Service- und Dienstleistungseinrichtung für sämtliche Gemeinden der Steiermark wird versucht, die Entwicklung des Raumes in die richtigen Bahnen zu lenken.«

Wenn in den paar Sätzen nicht ein Motiv für einen Mord versteckt ist, dann wissen Draxler und Spazierer auch nicht. Das ist doch geradezu die Mutter aller Motive, findet der Spazierer. Da kann man aber auch gleich die halbe Steiermark in Untersuchungshaft stecken. Oder, noch praktischer, die Steiermark einzäunen und in ein Freiluftgefängnis umwidmen. Da werden sogar die Eltern des Herrn Major und auch der arme Straßenbahnfahrer König zu Verdächtigen. Der Dr. Schneider nicht zu vergessen. Dass die Eltern des Schnurlibärli dem Dröster für diverse Umbauarbeiten an ihrer Residenz ein nicht unbeträchtliches Körberlgeld haben zukommen lassen, rückt auch langsam in den Bereich des Möglichen. Jetzt soll da einer nicht gleich paranoid werden, aber wie lange wohnt der Draxler eigentlich schon in seinem Bungalow?

Geistig spielt sich im Kopf vom Spazierer gerade so eine Art Reichskristallnacht ab. Wie der Draxler den Spazierer anschaut, mit großen und beinahe unschuldigen Augen, ist der aber auch gleich wieder rehabilitiert. Schließlich ist er Polizist, und schließlich braucht der Spazierer einen Vertrauten an seiner Seite. Für den nun anstehenden Kampf Rücken an Rücken.

Das Sitzen im Operncafé hat dem Spazierer eine fürchterliche Erkenntnis gebracht. Aufgrund der Vielzahl an potenziellen Mördern wackelt nicht nur sein Sommerurlaub, sondern auch seine Schiwoche. Und was die Ranner angeht, so wird die ihren Schnurlibärli wohl auch erst bei dessen Sponsion wiedersehen.

43

Der Pfeilmörder hat ausnehmend gut geschlafen. Ein Stein ist ihm vom Herzen gefallen, weil nun einer der Störenfriede nicht mehr ist. Kein wirklich schlechtes Gefühl. Eigentlich das erste gute Gefühl seit Jahren. Am ehesten mit der Wirkung eines starken Schmerzmittels vergleichbar, der intensive, pochende

Schmerz ist weg. Trotzdem sind noch Fragmente seiner inneren Dunkelheit übrig.

Am Nachmittag wird er wieder zum Üben in den Wald gehen. Für den Fall, dass diese schreckliche Unruhe wiederkommt, und für den Fall, dass das Ping-Pong-Spiel nun tatsächlich angefangen hat. Außerdem ist Bogenschießen kein einfacher Sport. Schon gar nicht, wenn die Zielscheibe am Ende bluten soll. Da die Jagdsaison gerade einmal einen Tag lang eröffnet ist, kann wohl keiner sagen, ob dem Expolitiker noch andere Opfer folgen werden, denen es nicht bestimmt sein soll, das heurige Weihnachtsfest im Kreis der Lieben zu feiern. Für ein klares »Nein« ist dieses nervöse Restkribbeln eindeutig noch zu intensiv.

Kann man vom Pfeilmörder behaupten, dass dieser geistig krank ist, so kann man Selbiges vom Oststeirer nicht sagen. Den aus dem Osten treibt der pure Hass. Der Indianer beißt in seine resche Kaisersemmel und kaut genüsslich vor sich hin. Marillenmarmelade mit einem Schuss Rum. Es gibt kaum etwas Besseres.

44

Frau Dröster hat die erste und wohl schlimmste Nacht überstanden. Das viele Weinen hat sie völlig erschöpft. Ihre beiden Töchter sind über Nacht geblieben. Ihre beiden geliebten Mädels. Dass die zwei, wo jetzt die Morgensonne durchs Fenster scheint, bald wieder zurück zu ihren Familien müssen, kann Frau Dröster natürlich verstehen. Auch für die Enkel und Schwiegersöhne geht das Leben weiter. Für die Mittagszeit hat sich ihre beste Freundin angesagt. Die hat in den letzten Jahren derartig viele Schicksalsschläge hinnehmen müssen, dass der Frau Dröster ihr eigenes Schicksal nicht mehr ganz so schwer erscheint. Am Elend der anderen baut man sich automatisch auf. Ist kein wirklich schöner Zug, aber nur allzu menschlich. Ihre Freundin wird ihr auch bei den Behördenwegen helfen, die so ein plötzlicher Tod mit sich bringt. Wenn ein Mensch die Welt verlässt, ist das mit einem weitaus größeren Formalismus verbunden, als wenn ein neuer in die Welt schlüpft. Ein Toter gibt mehr ab als nur den Löffel.

45

Der Draxler und der Spazierer lassen ihre Dienstwagen in der Tiefgarage stehen und gehen das kurze Stück in die Hofgasse zu Fuß. An diesem Mittwochvormittag gleicht die Herrengasse einem Ameisenhaufen. Leute, so weit das Auge reicht, und natürlich auch die obligate Sommerbaustelle. Kaum, dass das Straßenpflaster verlegt ist, wird es schon wieder ausgetauscht. Da glaubt manch einer, er wäre in Schilda und nicht in der steirischen Landeshauptstadt. Der Münchhausen ist der Bürgermeister, und die Grazer sind die Deppen. Denen finanziert die Stadt auch nicht alle zehn Jahre eine Pflasterung für die Hofeinfahrt. Sie ihr umgekehrt aber schon.

Der Steuerzahler ist schon ein armes Schwein. Jeder zahlt artig seinen Anteil für ein geordnetes Miteinander, finanziert die schönen Straßen und die gut ausgestatteten Krankenhäuser, tatsächlich mitreden darf am Ende aber keiner. Ob die neuen Pflastersteine in der Herrengasse dem ästhetischen Empfinden des einzelnen Bürgers entsprechen, ist völlig irrelevant. Das entscheiden der liebe Herr Bürgermeister und die zuständigen Fachabteilungen. Wenn sich einer dann die eigene Einfahrt machen lässt, zahlt der alles selbst, aber nicht selten mischt sich auch hier wieder die Obrigkeit ein. Dann äußern nämlich die Gemeinden ihre Wünsche, wie so eine Einfahrt tatsächlich auszusehen hat. Muss schließlich ins Ortsbild passen. Dass sich da nicht gleich jeder Zweite in den Wald verabschiedet, um sein ganz persönliches Robin-Hood-Lager aufzuschlagen, quasi als Protest gegen den Sheriff, grenzt schon fast an ein Wunder. Da hätte es dann auch ein Mörder schwer. Keine leichte Aufgabe, einen unbemerkt im Wald zu erschießen, wenn hinter jedem Baum ein ehemaliger Steuerzahler hockt.

Dort, wo es in der Herrengasse aufgrund der unzähligen Baustellen eng geworden ist, hat es sich derartig geschoppt, dass der Spazierer auch gern Pfeil und Bogen dabeigehabt hätte. Zum Freischießen des Wegs.

Am Hauptplatz, auf Höhe der Weikharduhr, wird dann der Draxler sichtlich sentimental. Ein seltener Augenblick. Dort hat er sich nämlich, wie viele Männer seiner Generation, mit seinem Liebchen getroffen. Aus einer romantischen Schwärmerei ist Liebe geworden, und dem logischen Ja-Wort ist letztendlich eine wunderbare Ehe gefolgt. Und das trotz seiner unbequemen Dienstzeiten.

Der Spazierer kennt Draxlers Blick und bringt ihn sogleich auf andere Gedanken. Was der Draxler von der Ranner hält, will der Spazierer nun wissen. Da ist er einmal kein Schwein, er macht sich um die junge Dame wirklich ernsthaft Sorgen. Beruflich wie privat.

Dann fängt der Draxler an zu philosophieren. Ist grade jetzt aber blöd, weil die Sporgasse, im Herzen der Grazer Altstadt, eben doch ein wenig steil ist, und auch, weil Draxlers körperliche Verfassung zu wünschen übrig lässt. Er ist eben derjenige, der nur Fußball schaut und nicht Fußball spielt.

Der Draxler kennt die Ranner auch nicht besser oder schlechter als der Spazierer, aber jeder hat einen anderen Blickwinkel und eine andere Sicht der Dinge. Allein schon wegen der unterschiedlichen Körpergröße. Der Spazierer sieht die Einmetersechzig der Ranner mit seinen Einmeterneunzig quasi aus der Vogelperspektive, während der Draxler, der sich in der Gegend um Einsfünfundsiebzig herumtreibt, sich höhenmäßig in einem permanenten Landeanflug befindet.

So viele Gedanken hat sich der Draxler über die Ranner nun auch wieder nicht gemacht, dass es gleich aus ihm heraussprudelt wie aus einer Bachfassung zur Zeit der Schneeschmelze, aber eine Meinung hat er dann doch. Auf der Höhe der Färbergasse äußert sich der Draxler zuerst einmal zu ihrer Wehleidigkeit. Den Spazierer wundert es nicht, dass der Draxler zuerst mit den negativen Eigenschaften anfängt. Ist ganz typisch für ihn.

Was der auf den Tod nicht ausstehen kann, das sind Hypochonder. Dieses ewige Herumgejammere wegen jedem noch so kleinen Gelsenstich. Das ist ein großer Widerspruch an sich, denkt man an die Profession der Dame. Da steht man als Kripobeamter, oder im Fall Ranner als Kripobeamtin, zwar nicht jede Woche vor einem toten Menschen, aber doch öfter als ein österreichischer Durchschnittsbürger. Regungslos liegt dann eine Leiche vor ihr, die vor nicht allzu langer Zeit noch ein fideler Mensch gewesen ist. Wenn ein Mörder eigenmächtig entscheidet, dass die Zeit für jemanden nun abgelaufen ist und dieser dem Rest der Menschheit nicht mehr die Luft wegatmen soll, dann gibt das meistens ganz unschöne Wunden. Beispielsweise eine kleine verkohlte Eintrittsöffnung im Rücken und ein handtellergroßes Loch in der Brust, das beeindruckende Resultat eines feigen Rückenschusses. Und so einem tödlich Verwundeten fehlt dann schon jeglicher Sinn für Humor, wenn eine wie die Ranner auf einmal über ein Ziehen in der Brustgegend jammert und sich wahrscheinlich nur blöd verrissen hat, während er, der tödlich Verwundete, sich über ein so großes Loch in seiner Brust Gedanken machen muss, wohl wissend, dass bei ihm das Ziehen vom durchpfeifenden Wind kommt. Das passt nicht ganz zusammen.

Jetzt kann einer, der wider Erwarten für die Ranner Partei ergreifen will, durchaus behaupten, die Ranner identifiziere sich mit den unglücklichen Opfern. Wenn aber das arme Opfer stranguliert worden ist und die Ranner am nächsten Tag beim HNO-Arzt sitzt, kommt diese Fürsprache schon leicht ins Trudeln. Da hat sie dann ein ernst zu nehmendes Problem mit ihrem Hals oder den Stimmbändern. Bei einem Giftmord kann sich der Draxler sicher sein, dass die Dame beim Internisten anruft. Wegen dem komischen Rumoren in der Magengegend, das gestern noch nicht da gewesen ist. Neben einer Gastroskopie würde die Ranner auch gleich eine Darmspiegelung vorschlagen. Unangenehm, aber notwendig. Präventiv quasi. Die Ranner ist weithin arztbekannt.

Objektiv betrachtet sind die Mordopfer für die Ranner reine Souffleure. Zwar reden die umherirrenden Seelen soeben Verblichener der Ranner ins Gewissen, sie soll sich doch anstrengen und den Mörder suchen. Sie aber sucht und findet lieber den Weg zum Arzt. Das taugt den armen Seelen überhaupt nicht.

Der Draxler weiß nicht so recht, ob Hypochonder Aufmerksamkeitsdefizite haben oder dem eigenen Körper eine so geringe Selbstheilungskraft zutrauen, dass Arzt oder Apotheker unbedingt nachhelfen müssen. Und so ein Hypochonderleben geht auch ganz schön ins Geld. Wenn sich der Draxler allein vorstellt, wie sich das Medikamentenarsenal auf dem Schreibtisch der Ranner täglich vergrößert, drängt sich bei ihm schon der Eindruck auf, dass die Ranner einen Apothekenmetroschein haben muss.

Würde eine voll besetzte Boeing 737 in den Buchkogel knallen, also einen Steinwurf vom Kripobüro entfernt, dann könnte die Ranner mit ihren Bandagen, Pflästerchen, Tabletten und Cremes gleich ausrücken und mit Leichtigkeit alle Verletzten versorgen. Die Rettung braucht die maximal, um die Erstversorgten wegzukarren. So groß, wie die Handtasche von der Ranner ist, vermutet der Herr Oberst sogar, dass sie einen behelfsmäßigen OP mit sich herumträgt.

Was das Berufliche angeht, so sieht der inzwischen völlig atemlose Draxler in der Ranner momentan eine reine Erfüllungsgehilfin. Große, erfolgsentscheidende Gedanken und logische Schlussfolgerungen hat ihm die Ranner bis dato noch keine geliefert. Das, was man ihr anschafft, erledigt sie zwar ganz brav und ordentlich, aber da endet ihr Engagement und derzeit auch ihre Karriereleiter. Vielleicht ist für eine ein Meter sechzig Große eine Stehleiter auch schon zu hoch. Am Anfang war da noch mehr Begeisterung zu spüren, aber seit der Schnurlibärli ihr ganzes Denken beansprucht, ist dieses erste Bemühen leider gänzlich verschwunden. Die Gute ist zu oft privat und zu selten dienstlich.

Zwar hätte der Draxler, wo er jetzt so richtig in Fahrt gekommen ist, noch einiges loswerden wollen, aber da gerade das ehrenwerte Bürodomizil des Landesamtsdirektors Mag. Hold vor ihnen auftaucht, wird das Thema Ranner auf unbestimmte Zeit vertagt.

Dass die Printmedien erst sehr spät von Dr. Drösters ungeplantem Ableben erfahren haben, bringt den Mag. Hold in eine Situation mit informationsmäßigen Defiziten. Aus diesem Grund können die Herren Draxler und Spazierer den Mag. Hold, wenn sie es geschickt anstellen, auch gleich auf dem falschen Fuß erwischen.

Das mit dem Auf-dem-falschen-Fuß-Erwischen ist beim Hold aber so eine Sache. Ein Kriminaler, dem der Sinn nach Füßewegziehen steht, hat bei einem Normalsterblichen zwei Möglichkeiten, weil eben zwei Füße. Beim Mag. Hold werden sich der Draxler und der Spazierer da aber schwertun, der hat nämlich nur mehr einen. Prinzipiell schon zwei, aber einer davon ist aus hochfestem Verbundwerkstoff gefertigt. Das war in Mag. Holds Lebensplanung so nicht vorgesehen, aber ein Motorbootunfall in Opatija wollte es eben anders. Wenn jetzt einer glaubt, dass ein halber Mann nur das halbe Selbstbewusstsein hat, dann trifft das auf den Hold gewiss nicht zu. Der ist zwar invalid und poliert seinen Karbonfuß auf, wenn andere ihre Zehennägel schneiden, nichtsdestotrotz bekleidet er beruflich eine so wichtige Position, dass das Wissen, dass man zwar aus erheblich weniger Fleisch besteht, aber dennoch mehr zu sagen hat als andere, nicht unbedingt ein Präpotenzkiller ist. Darüber hinaus ist ein Invalide arbeitsrechtlich besser geschützt, als es je ein K&K-Beamter gewesen ist. So gut, dass der Hold wohl bis zu seiner Pensionierung im Landesamtsdirektorensessel sitzen darf.

Im Büro des Herrn Mag. Hold angekommen, weist ein Pitbull von Vorzimmerdame dem Draxler und dem Spazierer zwei Sessel zu. »Der Herr Mag. Hold«, die Schreckschraube betont den »Magister« so, als ob es ein Adelstitel wäre, »ist in einer Besprechung. Wenn die Herren nicht angemeldet sind, dann kann es schon ein Weilchen dauern, bis der Herr Magister Ihnen Audienz gewähren kann.«

Das mit der »Audienz« hat die Furie nicht wirklich gesagt, sinngemäß aber so gemeint. Da sind sich der Draxler und der Spazierer einig.

Der Draxler denkt beim Anblick des Vorzimmerdrachens auch gleich an seine verstorbene Frau und das Glück, das er mit ihr gehabt hat. Gleichzeitig sieht der Spazierer sein Singleleben auf einmal in einem ganz anderen Licht. Da muss ein alleinstehender Mann wie er wirklich höllisch aufpassen. So eine wie die kann einem schließlich auch unterkommen. Ist am Anfang wahrscheinlich unglaublich lieb, sobald einer aber das magische Ja-Wort gegeben hat, heißt es nur mehr: »Nein.« Das ist wie mit den alten Fliegerbomben, über die man beim Graben in der Stadt alle zwei Monate stolpert. Die liegen auch seelenruhig in der Erde und warten nur drauf, bis der richtige Zeitpunkt gekommen ist, um zu explodieren. So ein Kriegsrelikt ist auch die Dame da, und im Gesicht noch dazu so zugespachtelt, dass man sie im Falle ihres Ablebens als Sondermüll vergraben muss. Bei einer Feuerbestattung sollte man auch gleich die Feinstaubverordnung außer Kraft setzen.

Der Draxler und der Spazierer warten also. An ein Gespräch denkt keiner. Nicht einmal zu flüstern getrauen sich die beiden. Die würde ihnen wahrscheinlich beim ersten Mucks die Eier abreißen. Im behördlichen Vorzimmer ist es so ruhig wie in einer katholischen Kirche am Mittwochvormittag. Oder, noch besser, in einer evangelischen. Wenn sich der Herr Mag. Hold gerade in seinem Büro bespricht, dann muss der wohl eine dieser gepolsterten Türen haben, denkt sich der Spazierer, derartig still ist es. Viel wahrscheinlicher hält der gerade ein Nickerchen. Das glaubt der Draxler. Die Wanduhr tickt währenddessen laut.

Der Spazierer ist ein wenig in Sorge, ob denn der Herr Mag. Hold noch vor dem Mittagessen Zeit für die Kripo findet. Doch er korrigiert sich gleich selbst und streicht das profane Wort »Mittagessen«. Menschen wie der Hold gehen nicht zum Mittagessen, die begeben sich »zu Tisch«. Sowieso.

Das Ticken der Uhr deckt sich auffallend mit dem Rhythmus, mit dem der feuerspeiende Drachen die Tastatur quält. Ist der Spazierer beim Berichtschreiben auch so langsam wie eine spanische Wegschnecke, die Dame da würde er locker schlagen. Weil der Spazierer so sitzt, dass er nur den Bildschirm und den auftoupierten Schopf der Fregatte sehen kann, weiß er nicht, dass die Frau nicht die Tastatur, sondern nur die Maus bearbeitet. Das aber wiederum sieht der Draxler. Der kann auch gleich eins und eins zusammenzählen. Die Gute arbeitet weder an einem Brief noch an einer schriftlichen Weisung. Die ist auf dem besten Weg, den amtierenden Tetrisrekordhalter zu entthronen. Das ist schon recht kühn. Da sitzen zwei Kommissare der Mordkommission in einer wahrhaft dringlichen Mission und warten, während die gute Dame ihre privaten Spielchen spielt.

Der Spazierer stellt weniger aus Langeweile als aus Angst sein Handy auf »lautlos«. Da kommt sein ausgeprägter Lebenserhaltungstrieb durch. Und recht hat er gehabt. Kaum dass er das Telefon umgestellt hat, blinkt es auch schon wie verrückt. Die Ranner will ihn sprechen. Er sie aber nicht. Die muss doch spüren, dass sein Leben nur an einem seidenen Faden hängt. Wenn die da drüben ihm den Kopf abreißt, dann helfen selbst die Tabletten der Ranner nichts mehr.

Der Draxler schaut in der Zwischenzeit auf die Wanduhr und zählt in Gedanken die Sekunden mit. Stimmt genau. Sechzig Sekunden, und die Minute ist um. Auf die Zeit kann man sich eben noch verlassen. Die vergeht immer gleich schnell, auch wenn es dem Draxler so vorkommt, als hätte die Zeit Anlauf genommen, um in seinen letzten Lebensjahren ein bisserl an Geschwindigkeit zuzulegen. Früher, in der Volksschulzeit, waren neun Wochen Sommerferien ein nicht enden wollender Kindertraum. Jetzt, im Alter, ist ein Jahr gar nichts mehr. Kaum haben die heiligen drei Könige mit Weihrauch und Kreide das Haus fürs neue Jahr gesegnet, ist schon wieder der Adventmarkt mit den Punschstandln da.

Jetzt ist der Draxler kein Freund langen Wartens, trotzdem fällt es ihm hier leichter als im Wartezimmer seines Zahnarztes. Da der Draxler die Uhr wie hypnotisiert angestarrt hat, hat er nicht mitbekommen, dass der Spazierer sein Handy umprogrammiert hat. Pech für den Draxler. Klar, dass die Ranner ihn anruft, wenn der Spazierer nicht abhebt. Nicht automatisch klar, weil die Ranner ja weiß, dass die beiden gemeinsam unterwegs sind. Aber doch klar, weil es sich eben um die Ranner handelt. Die denkt nicht um zwei Ecken. So wie der Draxler die Ranner einschätzt, denkt die Ranner zur Sicherheit gleich um vier Ecken, was äußerst dumm ist. Die schaut sich dann nämlich selbst ins Kreuz. Absolut sinnlos, so etwas.

Beim Draxler läutet es also. Das laute Gebimmel bringt ihm auch gleich einen missbilligenden »Feuerstoß« des Drachen ein. Ist wahrscheinlich vor lauter Schreck mit dem Finger abgerutscht und hat sich einen Fabelrekord verhauen. Der Draxler lächelt entschuldigend und hebt ab.

Die Ranner hat den öffentlichen Aufruf an die zwei wichtigsten Tageszeitungen weitergegeben und wäre jetzt fertig. Dass die Ranner nur anruft, um sich vom Draxler ein Dankeschön abzuholen, kann der auch nur erahnen. Eine Antenne dafür hat er freilich nicht. Dass die Ranner für eine so einfache Aufgabe nie und nimmer ein Dankeschön kriegen wird, weiß sie eine Minute später. Der Draxler lässt bei dem Fräulein Ranner erst gar nicht die Idee aufkommen, dass sie die beiden Herren bei der Befragung vom Mag. Hold unterstützen könnte. Zu dritt auf den Hold loszugehen, wäre ein Overkill und eine Verschwendung von Steuergeldern. Sie soll einmal schön ins Büro fahren und dort warten. Zwischenzeitlich kann sie beim Reininger anrufen. Vielleicht haben die Voitsberger ja Neuigkeiten. Zwar glaubt der Draxler nicht so recht daran, aber den Kommissar Zufall sollte man immer auf der Rechnung haben. Und wenn sie schon dabei ist, soll sie dem Reininger anschaffen, umgehend bei Frau Dröster anzurufen, um sich nach ihrem Befinden zu erkundigen. Zwar ist dem Draxler das Wort »Wohlbefinden« auf der Zunge gelegen, aber das hat er dann doch nicht gesagt. Passt ja so gar nicht.

Den Vorschlag, dass doch auch sie die Frau Dröster anrufen könnt, quasi von Frau zu Frau, würgt der Draxler ganz schnell ab. Schnell, weil der Reininger den eindeutig besten Draht zu der armen Frau hat, und schnell, weil sich der Drachen hinter dem Bildschirm bewegt hat. Wenn der noch einmal Feuer speit, dann ist der Draxler geliefert. Ohne viel Herumgetue legt der Draxler auf und lässt eine betroffene Ranner zurück. Dass ihr langsam alle Männer davongehen, schmerzt die Hilde Ranner sehr. Das nun folgende Ziehen in der Brust schreibt die Ranner aber weniger ihrer Enttäuschung als vielmehr einem aufkeimenden neuen Leiden zu. Sie muss wieder einmal schleunigst ihren Hausarzt konsultieren.

Mühsam stellt der Draxler sein Telefon ebenfalls auf »lautlos«. Da hätte ihn der Spazierer aber auch vorwarnen können, denkt der Draxler ein wenig verärgert.

Weil nun zwei Drittel des Ermittlungsteams informationstechnisch quasi taub sind, bekommen die Beamten auch nicht mit, dass sie mittlerweile zwei Fälle auf dem Hals haben. Einen Mord im Westen und einen im Osten. Weil die letzte Nacht eine so schöne Vollmondnacht gewesen ist, wird der Blattschuss mitten durch die linke Schläfe eines lauernden Jägers wohl kaum ein Unfall gewesen sein. Die örtlichen Uniformierten schließen einen Jagdunfall aus. Diese Diagnose hätte wohl auch ein Volksschüler stellen können.

Der Draxler und der Spazierer sind in ihrer Unwissenheit noch so entspannt, dass sie sich über jene undurchschaubaren Mechanismen Gedanken machen können, nach denen Vorzimmerdamen dieses Kalibers vorgehen. Da wird nichts mit dem Herrn Magister abgestimmt, da bestimmt das Vorzimmer. Dass die Herren jetzt plötzlich vorgelassen werden, hat nichts mit einem Anruf aus dem nebenan liegenden Chefbüro zu tun. Nein! Es hat ja auch kein einziges Mal das Telefon geläutet oder gar ein rotes Licht geblinkt. Die alte Fregatte will nur ihre Macht ausspielen. Dass der Anruf der Ranner einen Rekordversuch ruiniert hat, hat wohl den Ausschlag gegeben. Der Drachen will jetzt seine Ruhe haben. Soll sich doch der Herr Magister um die Quälgeister kümmern. Der Draxler denkt zwar nicht daran, sich bei der Ranner für den Anruf zu bedanken, geholfen hat er ihnen aber schon. Die Herren werden also vorgelassen.

Kaum dass die beiden Diener des Staates durch die gepolsterte Tür sind, erhebt sich ein kleines Männchen aus einem übergroßen Ledersessel. Der Spazierer muss unweigerlich an Gregory Peck in seiner Rolle als Kapitän Ahab denken, ausgelöst durch das starke Humpeln, mit dem sich der Herr Mag. Hold mühsam hinter seinem Schreibtisch hervorquält. Mag. Hold ist sichtlich erstaunt, es mit zwei Herren von der Kripo zu tun zu haben; wie ihn dann aber der Draxler aufklärt, dass sie von der Mordkommission sind, glaubt der Spazierer beim Hold so etwas wie Erleichterung zu erkennen. Hat wohl geglaubt, sie wären von der Wirtschaftspolizei oder einem ähnlichen Verein. Da kann einen ein Mord schon beruhigen.

Auf die Frage, ob der Mag. Hold in den letzten Wochen mit dem Dr. Dröster Kontakt gehabt hat, wird der Mag. Hold dann doch wieder ein wenig nervös. Nein, hat er nicht. Er verstehe auch die Frage nicht ganz. Die Frage versteht der Hold natürlich schon, die Absicht dahinter bleibt ihm aber verborgen. Jetzt erst eröffnet ihm der Draxler, dass der Herr Dröster gestern in den Vormittagsstunden einem Mordanschlag zum Opfer gefallen ist. Das trifft den scheinbar so unerschütterlichen Hold wie ein Keulenschlag.

»Der Kollege Dröster ist tot?« Ungläubig muss sich der Hold gleich wieder setzen. Zwar knickt so ein widerstandsfähiger Karbonfuß nicht so schnell ein, dafür aber der andere, der Durchblutete. Wie ihn dann der Spazierer fragt, ob der Herr Hold denn eigentlich mit Bogenschießen etwas am Hut hätte, ist das Kreuzverhör auch schon eröffnet. Dass der Hold die Frage ruhigen Gewissens mit Nein beantworten kann, ist für den Einbeinigen auch keine rechte Erlösung. Wenn nämlich der Tod so unerwartet bei seinem Vorgänger vorbeischaut, dann stellt sich ein Mann wie der Hold sogleich die Frage, ob so ein tragisches Ereignis nicht etwas mit ihrer Profession zu tun haben könnte. Da kann es schon passieren, dass dem Herrn Hold das Leberkässemmerl vom späten Frühstück auch gleich wieder Hallo sagen will. Trotzdem hat ein Leidgeprüfter wie der Hold sicherlich starke Nerven, da so einer einen kompletten Beinverlust wohl sonst nicht so einfach weggesteckt hätte. Mit zwei Beinen abzutauchen und im haifreien Gewässer mit nur einem wiederzukehren, ist keine banale Lebenserfahrung. Schon gar nicht, wenn das vormals so tiefe Blau der Kvarner Bucht von einem Moment auf den nächsten in ein zartes Rosa getaucht war. Nun ja, es war eben ein bedauerlicher Unfall. Und weil der Motorbootfahrer auch nicht gerade unterversichert war, hat der Hold auch keinerlei finanzielle Nachteile gehabt.

Trotzdem ist für den Hold der Mord am Dröster eine eiskalte Dusche. Da der Spazierer einen momentan labilen Vielleichtverdächtigen nicht so einfach vom Haken lässt, fragt er auch gleich nach dem Alibi des Herrn Magister. Noch nicht vollständig von seinem Schrecken erholt, bemüht dieser seinen Stehkalender. Ein kurzer Blick genügt, um ein hörbares Aufatmen zu rechtfertigen. Er war bei einem Widmungsausschuss in der Oststeiermark.

Gott sei Dank nicht in der Weststeiermark, denkt sich der Hold im Stillen.

»Ausschuss, dann Mittagessen und anschließend wieder Ausschuss. Zeugen dafür gibt es reichlich.« Dass der Hold ein potenzieller Verdächtiger sein könnte, haben zwar weder der Draxler noch der Spazierer so recht geglaubt. Obwohl eine Namensgleichheit berechtigten Anlass zu Spekulationen gegeben hätte.

Nun werden die älteren Semester wissend lächeln. Es hat nämlich schon einmal in Graz einen Unhold namens Hold gegeben. In den frühen siebziger Jahren. Ein Fleischhauer dieses Namens, der ein kleines Geschäft an der Ecke Grazbachgasse/Schönaugasse betrieb, hat damals aufgrund gewisser finanzieller Engpässe drei Geldbriefträger zuerst um ihr beschwerliches Leben und dann um ihr Geld erleichtert. Einen nach dem anderen und das mit einer schrecklichen Gelassenheit. Fachmännisch aufgebrochen und fein zerlegt, hat er die drei Herren dann in seiner Gefriertruhe zur ewigen Ruhe gebettet.

Da hat die Seele eines Verstorbenen auch keine so rechte Freude, wenn noch zwei weitere herumschwirren. Selbst eine praktisch konturlose Seele hat schon gewisse Platzansprüche. Da kann eine kleine Fleischerei, wenn man den Hold noch dazuzählt, schon als überfüllt gelten, noch ehe die Glocke über der Tür das erste Mal gebimmelt hat. Gerammelt voll das kleine Kabuff und noch kein einziger Kunde im Lokal. Dass der Hold über der Gefriertruhe, die übrigens doch nur eine temporäre Ruhestätte für die drei Geldboten war, und den darüber liegenden Tresen hinweg noch längere Zeit Wurstsemmeln um fünf Schilling verkauft haben soll, war schon ein schauriges Glanzstück. Wie der dann geschnappt worden ist, sind gleich drei Seelen gen Himmel gefahren. Da herrschte auf dem Weg nach oben fast so viel Verkehr wie in der Plüddemanngasse um fünf Uhr nachmittags.

Ob da ein Verwandtschaftsverhältnis bestehe, wagen die Polizisten nicht zu fragen. Wäre auch eine Frechheit. Nur weil bei einem anderen Hold vor Jahren die Sicherungen durchgebrannt sind, kann man einen Namensvetter nicht gleich in Sippenhaft nehmen. Wenn ein Massenmörder vielleicht Meier oder Müller heißt, wäre gleich die halbe Innenstadt leer.

Wie der berühmte Kommissar Colombo hat auch der Spazierer immer einen kleinen Notizblock dabei. Den nestelt er dann mühsam aus den Tiefen seines Sakkos und beginnt, darauf herumzukritzeln. Das tut er zumeist nur aus rein taktischen Gründen. Damit ein Verdächtiger voreilig glaubt, dass dem Spazierer auf einmal ein gleißendes Licht aufgegangen ist, so konzentriert, wie der vor sich hin schreibt. Dass auf dem Zettel vielleicht nur »Claus, Gery und Franz anrufen« steht, weiß der schon fast geständige Verdächtige natürlich nicht.

Auch bei diesem Verhör schreibt der Spazierer wieder einmal eifrig mit. »Servicetermin für den Dienstwagen ausmachen!!, Grillkohle kaufen, Hold nicht der Täter, aber wer weiß!!!???«. Das thematisch bunt gemischte Notizentrio ist leicht erklärt.

Fakt eins: Beim Alfa scheppert der Auspuff, ähnlich wie bei Reiningers Octavia. Ein Besuch in der Werkstatt steht also an. Fakt zwei: Am Wochenende ist der Spazierer bei seinen Eltern zum Grillen eingeladen. Seine Schwester Susi bringt den Salat, er die Grillkohlen. Fakt drei: der Herr Hold. Mit einem künstlichen Bein da hinauf auf dem Reinischkogel? Für den Spazierer kaum vorstellbar. Als möglichen Anstifter zum Mord behält der Spazierer den Hold schon noch auf seiner Liste. Keine Angst!

Nun hat der Hold den Job des mittlerweile verstorbenen Dröster ganz legal übernommen. Ohne Drängen, ohne Schieben und ohne Mobben in einen vorgezogenen Ruhestand. Da der Dr. Dröster eine politische wie auch fachliche Respektsperson gewesen ist, konnte ihm auch keiner an den Karren fahren. Aber dass Holds Kunststoffhuf und seine unübersehbare Invalidität ihm einen nicht unwesentlichen Vorteil bei der Nachbesetzung verschafft haben, kann er nicht leugnen.

Holds Fuß wurde übrigens nie gefunden. Zwar waren Taucher schnell zur Stelle, aber dort, wo sich der Hold von seinem rechten Bein verabschieden hat müssen, ist die Kvarner Bucht ganz schön tief. Unberechenbare Strömungen und hungrige Fische haben dem Fuß somit eine Seebestattung und dem Rest vom Hold eine einflussreiche Stellung beschert.

Der Draxler will vom Hold nun wissen, ob der Dr. Dröster irgendwelche offensichtlichen und vielleicht sogar stadtbekannten Feinde gehabt hat. »Natürlich gibt es in jeder politischen Fraktion Neider und dort wahrscheinlich einige mehr bei den anderen Parteien«, meint der Hold, trotzdem fällt ihm kein ernst zu nehmender Kandidat ein.

Das, was dem Spazierer am Vortag durch den Kopf gegangen ist, nämlich dass in Politikerkreisen alle verdächtig sind und dann doch wieder keiner, bewahrheitet sich jetzt. Ob er und der Draxler am Holzweg sind, kann der Spazierer schwerlich sagen. Fragt er seine Nase um Rat, dann vermutet die das Motiv ganz woanders. Weniger im Politikermilieu als bei einem milieufremden Einzeltäter. Vielleicht ein frustrierter Häuslbauer mit einer umzuwidmenden Kuhweide? Oder vielleicht gar ein frustrierter Mitarbeiter? Da ein Landesamtsdirektor zwanzig Abteilungen unter sich hat, die wiederum in zig Fachabteilungen unterteilt sind, könnte ein Mörder in diesem Fall durchaus aus den Bereichen »Veterinärwesen«, »Gesundheitswesen« oder aber auch dem »Forstwesen« kommen.

Da der Draxler dem Hold als einzig vorzeigbares Ergebnis zwar einen Cognac, leider aber nur einen einfachen, aus dem Kreuz hat leiern können, verabschieden sich die Herren von der Kripo auch bald wieder. Den Sanctus, dass sie alle dem Landesamtsdirektor Hold unterstellten Abteilungen uneingeschränkt befragen dürfen, lässt sich der Draxler aber schon noch geben. Der Herr Mag. Hold verspricht pflichtbewusst, seine Vorzimmerdame umgehend zu instruieren, ein entsprechendes Schreiben an die zuständigen Abteilungsleiter zu verfassen. Die Kripo soll natürlich bestmöglich unterstützt werden.

Seit der Wartezeit im Vorzimmer wissen die Herren ganz genau, wer da wen instruiert. Ganz unauffällig grinsen sie sich an. Der Draxler grinst vielleicht eine Spur breiter. Das kommt zweifellos vom Cognac. Hätte der Draxler gewusst, dass er gleich mit Blaulicht und Vollgas hinaus nach Hartberg muss, hätte er sich den Magenwärmer wohl verkniffen.

46

Zu dem Zeitpunkt, als der Draxler den Cognacschwenker geleert hat, ist die Ranner vor der Radetzkybrücke an einer roten Ampel gestanden. Zwar war sie allein in ihrem Auto, aber der Bär geistert schon wieder herum. Keinen Mucks hat sie bis dato vom Ruckerlberg gehört. Dabei hat der Bär übermorgen die so gefürchtete Festigkeitslehreprüfung. Ob der wirklich mit offenen Karten spielt, bezweifelt die Hilde Ranner mittlerweile. Ein Zeugnis von der TU hat sie nämlich noch nie zu Gesicht bekommen. Maximal sein Volksschulzeugnis kennt sie, und da waren auch schon auffällig viele Dreier dabei. Beim Singen könnte das die Ranner gerade noch verstehen, ein schönes Gesangsorgan hat der Bär ja wirklich nicht, aber beim Schreiben und beim Lesen? Da scheint es schon damals im Oberstübchen des Herrn Studenten ein paar geistige Defizite gegeben zu haben. Dass der Bär für die Mittelschule respektable elf Jahre gebraucht hat, war auch so ein Warnsignal. Unübersehbar. Der ist mit dem Auto in die Schule gefahren, als die andern noch nicht einmal gefirmt waren.

Ob sich die Ranner so einen antun will, der von Beruf nur Sohn ist und selbst im Leben nichts auf die Reihe kriegt? Da war für sie die gestrige Nacht schon ein unerwarteter Augenöffner. Ob sie der Spazierer wirklich noch ins Gebet nehmen muss, ist nicht mehr ganz so eindeutig. Die Ranner lernt und die Ranner zieht ihre logischen Schlüsse. Schon bald wird der Ex nur mehr ein zotteliges braunes Raubtier sein, das auf Honig abfährt. Ruckerlberg hin oder her.

Obwohl Draxler und Spazierer die letzte Stunde auf Schleichfahrt gewesen sind, weil Handys auf »lautlos«, hat trotzdem keiner das Fräulein Ranner wegen dem östlichen Mord verständigt. So ist das nun einmal.

Bei ihrer geringen Bauhöhe und in zweiter Reihe stehend, fällt einem die Ranner weder auf noch ein.

47

Kaum hat der Draxler sich in den Fahrersitz seines Dienstwagens gezwängt, ruft er den Reininger an. Wie sich herausstellt, hat sich die Ranner noch gar nicht, wie von ihm angeordnet, beim Reininger gemeldet. So also werden meine Anweisungen befolgt, denkt sich der Draxler leicht verärgert. Ganz ausgeschlafen klingt der Reininger Sepp am anderen Ende der Leitung auch nicht. Kein Wunder, hat es doch wieder längere eheliche Diskussionen gegeben. Wegen der langen Dienstzeit, da kann sich der Reininger bei Drösters Mörder bedanken, und natürlich wegen dem Planschbecken und dem Ackergaul. Da zeigt Frau Reininger wenig Verständnis für ein armes Mordopfer. Die eigene Welt soll schließlich heil bleiben. Dass das eine mit dem anderen unweigerlich zusammenhängt, versteht die weibliche Fraktion in seiner Familie leider immer noch nicht. An diesem Mittwoch ist der Reininger schon sehr froh, dass er zur Arbeit darf. Draxlers Bitte, der Frau Dröster in angemessener Art und Weise nochmals auf den Zahn zu fühlen, weil so ein Mörder viel öfters in den eigenen Reihen zu finden ist als in einem kleinen Metzgerladen in der Steyrergasse, nimmt der Reininger gerne als Auftrag an.

Kaum hat der Draxler aufgelegt, quiekt sein Handy wie eine Maus auf Speed. Offenbar wollen ihn da einige dringend sprechen. »Neun Anrufe in Abwesenheit!« Schau einer an! Weil es sich dabei um eine Reihe unterschiedlicher und für Draxler größtenteils unbekannter Nummern handelt, ruft der Draxler, gescheit, wie er nun einmal ist, die allererste zurück.

Es läutet ungewöhnlich lange, ehe ein ehemaliger Postbeamter, einer jener Postler, die jetzt in den verwaltungstechnischen Teil der Polizei übergewechselt sind, leicht entnervt abhebt. Bei einem Mord geht es im ansonsten so friedlichen Österreich immer hoch her. Besonders auf einem ländlichen Polizeiposten.

Was der Draxler jetzt hört, verbrennt den Restalkohol in seinem Blut derartig schnell, dass selbst ein Alkomat eine klare und eindeutige Doppelnull angezeigt hätte. Schon wieder ein Toter und mit an Sicherheit grenzender Wahrscheinlichkeit wieder ein Mord!

»Ja nichts anfassen!«, haucht der Draxler in leicht unterwürfigem

Ton ins Telefon. »Nur nichts anfassen!« Milde lächelnd teilt der ehemalige Paketabwieger dem Draxler mit, dass die Spurensicherung wohl schon von der Autobahn herunter sein müsste. Geschätzte Ankunftszeit zehn Minuten. Was das Spurensichern angeht, da soll sich der Herr Oberst keine Sorgen machen. So ekelig, wie sich die Schweinerei da draußen im Wald am Fuße des Ringkogels darstellt, wird sich wohl kein Örtlicher freiwillig die Finger schmutzig machen. Der ehemalige Postbeamte ist, was das Beruhigen angeht, ein wahrer Profi. Der hat sich Zeit seines Lebens derartig oft mit aufgebrachten Kunden herumärgern müssen, dass ihm das jetzt wie ein Gespräch unter Freunden vorkommt.

Da sich der Draxler keinerlei Dienstpflichtsverletzung vorwerfen kann, schließlich war er den ganzen Vormittag in beruflicher Mission unterwegs, und da die Spurensicherung ohnehin bald am Tatort ist, hat er kein wirklich schlechtes Gewissen. Den Expostler lässt er wissen, dass die Kripo auch schon auf dem Weg ist.

48

Die Kinder von der Frau Dröster sind schon seit Stunden wieder weg. Die jüngste Tochter will die nächste Nacht zwar wieder kommen, so recht ist das der Frau Dröster aber nicht. Hat der Mord an ihrem Mann schon ihre eigene kleine und bis dato heile Welt ins Chaos gestürzt, so muss das jetzt nicht auch noch bei ihren Mädels der Fall sein. Natürlich ist es auch für die Kinder schwer, wenn der Vater nicht mehr ist, aber zumindest stimmt die Reihenfolge. Nichts ist schrecklicher, als wenn die Kinder vor einem gehen. Da presst die Frau ihr Ein und Alles unter Schmerzen hinaus in die Welt, bringt ihm Plappern, Gehen und schließlich richtiges Sprechen bei und ist ganz stolz, wenn das eigene Fleisch und Blut den Weg hinaus in die Welt findet, und dann kommt wie aus dem Nichts diese schreckliche Leere. Wenn das Kind tot ist. Liebende Eltern verstehen dann die Welt nicht mehr, entbehrt der Tod eines Kindes doch jeder Vernunft. Da fängt man an, das Wort Schicksal so richtig zu hassen. Gleichzeitig muss man höllisch aufpassen, dass einen Hass und Verbitterung nicht auffressen. Dass der Horst nicht mehr ist, ist schlimm. Trotzdem hätte es noch viel schlimmer kommen können. Der Horst hat schließlich ein erfülltes Leben gehabt.

Wie es dann an der Tür läutet, glaubt die Frau Dröster, dass es ihre beste Freundin ist. Überraschenderweise ist es aber der Herr Reininger. Traurig ist die Frau Dröster darüber nicht. Ist ein netter und einfühlsamer Mensch, der Herr Revierinspektor. Ob er einen Kaffee haben will, fragt die Frau Dröster. »Ja, gern«, sagt der Reininger. Frau Dröster bittet ihn, doch auf der Terrasse Platz zu nehmen. Sie sei gleich wieder da.

Jetzt sitzt also der Reininger auf der Veranda und schaut über grüne Wiesen hinüber zu einem nicht weniger grünen Wald. Auch den Reinischkogel kann der Reininger von seinem Sitzplatz aus erkennen. Schaut aus der Ferne wunderbar still aus. So gar nicht blutrünstig.

Schön ist die Steiermark. Weil der Reininger ein gebürtiger Voitsberger ist, ist die Weststeiermark, »seine« Weststeiermark, für ihn gleich noch viel schöner. Wie Menschen in einer anderen Gegend leben können als hier, ist dem Reininger ein Rätsel. Aber Heimat ist halt bei den meisten Menschen ein ganz spezielles Gefühl. Das Schöne immer vor Augen ist wie eine permanente Gehirnwäsche. Ist auch besser so, dass einer, der beispielsweise in der Wüste aufgewachsen ist, diese Wüste über alles liebt und sich nicht gleich aufmacht, um sich in Reiningers geliebter Weststeiermark niederzulassen. Sonst wäre da bald kein Platz mehr, und dann wäre es aus mit der Schönheit.

Die Frau Dröster reißt den Reininger aus seinen Gedanken. Einen wunderbar aufgeschäumten Cappuccino serviert sie ihm, und als Draufgabe einen flaumigen und noch warmen Gugelhupf. Das ist ihre Art, sich abzulenken, da wird das Kuchenbacken rezeptfrei zur Therapie.

Während der Reininger genussvoll den Schaum vom Löffel lutscht, hört man die Vögel fröhlich zwitschern. Obwohl der Reininger zu Gärten und speziell zur Gartenarbeit ein recht ambivalentes Verhältnis hat, fällt auch ihm der wunderbare gepflegte Garten der Familie Dröster auf.

Die Frau Dröster schaut den Reininger von der Seite an. Nicht gerade fragend, aber doch mit einer gewissen Erwartungshaltung. Der Reininger spürt ihre Blicke und überlässt den Milchschaum fürs Erste sich selbst. Artig berichtet er, dass der Herr Oberst Draxler und sein Team gerade die ehemaligen Kollegen ihres Mannes befragen. Zwar ist noch kein klares Motiv für diesen schrecklichen Mord erkennbar, aber die Kripo gibt wie immer ihr Bestes. Daran hat die Frau Dröster auch nicht die geringsten Zweifel.

»In den nächsten Tagen wird man da und dort auf den Busch klopfen«, berichtet der Reininger. Er lässt auch nicht unerwähnt, dass am nächsten Tag ein Aufruf in den Zeitungen erscheinen wird. »Auf diese effektive Art und Weise wird die Öffentlichkeit um Mitarbeit gebeten. Das ist mit Sicherheit ein guter Ansatz.« Auch da gibt Frau Dröster dem Reininger recht.

Jetzt fragt der Reininger behutsam nach, ob ihr seit gestern noch irgendjemand eingefallen ist, der einen so großen Hass auf ihren Mann gehabt haben könnte, dass auch ein Mord nicht ganz unvorstellbar wäre. Frau Dröster hat sich mit dieser Frage natürlich ebenfalls beschäftigt. Der Einzige, der ihr in den Sinn gekommen ist, ist einer seiner ehemaligen Mitarbeiter. Der Horst hatte den mitsamt seinem Schreibtisch und der schrecklichen Vorzimmerdame von seinem Amtsvorgänger geerbt. Offenbar war er jemandem in der Landesregierung einen Gefallen schuldig und hat den Mann erst einmal behalten. Lange hat er ihn aber auch nicht ertragen müssen. Denn so geduldig der Horst auch war, so unfähig war dieser Mann. Der war für keine wie auch immer geartete Tätigkeit zu gebrauchen. Der Horst hat daheim jedes Mal einen Wutausbruch bekommen, wenn er dessen Fehler hat ausbügeln dürfen. Nach zwei Jahren hat sich der Mann dann intensiv für die Eisenbahn interessiert. Hat sich vor den Zug geworfen, der Arme. Das hat ihm der Horst natürlich auch nicht gewünscht. Der Horst war ja kein Unmensch. Wenn sie sich recht erinnert, hat dieser Sonderling aber keinerlei Verwandte gehabt. Niemanden, der dem Horst unmittelbar etwas hätte nachtragen können. Zum Begräbnis sind nur Leute aus der Abteilung gekommen, sonst keiner. Das war jetzt aber auch schon wieder gut und gerne zehn Jahr her.

Der Reininger fragt der Vollständigkeit nach dem Namen des Mannes. »Albert Tischler hat er geheißen.« Den Namen notiert sich der Reininger. Da am Ende seiner Fragen noch viel Kaffee und noch mehr Gugelhupf übrig sind, bleibt er noch ein Weilchen. Der Frau Dröster tut das gut. Schon bald sind ihre Gesprächsthemen so weit vom Mord und dem Reinischkogel entfernt, dass die Frau Dröster seit vierundzwanzig Stunden das erste Mal wieder herzhaft lachen muss. Das freut dann auch den einfühlsamen Reininger.

49

Obwohl der Draxler ein ausgezeichneter Ermittler ist, überfordern zwei Morde seine organisatorischen Fähigkeiten gewaltig. Die sind nämlich eher mangelhaft. Rasch geht er im Geiste seine Optionen durch. Er und der Spazierer hinaus nach Hartberg und die Ranner zurück zum Stützpunkt? Quasi als Journaldiensttante? Gefällt dem Draxler nicht so recht, weil sich der Spazierer von ihm auch nicht mehr so viel wie früher anschaffen lässt, und wenn der Draxler jemanden aus seiner Truppe mit dabeihat, dann schafft er dem automatisch an. Ist bei ihm beinahe so etwas wie ein Reflex.

Die Ranner mitzunehmen, gefällt dem Draxler gleich noch viel weniger. Die ist mit den Gedanken ohnehin ganz woanders und damit keine rechte Hilfe. Dass er den Spazierer mitsamt der Ranner nach Hartberg entsendet und er indessen zurück ins Büro fährt, ist für den Draxler nicht einmal eine Überlegung wert. Trotz seines pensionsreifen Alters ist der Draxler noch immer ein sehr eitler Pfau, sodass für ihn ein Mord reine Chefsache ist. Er wird daher alleine fahren.

Seine Entscheidung wird er den beiden mitteilen, sobald er auf der A2 ist. Über Gleisdorf hinaus nach Hartberg.

50

Der Schnurlibärli hat so was von einem Kater, dass er die Festigkeitslehreprüfung gleich absagt. Die Frau, die da in seinem Bett neben ihm liegt, hat er auch noch nie nüchtern gesehen. Eine umwerfende Schönheit ist sie nicht, denkt sich der Bär, aber einen geilen Arsch hat sie schon. Er steht auf und schlurft in die Küche und zum Kühlschrank. Ein kurzer Seitenblick hinaus aus dem Fenster zeigt ihm, dass er noch reichlich Arbeit vor sich hat. Den Saustall muss er heute wohl ohne fremde Hilfe wieder aufräumen. Die Hilde deswegen anzurufen, geht ja nicht. Eigentlich schade. Ein wenig Zeit bleibt ihm ja noch. Seine Eltern kommen Gott sei Dank erst morgen wieder zurück. Mit einer halb vollen Flasche Mineralwasser bewaffnet, trottet das zottelige Raubtier zurück in seine Höhle. Paarungszeit.

Was da draußen so alles Blutiges abläuft, das bleibt dem ewigen Studenten verborgen.

51

Kaum dass der Draxler auf der Autobahn ist, ruft er plangemäß den Spazierer an. Dass die Urlaubssperre wohl eine längere sein wird, kommt beim professionellen Spazierer erst an dritter Stelle.

Als Erstes denkt er sich, dass er vielleicht doch seine Mobilbox hätte abhören sollen. Dann hätte er die Neuigkeiten nicht erst über den Draxler erfahren müssen. Als Zweites kommt ihm in den Sinn, dass es vielleicht eine Verbindung zwischen den beiden Morden geben könnte. So etwas kommt wohl keinem deutschen Hauptkommissar oder amerikanischen Detective als Erstes in den Sinn, da dort Morde wohl nicht ganz so selten sind, aber im beschaulichen Österreich ist die Sachlage freilich ein wenig anders. Natürlich kommt es auch in Österreich vor, dass beispielsweise ein Ukrainer einen anderen absticht oder gar ein Rumäne einen Rumänen, aber das passiert meistens im einschlägigen Milieu, wo das Motiv praktisch auf der Straße liegt und der Mörder seelenruhig im Nachbarbeisel sitzt, so als ob er auf die Verhaftung schon warten würde. Das ist aber eher ein Wiener Phänomen. In der Steiermark gehen die Uhren noch ein wenig langsamer. Erst als Drittes denkt der Spazierer dann an seine dahinschwindenden Urlaubspläne.

52

Der Bogenschütze ist an diesem neuen Tag nicht ganz so früh aufgestanden. Warum auch. So gut hat er seit Jahren schon nicht mehr geschlafen. Er fährt seinen Computer hoch und checkt seine E-Mails, wie das auf Neudeutsch so schön heißt. Dann ist er doch ein wenig überrascht. Aus der Oststeiermark hat er zwar eine Reaktion erwartet, vielleicht nicht gerade ein Kompliment, aber doch so etwas wie eine Respektsbezeugung, mit einem Foto in der Anlage hat er aber nicht gerechnet. Na ja, gerechnet vielleicht schon, aber doch nicht so bald. Das Foto, das er nun zu sehen bekommt, wirkt beinahe irreal, weil mit Blitz gemacht. Ein Toter hängt mit einem gar unschönen Loch in der Stirn über der Brüstung eines Hochstandes. Bei dem Toten handelt es sich natürlich um den armen Herrn Rau, der dem verkappten Indianer allerdings völlig fremd ist.

Kein typischer Jägerhut ziert den perforierten Kopf. Den hat der zweifellos heftige Schlag dem Verblichenen vom Kopf gerissen und in das Dickicht unterhalb des Hochstandes fallen lassen. Dass die Kugel seitlich und in einem flachen Winkel zur Schädeldecke in den Kopf des Jägers eingedrungen ist, um dort mit ein paar zerstörerischen Loopings all das zusammenzumantschen, was einstmals die Erinnerung an die Hannelore ausgemacht hat, kann der Indianer auf dem einzigen Foto freilich nicht erkennen. Hätte die Kugel nur die Erinnerung an Hannelore gelöscht, dann hätte der Rau das dem Cowboy wahrscheinlich sogar gedankt und das große Loch in seiner Schläfe als notwendiges Übel abgetan. Aber die Kugel hat einen deutlich größeren Schaden verursacht. Der Rau ist mausetot.

Der Indianer ist nervös. Nicht, weil der da drüben ebenfalls sein Versprechen wahr gemacht hat – das war ja der eigentliche Sinn ihres Bündnisses –, sondern weil das so schnell und seiner Meinung nach auch zu hastig geschehen ist. Nicht einmal vierundzwanzig Stunden nach seinem Erstschlag! Was ist, wenn die Polizei eins und eins zusammenzählt und die beiden Morde in Verbindung bringt? Wäre wegen der raschen Abfolge eigentlich logisch.

Dämlicher Mistkerl, denkt sich der Indianer. Zwar verspürt er noch keine existenzielle Angst, aber Wohlbefinden hätte er anders definiert.

53

Wie der Draxler in Hartberg eintrifft, zieht es ihn nicht gleich zum Tatort. Zuerst einmal parkt er sportlich vor dem Polizeiposten ein. Auf der Hinfahrt hat er bereits mit der Spurensicherung gesprochen, die das Gelände rund um den Hochstand weitläufig abgesichert hat. Da der Hochstand weitaus öfter frequentiert wird als Herrn Drösters dunkler Sterbeplatz, muss eine Vielzahl von Spuren gesichert werden, was dauert. Der Draxler würde da eher stören. Das haben ihm die Kollegen so natürlich nicht gesagt, jedoch gehört auch das Zwischen-den-Zeilen-Lesen zu Draxlers berufsbedingten Fähigkeiten. Kaum ist der Draxler durch die Tür des Polizeipostens, steht auch schon der Expostler vor ihm. Das erkennt der Draxler sofort, da seinem Gegenüber eine Langsamkeit anhaftet, die für Polizisten eher untypisch ist. Herr Krall, so heißt der emeritierte Briefmarkenlecker, geleitet den Draxler ohne großes Herumgetue zu seinem Chef, dem Herrn Krammberger.

Karl Krammberger ist das Hartberger Gegenstück zum Reininger Sepp. Also ebenfalls Revierinspektor. Der Draxler hält sich nicht lange mit Begrüßungsfloskeln auf, sondern will vom Krammberger gleich wissen, ob es sich seiner Meinung nach um einen bedauerlichen Unfall gehandelt haben könnte. Das fragt er der Form halber, glaubt es aber nicht. Mitten in der Nacht, außerhalb der Jagdsaison und hoch droben auf einem Hochsitz ein Projektil präzise in die linke Schläfe zu bekommen, deutet auf alles hin, nur nicht auf einen Unfall.

Draxlers nicht geäußerte Annahme wird von Revierinspektor Krammberger auch gleich bestätigt, wobei ihm der Krammberger im selben Atemzug einen Kaffee anbietet. Fast so, als wäre ein Mord eine ähnlich alltägliche Angelegenheit. Der Draxler ignoriert die oststeirische Gastfreundschaft auf die bisweilen arrogante Art der Hauptstädter und stellt gleich die nächste Frage. Ihn interessiert, wer denn alles davon gewusst haben könnte, dass das Opfer genau in dieser Nacht dort am Ringkogel einen Bock schießen will. Milde lächelnd stellt Revierinspektor Krammberger fest, dass es wohl ganz Hartberg und Umgebung gewusst haben muss. Typisch Hauptstädter, denkt sich der Krammberger hämisch. Auf dem Land kennt man sich, und auf dem Land spricht man noch miteinander.

Nun verdunkelt sich Draxlers Miene. Zwei Tatorte. Einer derartig abgelegen, dass es einen wandernden Bimfahrer braucht, um die Leiche zu finden, und der andere Tatort auch nicht minder verschwiegen. Ein einsamer Jäger auf einem einsamen Hochstand, und zu allem Überdruss weiß davon praktisch die halbe Oststeiermark. Es ist zum Haare raufen. Davor würde sich der Draxler aber hüten. So viele hat er nun auch nicht mehr.

Als dann der Krammberger, ungefragt und als kleine Hommage an Oberbaurat Rau, dessen unschätzbaren Verdienste um die Steiermark und speziell seine Heimatregion aufführt, die der Herr Rau sich in einer der Fachabteilungen der steiermärkischen Landesregierung erarbeitet hat, lässt Draxlers anfänglichem Stirnrunzeln ein wahres Gewitter an freudigen Gesichtsregungen folgen. Zuerst glaubt Revierinspektor Krammberger, dass der Draxler so etwas wie einen Wutanfall bekommt, obwohl das leicht debile Grinsen des Herrn Oberst dieser Deutung widerspricht. Als dann zu allem Überdruss der Draxler auch noch anfängt, wie ein zugerauchter Derwisch in die Hände zu klatschen, ist sich der Revierinspektor Krammberger beinahe sicher, dass der Gute dabei ist überzuschnappen. Was sich die niedrigeren Chargen denken, ist dem Draxler egal. Endlich eine Information, mit der er etwas anfangen kann.

Irrtum, sprach der Igel und stieg von der Klobürste, würden sich jetzt der Indianer und der Cowboy denken.

54

Der Spazierer sieht aus dem Fenster. Dass ihn der Draxler quasi abgeschoben hat und in Hartberg nun den Obermacker heraushängen lässt, würde ihn kränken, hätte er die Gene von der Ranner. Da dem jedoch nicht so ist, lässt ihn die Situation unbeleidigt. Zwar ist der Spazierer alles andere als ein Minimalist, aber um Mehrarbeit rauft er sich nicht freiwillig.

Wie gerade eine Taube am Fenster vorbeitrudelt, schaut beim Spazierer erneut derselbe Gedanke vorbei, der ihn kürzlich erst beschäftigt hat. Zwei Morde in vierundzwanzig Stunden, und beide sind im Wald passiert. Bemüht der Spazierer die steirische Mordstatistik, die zugegebenermaßen relativ übersichtlich ist, dann hat es so eine kurze Abfolge von zwei so ähnlich gelagerten Morden noch nie gegeben. Wenn es ihnen jetzt auch noch gelingen würde, eine Verbindung zwischen dem Unbekannten in Hartberg und dem Dr. Dröster herzustellen, dann könnte an der Widmungssache tatsächlich etwas dran sein. »Bingo«, würde jetzt der Draxler sagen. Allein schon wegen seinem Wissensvorsprung.

Was den Spazierer irritiert, das ist der Zeitfaktor. Da muss einer schon ein logistisches Genie mit einer Portion Eiswasser in den Adern sein, wenn der so rasch hintereinander zwei offensichtlich gut geplante Morde begeht. Einen auf dem linken Murufer, den anderen auf dem rechten. Einmal mit Pfeil und Bogen und dann mit einer Schusswaffe. Der kommt ja gar nicht mehr zum Schlafen, so wie der Kerl da herumfetzen muss, denkt sich der Spazierer. Außerdem muss er ein Waldschrat sein, zumindest aber ein kleiner Pfadfinder.

Zwar ist der Spazierer kein Einstein, aber offensichtliche Gemeinsamkeiten hätte er zweifelsfrei entdeckt. Hier ein Schwammerlsucher und da ein Jäger! Viel Gemeinsamkeit gibt es da wohl nicht. Sammler und Jäger. Tausende Jahre praktiziert. Sogar schon in der Steinzeit. Die Sache mit der Steinzeit und den Jägern wird der Spazierer bald wieder ins Spiel bringen. Dann aber eher in missionarischer Mission.

Wie sich dann am Nachmittag über dem Kripostützpunkt in Wetzelsdorf ein Spätsommergewitter zusammenbraut, dass sogar die Hagelflieger vom Thalerhof aufsteigen müssen, herrscht in den Büros eine abwartende Stille. Die Ranner tippt die Informationen des Dr. Schneider in ihren Computer, während der Spazierer, die Hände hinter dem Kopf verschränkt, auf den Buchkogel hinausstarrt. In dieser Haltung fällt dem Spazierer das Denken leichter. Zwar jagen seine Gedanken zwischen dem Reinischkogel, der Mordwaffe, dem Dr. Dröster und dem toten und für ihn noch immer unbekannten Oststeirer hin und her, trotzdem mischen sich auch Kindheitserinnerungen darunter. Er ist ja in dieser Gegend aufgewachsen. Der Buchkogel war sein ganz persönlicher Hausberg. Spaziergänge in seinen Kindergartentagen, ausgedehnte Wanderungen während der Schulzeit, Schwammerlsuchen in seiner Jugend, Laufwettkämpfe mit seinem besten Freund und schließlich Parken mit den Mädels. Oben, am südlichen Entlüftungsschacht des Plabutschtunnels. Im Volvo seines Vaters.

Jäh werden seine sentimentalen Gedanken vom ohrenbetäubenden Trommeln der ersten Hagelschlossen unterbrochen. Ob das die Verandaüberdachung der Eltern wohl aushält? Hoffentlich! Was die eigene Familie angeht, so ist der Spazierer lange nicht so aufmerksam wie seine kleine Schwester, trotzdem ist er von einem Rabensohn weiter entfernt als der Pfeilmörder von der Absolution. Frauen wie seine Schwester haben da einen ganz anderen Zugang. Das Hegen und Pflegen steht bei denen eindeutig im Vordergrund.

Wenn der Spazierer hinüberschaut zu dem Häuflein Elend namens Ranner, bekommt er dann doch ein wenig Mitleid. Für das männererklärende Gespräch wäre die Stimmung gerade richtig. Draußen wie drinnen, dunkel und trüb. Vielleicht wegen dem die heurige Kürbiskernernte zerstörenden Hagel ein bisserl zu laut. Wenn der Sturm dann aber nachgelassen hat, wird er die Ranner ansprechen. Quasi als Kompensation für sein böses Stehleiterwegnehmen.

Dass die Ranner dann von sich aus das Schweigen bricht und

dem Spazierer gegenüber auf einmal ganz privat wird, ist so etwas wie Vorsehung. Als ob der Spazierer den Himmel angerufen hätte. Der Herrgott als Boxringausrufer. Gong zur ersten Runde.

Noch bevor die Ranner ihr erstes Schnurlibärlistatement abgeben kann, stellt der Spazierer für sich fest, quasi als Vorbereitung für das klärende Gespräch, dass Dinge, um die man kämpfen muss, einem oftmals viel mehr wert erscheinen als solche, die einem ganz einfach in den Schoss gefallen sind. Der Schnurlibärli ist der Ranner auf dem USI-Fest vor zwei Jahren beim Tanzen zwar quasi in denselben gefallen, aber das Kämpfen hat für die Ranner schon am nächsten Tag begonnen.

Da war noch kein Ruckerlberg in Sicht, gerade den Vornamen vom Schnurlibärli hat die Ranner gewusst. Getroffen haben sie sich immer irgendwo in der Stadt, und wenn es dem Schnurlibärli danach war, sind sie in diverse Wälder parken gefahren. Da gibt es rund um Graz ja doch einige ganz beschauliche Plätzchen. Die Ranner'schen Freizeitaktivitäten hat auch der Spazierer gekannt. In ihrem ersten Liebesrausch hat die Ranner schon damals gerne und freiwillig aus der Schule geplaudert. Vom Den-Eltern-Vorstellen hat die Ranner damals nur träumen können. Das wäre aus Schnurlibärlis Sicht so etwas wie ein offizielles Eingeständnis gewesen, praktisch ein Bekennen zur Ranner. Kann man zwar nicht einmal ansatzweise mit einer Verlobung vergleichen, für den Schnurlibärli war es aber fast genauso gefährlich. Dass das Ego der Hilde Ranner in diesen Tagen manchmal einen Schuss Substral und einen Becher Wasser zum Blühen gebraucht hätte, kann auch jeder verstehen. Ausgenommen vielleicht der Schnurlibärli. Gegossen hat er die Ranner praktisch nie.

So ganz stimmt das natürlich auch nicht. Natürlich hat der Schnurlibärli die Ranner auch gegossen, war ja ein gesunder junger Mann.

Ein Jahr hat es dann gedauert, bis die Hilde die Eltern zum ersten Mal getroffen hat. War aber auch eher ein Versehen. Da der Schnurlibärli mit dem Nachnamenvorenthalten und dem damit beabsichtigten Wohnadresseverschweigen nur acht Monate durchgekommen ist, hat er die Ranner eines Tages gnadenhalber zu sich mit auf den Ruckerlberg genommen.

Endlich. Der Ruckerlberg.

Da hat die gute Hilde dann große Augen gemacht, wie sie die elterliche Trutzburg und das künstliche Mittelmeer das erste Mal mit eigenen Augen hat sehen dürfen. Da ist ihre Belastbarkeitsschwelle, was Schnurlibärlis Eskapaden anging, auch schlagartig in die Höhe geschnellt. Reichtum hat schon etwas Verführerisches an sich. Da war die Ranner bereit, gleich noch mehr zu ertragen. Viel mehr, wenn es denn sein musste. Dumm für den Schnurlibärli und ein glücklicher Zufall für das Fräulein Ranner, haben an diesem Abend die Eltern ihren Thermenaufenthalt in Loipersdorf schon für beendet erklärt, um zwei Tage früher als geplant. Wie der elterliche Mercedes in die Garage gerollt ist, war der Schnurlibärli gerade dabei, die Ranner aber so was von zu gießen, dass an eine rechtzeitige Abschiebung nicht mehr zu denken war. Da hat ihm sein kurzer Schwanz langfristig gesehen keinen guten Dienst geleistet.

So also ist die Ranner in den Genuss der Gesellschaft seiner versnobten Eltern gekommen. Wenn eine Landpomeranze wie die Ranner auf einer Terrasse sitzen darf, auf der das ganze Landwehrstammregiment 55 inklusive drei Bergepanzern Platz gefunden hätte, da kommt der ein nasales Säuseln dieser Pseudoadeligen gleich vor wie lieblicher Engelsgesang. Von da an hat der Schnurlibärli die Ranner voll in der Hand gehabt. Das hat der ewige Student, nach seinem ersten Schock, dann auch verhältnismäßig schnell überrissen. Für ihn systembedingt eigentlich völlig untypisch.

Beziehungstechnisch ist es ab diesem Zeitpunkt für die Ranner nur mehr bergab gegangen. Zwar noch nicht herunter vom Ruckerlberg, aber ähnlich steil. Die Aktion von gestern war dann das viel bemühte Tüpfelchen auf dem »i«. Hätte die Hilde gewusst, dass der Bär auch noch eine Puppe im Bett hatte, dann hätte das unmittelbar anstehende Gespräch mit dem Spazierer wahrscheinlich niemals stattgefunden.

55

Dass seine Leute so entspannt vor sich hin plaudern, während er, der Herr Oberst, sich die Haken abläuft, ist Draxlers eigene Schuld. Draußen am Tatort packt die Spurensicherung gerade zusammen. So wie die im Moment ihr Heimatland kennenlernen, erst der Reinischkogel, dann der Ringkogel, könnte man von einem umfassenden Heimatkundeprogramm sprechen. Den Standort auszumachen, von wo aus der Mörder geschossen haben muss, war die leichteste Übung. Da der Hochsitz wohl nur eine Sitzposition zugelassen hat, konnte die Spurensicherung dank Raus Schläfenbelüftungsloch unschwer Rückschlüsse ziehen auf das Versteck des Heckenschützen. Dort waren zwar diverse Gräser geknickt und ein Strauch leicht ramponiert, aber trotz langer Suche haben sie weder Fußabdrücke noch eine Patronenhülse gefunden. Was die Patronenhülse angeht, da hat das Spezialfernrohr dem Cowboy ein zweites Mal vortreffliche Dienste geleistet. Die noch heiße Hülse konnte er so mit Leichtigkeit aus dem dichten Unterholz klauben.

Herauszufinden, welchen Fluchtweg Raus Mörder anschließend genommen haben könnte, war nicht ganz so einfach. Hinter besagtem Holzstapel war ermittlungstechnisch endgültig Endstation. Da hatte der Cowboy wirklich gut recherchiert. Die einzig verwertbaren Eindrücke im steinharten Boden stammten von einem schweren Traktor. Da diese aber schon sehr alt waren, hätte sich das Abdrucknehmen kaum gelohnt. Auf die Idee, dass der Mörder mit dem Traktor angereist sein könnte, ist auch keiner gekommen.

Das Opfer ist bereits auf dem Weg nach Graz zu Dr. Schneider. Der bekommt in diesen Tagen mehr Fleisch zugestellt als ein gut sortierter Supermarkt. Noch aber sind die meisten Kühlfächer in der Gerichtsmedizin leer.

56

Zurück zum Stützpunkt. Die Ranner teilt dem Spazierer jetzt mit, dass sie die Männer einfach nicht versteht. Hätte der Spazierer dieselbe Bemerkung bezüglich der Ranner und des weiblichen Geschlechts allgemein gemacht, dann wäre der Mörder vom Dröster wahrscheinlich nie gefasst worden. Da braucht eine Frau schon gut und gerne ein Jahr, um die ersten groben Zusammenhänge darzulegen, die einem Mann wie dem Spazierer ein Basiswissen vermitteln, wie so ein Frauenhirn funktioniert.

Zwar will der Spazierer jetzt nicht allzu weit ausholen und die armen Steinzeitmänner in ihren zugigen Steinzeithöhlen stören, das Thema wurde in vielen Büchern ohnehin schon überstrapaziert, aber ein paar Schmankerln aus jener längst vergessenen Zeit muss er zur Untermauerung seiner Theorie schon anführen.

Der Spazierer doziert also: »Der Mensch hat sich so schnell entwickelt, dass seine doch etwas trägen Gene mit diesem rasanten Tempo nicht ganz haben Schritt halten können. Also ist der Mensch quasi vorausgerannt und hat die alten Instinkte und Gewohnheiten mit ins einundzwanzigste Jahrhundert genommen.« Sich nur auf so steinzeitliche Gene rauszureden, ist für einen Mann relativ einfach. Aus Sicht einer Frau natürlich viel zu bequem. Schiebt ein Mann alles auf die Gene, glaubt der sich aus dem Schneider. Das gilt zumindest für das durchschnittliche Standardexemplar.

Den fragenden Blick von der Ranner lässt der Spazierer aber unkommentiert. Jetzt kommt es ja erst. »Das dumme In-den-Fernseher-Hineinstarren leitet sich vom In-das-Feuer-Stieren aus der Steinzeit ab. Nach einem lebensgefährlichen Tag draußen bei den Mammuts und den bissigen Säbelzahntigern muss der Mann das Erlebte einmal verarbeiten. Da ist dann nichts mit: ›Sag, wie war denn heute dein Tag, Schatzi? Hat dich der Tiger auch ein bisserl angekratzt, oder hat es nur den armen Mann der Nachbarin erwischt? So jung und schon Witwe, die Arme.‹ Da erntest du als Frau maximal einen Grunzer, der im einundzwanzigsten Jahrhundert phonetisch wie ›Bier‹ klingt. Ist eben so. Das liegt an den alten Genen. – Aufarbeiten muss der Mann seine Erlebnisse schon alleine. Hat es ohnehin schwer, bei den wenigen Gehirnwindungen. Dass er nach dem stundenlangen In-das-Feuer-Hineinstarren dann zwar noch immer nicht sprechen will, aber gern Sex hätte, kann ihm auch keiner verübeln. Wer steht denn wieder morgens um fünf brav auf, um den depperten Säbelzahntiger erneut zu treffen? Genau! Er, der Höhlenmann. Genau der Mann, der noch schnell seinen Nachwuchs zeugen will, damit auch übermorgen wieder einer da ist, der hinaus in die Kälte geht, um dem Säbelzahntiger eins überzubraten. Für den Fall, dass es dem Vater nicht schon vorher gelungen ist. – Will die Frau dann nicht, weil der dauernde Luftzug in dieser blöden Höhle so schreckliche Kopfschmerzen verursacht, dann geht der Mann zur Nachbarin. Ist ja seit heute Witwe. Die will dann schon.«

Die Ranner schaut den Spazierer verständnislos an. So primitiv kann ein Mann doch gar nicht sein. Nicht einmal ihr Bär ist so. Denkste, Fräulein Ranner, der ist noch viel schlimmer!

Jetzt weiß die Ranner aber gar nicht, wie eine Frau einen Mann denn überhaupt längerfristig binden kann. In der Theorie ihres Vorgesetzten war bis dato keine befriedigende Antwort versteckt. Der Spazierer will ihr die Illusionen nicht vollständig rauben. Daher verkneift er sich das »gar nicht« und hebt erst einmal das optische Aufpeppen hervor.

»Wenn sich eine Frau jeden Tag aufbrezelt, dass ein Weihnachtsbaum vor lauter Neid das Leuchten einstellt, dann hat die unscheinbare Nachbarswitwe ganz schön schlechte Karten. Wenn dann das eigene Weibchen auch noch mit dem Hinterteil wackelt, das schon in Schuss gehalten werden will, und auch noch hie und da das blöde Kopfweh vergisst, dann bleibt der Mann nicht nur wegen dem wohlschmeckenden Mammutmageneintopf bei seiner Frau. Da wäre er schon dumm, ginge er zur Nachbarin hinüber, während in seiner Abwesenheit wiederum ein anderer Nachbar bei seiner eigenen Frau vorbeischaut. Da ist dann so ein goldener Ring keine schlechte Sache. Quasi als klares Signal. Rühr mich nicht an, ich bin vergeben. Wenn du als Frau einen Mann aber nicht so weit bringst, dass er bei dir bleibt, mit oder ohne Ring, dann passen die zwei eben nicht zusammen. Muss ja nicht sein. Gibt doch unzählige andere, die vielleicht ein bisschen besser zu einem passen.«

Wenn die Ranner den Spazierer jetzt richtig verstanden hat, dann ist der Bär nicht der Richtige. Der Spazierer braucht dazu nichts zu sagen. Sein Blick gibt ihr die Antwort. Zwar hat es die Ranner nicht so sehr mit dem Abschiednehmen, aber an den Worten vom Spazierer ist wohl etwas Wahres dran. Sosehr sie sich auch ihr Hirn zermartert, kann sie sich an keinen einzigen Tag erinnern, an dem das zottelige Raubtier sich öffentlich zu ihr bekannt hätte. Da hat sie die warme Höhle, sprich der Ruckerlberg, viel eher gelockt als die Wärme des Höhlenmanns.

Noch bevor der Draxler bei der Tür hereinschaut, hat die Ranner ihre Lektion endgültig gelernt. Dass der Bär noch heute telefonisch die rote Karte bekommen wird, ist für die Ranner jetzt amtlich. Irgendwie ist sie dem Spazierer dankbar. Sagen wird sie ihm das natürlich nicht.

Da soll einer die Frauen verstehen.

57

Wie gesagt, nun schaut der Draxler bei der Tür herein und fragt, ob er gerade ungelegen kommt. Aber das ist bei dem auch nur so eine Floskel. Das kümmert den auch gar nicht, ob ja oder nein. Schließlich ist er hier der Chef. Die Einzige, die momentan den Durchblick hat, ist ausnahmsweise einmal die Ranner. Privat zumindest. Beruflich tappt die genauso im Dunkeln wie ihre zwei Chefs. Zwar glaubt sich der Draxler auf einer heißen Fährte, aber wie wir wissen, liegt er da völlig falsch.

Weil die Ermordung des Oberbaurats der Widmungsgeschichte erneut Auftrieb gegeben hat, hat der Draxler die Fahrt zurück nach Graz sinnvoll genutzt, um der Vollständigkeit halber die letzten Angaben der Frau Dröster zu überprüfen und ad acta zu legen. Im Umfeld des Selbstmörders Tischler vermutet der Draxler die wohl kälteste Spur.

Besagter Albert Tischler, ein bekennender Einzelgänger, ist seit zehn Jahren tot und seit zehn Jahren vergessen. Sein Grab am Grazer Zentralfriedhof wird von einer alten Dame betreut, deren verstorbener Mann rechts vom Tischler zur letzten Ruhe gebettet ist. Unter der Annahme, dass der Tischler auf dem

Rücken liegt, aus seiner Sicht links. Die alte Dame hat die Grabpflege nicht allein wegen der guten Nachbarschaft übernommen, sondern eher wegen der Optik. Schaut ja schrecklich aus, ihr seliger Mann in einem top gepflegten Nobelgrab und dann gleich nebenan eine verwahrloste zwei Quadratmeter Unkrautgstettn.

Schenkt man dem Polizeibericht Glauben, dann hat die ÖBB-Lok beim Albert Tischler fast gründlicher gearbeitet als der Metzger Hold bei seinen drei Briefträgerfreunden. Im Gegensatz zu den Geldbriefträgern hat der Herr Tischler weder Freunde noch Verwandte hinterlassen. Auch das geht aus dem Polizeibericht hervor. Draxlers kalte Spur friert endgültig ein. Schon bald wird sie so kalt sein wie die Bobbahn in Innsbruck-Igls. Der Draxler schaut den Spazierer fragend an.

Auf der einen Seite eine Hundertschaft von Politikern, Amts- und Würdenträgern, Parteifreunden, Neidern und Parteigegnern und auf der anderen Seite ein Haufen verblichener Knochen, der Stützapparat eines Herrn namens Tischler. Dann der Oberbaurat. Ebenfalls im Dunstkreis der Politik zu Hause. Keine Zeugen, aber eine Hundertschaft Wissender, von denen es theoretisch jeder gewesen sein könnte.

Ihnen bleibt nur die berufliche Verbindung der beiden Mordopfer.

Wenn da nicht schnell etwas passiert, was den Kripobeamten den einen oder anderen Schubser gibt, dann sieht es düster aus im Hause Habsburg. Jetzt können sie nur auf den nächsten Tag und den Aufruf in den Zeitungen hoffen. Vielleicht bringt der neue Tag eine unerwartete Wende. Von den Autopsieergebnissen erwartet er sich keine neuen Erkenntnisse. Dafür ist die Sachlage wohl zu eindeutig.

58

Dr. Schneider leidet an diesem Tag an einer leichten Magenverstimmung, die seinen ansonsten so gesunden Appetit etwas zügelt. Nachdem sein Adlatus Raus Kopf geöffnet hat, denkt Dr. Schneider trotzdem an gequirltes Hirn mit Ei. Wer den immer hungrigen Dr. Schneider kennt, kann ihm das nicht verübeln. Der meint das nicht böse. So gründlich, wie die Gewehrkugel gearbeitet hat, schafft das nicht einmal ein leistungsstarker Haushaltsmixer, denkt sich Dr. Schneider pragmatisch. Da fehlt nur mehr ein Spritzer Erdbeermark, und fertig ist der Cocktail.

Dr. Schneider schüttet die beinahe flüssigen Hirnreste sorgfältig in eine rostfreie Stahlschüssel. Dabei entgeht ihm auch nicht das leise »Pling«, mit dem die Kugel samt Hirnmasse in die Schüssel fällt.

Minuten später hat Dr. Schneider bereits das Kaliber bestimmt. 7,62 mm. Nach kurzem Aktenstudium ist er in der Lage, die möglichen Gewehrtypen einzugrenzen. Die Entfernung des Schützen vom Einschlagspunkt hat die Spurensicherung akribisch genau festgestellt. Gut gemacht, denkt sich der Dr. Schneider. Dass es eine Vollmondnacht gewesen ist, weiß er ebenfalls. Dr. Schneider ist sich sicher, dass es sich um ein Präzisionsgewehr gehandelt haben muss. Bei der Entfernung und dieser Präzision! Selbst bei den exzellenten Sichtverhältnissen hätte man das mit einem verrosteten Zweiter-Weltkrieg-Karabiner niemals geschafft. Dieses deduktive Ergebnis hilft dem Dr. Schneider beim Eingrenzen der Tatwaffe erneut einen Schritt weiter. Er tippt auf ein Steyr-Mannlicher-Scharfschützengewehr. Typenbezeichnung SSG P4. Zwar ist Dr. Schneider kein Ballistiker, aber seine Neugier und sein Hang zum Selbststudium haben ihn auch auf diesem Gebiet zu einem Experten werden lassen. Zumindest zu einem inoffiziellen.

Dr. Schneider informiert nun den Oberst Draxler. Da das feindliche Rumoren in Dr. Schneiders Eingeweiden mittlerweile einem fordernden Knurren gewichen ist, freut er sich jetzt auf eine herzhafte Jause. So viel Anstand hat Dr. Schneider aber schon, dass Hirn mit Ei heute nicht auf seiner Speisekarte steht.

59

Bei einer normalen Ermittlung, also einer, wo man nicht im Schlamm feststeckt und keinen Millimeter weiterkommt, gibt es meistens mehrere Optionen, sprich mehrere Wege, die sich vor einem Kommissar auftun. Das mit den Wegen ist vielleicht gar kein so schlechter Vergleich.

Im Grunde genommen ist so eine Ermittlung ein Orientierungslauf. Am Anfang ermittelt man fröhlich und noch etwas ziellos vor sich hin. Da läuft man quasi durch einen dunklen unbekannten Wald, auf einem dunklen und unbekannten Weg. Das eine Ende des gerade anhängigen Falls hat man lose in der Hand. Weil es so furchtbar dunkel ist, freut man sich, wenn es in der Ferne ein wenig heller wird. Da tut sich endlich etwas. Kommt man nun an die erste Weggabelung, fallen vielleicht ein paar Sonnenstrahlen auf den Boden. Das wirkt gleich ein bisschen freundlicher. Wenn man Glück hat, dann steht an dieser Weggabelung auch ein Marterl. Ein Kreuz mit einem gekreuzigten Jesus drauf, damit man nicht ganz den Glauben an die Sache verliert.

Jetzt führen den Ermittler sein Gespür, seine Nase oder auch die Beweise, die er bisher brav gesammelt hat, nach links oder nach rechts. Ist der Ermittler ein ganz Gewiefter, dann muss er selten zurückmarschieren und geht immer in die richtige Richtung. Bis zur nächsten Abzweigung, und dann weiter bis zur nächsten. Auf diese Art und Weise findet ein Polizeibeamter, zumindest, wenn er keine konditionellen Probleme hat, langsam und sicher seinen Weg. Tritt der Fall ein, dass der Beamte einmal nicht so sicher ist, wo es denn eigentlich hingehen soll, dann ist der schon froh, wenn er nicht ganz alleine ist. Da geht dann der Draxler beispielsweise nach links und der Spazierer nach rechts. Und irgendwann ist einer am Ziel. Das erkennt man unschwer am Klicken der Handschellen. Gibt es wider Erwarten einmal drei Möglichkeiten, dann bemüht man schon auch einmal das Fräulein Ranner. Fällt sonst ohnehin meist aus der Wertung. Langsam beginnt sich dieses ansonsten so praktikable System aber aufzulösen. Zu viele Morde, zu wenig Personal und eigentlich gar kein Weg.

Obwohl derzeit doch ungewöhnlich viele rastlose Seelen in

der Gegend herumschwirren, entlässt der Draxler die Ranner für heute. Zwar sind die ersten Tage in einer Ermittlung die wichtigsten, trotzdem braucht der Draxler ausgeruhtes Personal und keine ausgezehrten Zombies. Die nächsten Tage und Wochen werden sie allesamt bis an die Grenze ihrer Belastbarkeit beanspruchen. Viel Blut und wenig Schlaf. Den Spazierer entlässt der Draxler noch nicht. Mit dem geht er noch auf ein Bier. Heute privat und weniger dienstlich.

60

Und schon wieder naht ein Unwetter. Dunkel hängen die Wolken über der Stadt. So als ob das Grundwasser in diesem Jahr noch dringenden Nachschub bräuchte. Die Schanigartenbesitzer hat die Sache mit der beinahe täglichen Sintflut zwar gestört, kassiert haben die in diesem Sommer aber trotzdem ganz ordentlich.

Jetzt geht die stürmische Zeit Gott sei Dank jahreszeitbedingt ihrem Ende zu. Ob es im nächsten Jahr wieder genauso schlimm sein wird oder vielleicht sogar noch schlimmer, weiß keiner. Das ist aber auch gut so. Sonst würde sich wohl niemand die Mühe machen, die ausgepumpten und trocken gelegten Keller wieder herzurichten. Wenn man sein Schicksal kennt, legt man nur allzu leicht die Hände in den Schoß und wartet auf das Unvermeidliche. Die Steirer sind da anders gestrickt. Für die Obis und Hornbachs dieser Welt ein wahrhaft gepriesenes Volk.

So ein wasserbringendes Gewitter ist schon ein launisches Wetterphänomen. Einmal rauscht es durch, als ob es im Süden einen Termin hätte, dann wieder setzt es sich fest, als wäre es müde geworden. Dann weint so ein Gewitter oft stundenlang dicke Tränen. Das freut weder die, die direkt darunter sitzen, noch die, die wegen den ganzen schwarzen Wolken am Horizont ihre Grillfeier zum Fünfziger vom Papa panisch abbrechen, dann eng zusammengepfercht im Gartenpavillon hocken und doch keinen einzigen Tropfen abbekommen.

An diesem Tag war das Gewitter, das nach Graz hereingezogen war, eindeutig von der Marke »Stubenhocker«. Fast wie ein sesshafter Vierzigjähriger, der aus dem Hotel Mama so gar nicht ausziehen will. Eindeutig kein Schanigartenwetter. Aus diesem Grund sind der Draxler und der Spazierer dann zum »Kreuzwirt« nach Eggenberg gefahren. Gutes Bier, moderate Preise, zum Drinnensitzen auch schwer in Ordnung und darüber hinaus »Dalmatinische Wochen«.

Kaum haben die beiden Platz genommen, bringt der Herr Franz unaufgefordert die ersten Krügerl Bier. Weil Mittwoch ist, hat der Spazierer die Einladung seines Chefs ohne große Widerworte angenommen. Am Donnerstag, sommerlicher Fixtermin am Kunstrasenplatz vor der Landesturnhalle, hätte es ein wenig anders ausgesehen. Wenn es ums runde Leder geht, ist der Spazierer ganz schön stur. Da steht er dem Draxler in nichts nach. Ob er es jetzt mit dem Draxler so lange aushält, bis der Zeitungsausträger mit den noch warmen Erstausgaben der Tageszeitungen seine Gasthaustour gestartet hat, glaubt der Spazierer aber nicht. Die Aussicht darauf, mit einer Wechtn, sprich einem ordentlichen Rausch, die Arbeit der Hilde Ranner zu kritisieren, macht wenig Sinn und ist überdies nicht gerade gentlemanlike. Nach einer Portion Cevapcici und zwei weiteren Krügel Bier wird sich der Spazierer verabschieden.

61

Während die zwei Männer am rechten Murufer Bier trinken, sitzt die Ranner am linken und starrt auf ihr Handy. So still, wie das Ding den ganzen Tag über gewesen ist, hat die Ranner den unbestimmten Verdacht, dass es wohl kaputt sein muss. Wäre eine beruhigende Erklärung. Wie sie sich dann über den Festnetzanschluss der Tante selber anruft, zerplatzen die Resthoffnungen mit dem ersten Klingelton. Hätte sich der Mann vom Ruckerlberg unter Tränen bei ihr entschuldigt und wäre eine halbe Stunde später mit einem Strauß roter Rosen vor der Tür gestanden, der zumindest sein tägliches Taschengeld hätte kosten müssen, dann, ja, dann hätte die Hilde Ranner die Spazierer'schen Ausführungen fürs Erste einmal vergessen. Dem ist nur leider nicht so.

Jetzt wünscht sich die Ranner, wie wohl jeder zutiefst gekränkte Mensch, einen Abgang mit Pauken und Trompeten. So etwas wie einen Triumphzug, wo der Bär als der Verlassene unter Tränen zurückbleibt. Spüren will sie, dass der die nächsten Wochen vor lauter Verzweiflung nicht aus dem abgedunkelten Zimmer kommt. Der Typ vom Ruckerlberg ist genetisch jedoch so programmiert, dass ihm eine tote Pferdebremse eher leidtut als eine enttäuschte Exflamme.

Die Ranner ringt sich schließlich zu einer formellen SMS durch. Im provisorischen Erstentwurf hat sie dem Ruckerlberger noch ein kleines Hintertürl offen gelassen, nach einem langen innerlichen Hin und Her aber auch dieses geschlossen. »Es ist aus. Bin sehr enttäuscht. Adieu. Hilde Ranner«. Dass sie noch ihren Nachnamen dazugeschrieben hat, war schon eine schriftstellerische Meisterleistung. Gibt der Information die nötige Eiseskälte.

62

Den Ruckerlberger erreicht die SMS, als er gerade pitschnass von der hell erleuchteten Terrasse in seine feudale Einliegerwohnung flüchtet. Die Aufräumungsarbeiten haben doch etwas länger gedauert, als zuerst angenommen. Nun gut, er hat ja auch erst spät angefangen. Zuerst noch ein bisserl mit der fremden Tussi gespielt, dann geduscht und erst anschließend geputzt. Wie er die SMS von der Ranner liest, ist er zwar ein wenig verwundert, zuckt aber, als einzig nennenswerte Reaktion, mit den Schultern. War ihm eh schon zu anhänglich, die Frau. Eine Minute später sind seine Gedanken schon wieder ganz woanders. So ein Judas ist das.

63

Der Aufruf ist in den beiden Tageszeitungen dann gleich auf Seite zwei gekommen. Direkt unter der Schlagzeile hat ein farbiges Bild den Dr. Dröster bei einer Wahlveranstaltung seiner Partei gezeigt. Der Text, den die Ranner für den Aufruf vorgegeben hat, wurde auch ganz ordentlich und wahrheitsgemäß wiedergegeben. Manchmal sind die Zeitungsheinis schon korrekt. Schließlich geht es um ein Menschenleben, wenn auch um ein ausgelöschtes. Die Telefonnummer der Kripo ist auch angegeben, und die Leitungen sind vierundzwanzig Stunden offen. Jetzt ist die Kripo zum Warten verdammt.

64

Am späten Vormittag ist der Draxler noch einmal hinauf auf den Reinischkogel gefahren. Allein schon wegen dem Nachhall, den so ein verwaister Tatort manchmal erzeugt. Es wäre nicht das erste Mal, dass so ein Tatort dem Draxler eine späte Eingebung beschert. Manchmal bleibt die Seele eines Toten dort zurück, wo die Leiche gefunden worden ist. Als ganz eigene und sehr persönliche Totenwache. Wie der Draxler an der umgestürzten Fichte vorbeiläuft, wird ihm der Wald auf einmal unheimlich. Ist kein gutes Gefühl, an einen Sterbeplatz zu kommen. Im Gegensatz dazu verströmen Friedhöfe nur so eine stumme Trauer. Da hat man den Eindruck, als würden wirklich alle schlafen. Hier heroben am Reinischkogel aber wirkt die Tragödie noch nach. Das Totsein und das Totmachen sind eben zwei ganz unterschiedliche Dinge.

Zwar hat die Spurensicherung praktisch den halben Waldboden rund um den Tatort abgetragen, trotzdem kommt das Leben auf leisen Sohlen wieder zurück. Genau an jener Stelle, an der der Dröster gestorben ist, wachsen schon wieder Schwammerl. Für den Draxler irgendwie tröstlich. Das kommt ihm wie eine Hommage des Waldes an den Dröster vor. Quasi als kleine Wiedergutmachung für das Böse, das unter seinem schützenden Dach passiert ist.

Der Draxler lauscht. Auch er vernimmt das ferne Glucksen jenes Baches, dem der Dröster noch kurz vor seinem Tod beim Bergabplätschern zugehört hat. Im Gegensatz zum Dröster kennt der Draxler die Gegend jedoch kaum. Aus diesem Grund kommt er sich auch wie ein Fremdkörper vor, wie ein Tourist in einem fremden Land. Selbst in seinem toten und bemitleidenswerten Zustand hat der Dröster hier heimischer gewirkt als der lebendige Draxler an diesem Tag. Der Dröster war kein Fremder in diesem dunklen Wald. Der hatte sich mit der Natur hier heroben arrangiert.

Der Draxler lauscht jetzt weniger auf den murmelnden Bach als auf seine innere Stimme. Die bleibt in diesen Tagen jedoch auffallend still, gibt keinen Mucks von sich. So als wäre auch sie ratlos. Der Draxler schaut noch ein letztes Mal auf die frischen Eierschwammerl, ehe er dem Tatort den Rücken zukehrt. Langsam macht er sich an den Abstieg.

Auf dem Weg zurück in die Stadt fährt der Draxler bei der Frau Dröster vorbei. Die wirkt zwischenzeitlich gefasst. Beruhigt stellt der Draxler fest, dass er sich mittlerweile mehr Sorgen um den Garten machen muss als um die Frau Dröster. Obwohl gerade wieder ihre Freundin da ist, um mit ihr die lange Liste der anstehenden Behördenwege durchzugehen, stellt er ihr die Frage. Wegen dem Garten und der Pflege. Ganz beschämt ist die Frau Dröster. Erst sagt sie Nein. Dann denkt sie kurz nach, und schließlich sagt sie Ja und Danke. Der Horst hätte es wahrscheinlich auch so gewollt. Zumindest für die ersten paar Wochen, bis sie ihr Leben wieder einigermaßen im Griff hat. Mit dieser Zusage im Gepäck schlendert der Draxler durch den Garten, um eine Bestandsaufnahme der Arbeiten zu machen, die unmittelbar anstehen. Außer Rasenmähen fällt ihm aber nichts Nennenswertes auf. Was Garten, Blumen und Bäume angeht, ist der Draxler zwar ein kleiner Perfektionist, hätte er aber den Blick und das Gespür des Herrn Dröster gehabt, er hätte die Hände über dem Kopf zusammengeschlagen und gleich angefangen zu werken. Bis spät in die Nacht hinein. So aber verabschiedet er sich. Bis morgen und bis zum Rasenmähen.

Dass der Draxler in den nächsten Wochen Zeit zum Mähen

finden wird, ist eher seinem Grundsatz, einmal gegebene Versprechen einzuhalten, als beruflicher Unterforderung zuzuschreiben.

65

Bis zum frühen Nachmittag ist es in den Büros der Mordkommission ungewöhnlich still. Fast so, als wäre im Aufruf in den Zeitungen gestanden: »Wer anruft, wird verhaftet«, und nicht: »Sachdienliche Hinweise werden erbeten an …«

Der Spazierer wartet. Nicht, dass er ununterbrochen aufs Telefon starrt, aber … Stress hat der maximal innerlich. Wie dann das Telefonklingeln die Stille zerreißt, zuckt der Spazierer wie ein Tanzbär auf dem Jahrmarkt. Die Ranner bekommt von seinem Beinaheherzinfarkt natürlich nichts mit, da sie sich wieder einmal zwischen Teeküche und Toilette herumtreibt. Heute hat sie noch verquollenere Augen als gestern. Dass sie mit dem Ruckerlberger Schluss gemacht hat, weiß der Spazierer schon. Der kennt diese Art von Stimmung auch ganz gut. Er war bei Trennungen zwar nicht immer nur das Opfer, aber weit weniger oft der Täter. Dem Draxler, der nach seiner Exkursion auf den Reinischkogel kurz hereingeschaut hat, ist an der Hilde Ranner natürlich nichts aufgefallen. Wieso auch. Der hat für Herzschmerz so gar keine Antenne. War doch praktisch sein ganzes Leben lang mit seiner geliebten Irmi zusammen. Er war neunzehn und sie siebzehn, als sie sich kennengelernt haben. Vor einer Ewigkeit. Da wird es verständlich, dass er diesen speziellen Trennungsschmerz gar nicht kennen kann.

Zurück zum Telefon. Der Spazierer hebt ab. Zuerst hört er nur ein leises Seufzen. Wird hoffentlich nicht wieder einer dieser Belästigungsanrufe sein. Man glaubt kaum, wie viele da täglich bei der Kripo landen. Nur äußerst selten aus Versehen. Vielleicht ist das die Rache des kleinen Mannes an der Exekutive. Reinschnaufen, etwas Unanständiges sagen und gleich wieder auflegen. Wegen der Fangschaltung, die die dort haben. Deswegen drückt der Spazierer aber noch lange nicht auf einen Knopf und lässt den Anruf zurückverfolgen. Außerdem geht das nicht so einfach. Und oft sind die Anrufer derartig vertrottelt, dass die automatisch ihre Nummer mitschicken. Die müsste man schon allein wegen ihrer Dummheit verhaften.

Der Spazierer wartet geduldig, dann meldet sich endlich eine Frauenstimme. Sie will zwar zuerst keinen Namen nennen, aber ohne Namen geht da gar nichts. Sonst schickt dich jeder alkopopbeduselte Vierzehnjährige, nur wegen der Hetz, hinaus in die steirische Pampa. Koller heißt die Dame. Karin Koller. Der Spazierer lässt sich, obwohl am Display ersichtlich, die Telefonnummer bestätigen und verspricht, sofort zurückzurufen. Sicher ist sicher. Außerdem wär es nicht gerade fair, wenn ein verantwortungsvoller Bürger für seine Hilfe auch noch eine gepfefferte Telefonrechnung zu berappen hätte.

Wäre nicht gerade jetzt die Ranner bei der Tür hereingekommen, er hätte auch gleich zurückgerufen. So aber muss die Frau Koller ein Weilchen warten. Auf der Toilette hat die Ranner wieder einen Moralischen bekommen. Zwar waren die letzten zwei Jahre emotional gesehen eine stürmische Achterbahnfahrt, aber in diesen zwei Jahren war sie zumindest nicht allein, kein Single. Der Status der alleinstehenden Frau schmeckt der Ranner noch viel weniger als der einer Verarschten. Aber da kann ihr der Spazierer leider auch nicht helfen. Weil die Ranner auch gleich wieder anfängt zu heulen wie ein Schlosshund mit fortgeschrittener Augenentzündung, ist ein Telefonanruf allein schon akustisch nicht möglich. Wegen der unprofessionellen Hintergrundgeräusche.

Da glaubt die Karin Koller vielleicht noch, dass die Kripo Verdächtige foltert. So weit kommt es noch. Da quälen sich wohl eher die Kollegen gegenseitig. Der Spazierer die Ranner, indem er kein Mitleid zeigt, und die Ranner den Spazierer mit Cremes, Tabletten, Weinkrämpfen und selbstmörderisch hohen Stöckelschuhen.

Dem Spazierer bleibt nichts anderes übrig, als den Weinkrampf der Ranner auszusitzen. Wie der dann endlich vorbei ist, verrutscht die linke Kontaktlinse. Kein Wunder, bei so viel Tränenflüssigkeit. Dass die Ranner die nächste halbe Stunde wieder abgängig sein wird, hilft dem Spazierer diesmal eher, als dass es ihn stört. Kaum dass sich die Ranner halbblind den Schreibtisch entlang zur Tür hinausgehangelt hat, wählt der Spazierer die Nummer besagter Frau Koller.

Anscheinend hat die Dame neben dem Apparat gewartet, so schnell, wie sie abgehoben hat. Bei dem Anschluss handelt es sich um eine Köflacher Festnetznummer. Und die Frau Koller ist die Tochter eines Kfz-Mechanikermeisters. Gut, wenn man ein defektes Auto hat, und noch besser, wenn es um sachdienliche Autohinweise geht.

Mit Automarken haben Frauen ja allgemein ein Problem. Zwar kann sich jede Frau bei jedem Auto an jede noch so exotische Farbe erinnern, bei der Frage, um welche Marke, welchen Typ und welches Baujahr es sich gehandelt haben könnte, werden die Augen dann ganz groß. Fast so groß wie die Fragezeichen, die knapp darüber schweben. So ein Unvermögen lässt einen Ermittler richtig verzweifeln.

Was die Frau Koller dem Spazierer jetzt zu berichten hat, ist eines jener kleinen Wunder, die toten Menschen zum ewigen Frieden verhelfen können. Da macht Drösters Seele den einen oder anderen Luftsprung. Vor lauter Freude, dass endlich etwas weitergeht.

Die Frau Koller hat oben am Reinischkogel nämlich tatsächlich zwei Autos gesehen. Bevor der Spazierer die Frau weiterreden lässt, lässt er sich erst die Stelle noch einmal beschreiben. Zur Verifizierung quasi. Auch da ist Frau Koller hilfreich, weil eine aufmerksame Beobachterin. So genau, wie sie den Platz beschreibt, kommen dem Spazierer ernsthafte Zweifel, ob er eigentlich selbst jemals da oben gewesen ist. An die Hälfte der Angaben, die die Frau Koller ihm liefert, kann er sich beim besten Willen nicht erinnern. So wie es aussieht, ist Frau Koller dort gerade einmal vorbeigefahren, während er an dieser schicksalhaften Stelle beinahe eine Stunde herumgestanden ist. Der Spazierer schiebt seine vergleichsweise rudimentären Wahrnehmungen zur Selbstverteidigung sogleich auf die unzähligen Autos, die ihm oben am Reinischkogel den Blick auf das Wesentliche verstellt haben. Typisch Mann. Die Stelle passt auf jeden Fall.

Wie dann die Koller den Mercedes beschreibt, steigt sie noch mehr in seiner männlichen Achtung. Farbe des Wagens: Perlmuttweiß Metallic. Marke: Mercedes M-Klasse. Type: ML 320 CDI. Getriebe 4-Matic. Und zum Drüberstreuen: neunzehn Zoll geschmiedete Tuning Alufelgen, echt Chrom, Typenbezeichnung »Ariane«. Bei den jungen Tunern wie auch bei älteren Semestern äußerst beliebt.

Beim Spazierer im Büro zieht es auf einmal ganz fürchterlich. Das liegt an seinem Mund, der sperrangelweit offen steht. Respekt. Das steht so detailgetreu nicht einmal in seinen Unterlagen.

Jetzt ist der Herr Kommissar auf den zweiten Wagen gespannt. Frau Koller legt auch gleich los. Dunkelgrüner Puch G 320. Die Standardversion. Wahrscheinlich Baujahr 1995. Da ist sich die Frau Koller aber nicht hundertprozentig sicher.

Das ist dem Spazierer jetzt aber so was von egal. Der denkt nämlich schon an Heirat. Wenn die Frau noch am Markt ist, vielleicht sogar in seinem Alter oder zumindest altersmäßig in der Gegend, und wenigstens leidlich hübsch, dann sollte er rasch zuschlagen. So eine findet er so schnell nicht wieder.

Dass der Puch G, was ganz selten ist, auch noch grobe Stollenreifen gehabt hat, grenzt die verdächtigen Fahrzeuge und deren Halter noch stärker ein. Da der grüne Wagen so knapp vor dem M-Klasse-Mercedes gestanden ist, hat die Frau Koller das Kennzeichen nur im Rückspiegel sehen können. Spiegelverkehrt versteht sich. Gemerkt hat sie es sich aber nicht. Warum auch. War ja nur ein alter dunkelgrüner Puch G, der an einem unspektakulären Spätsommertag an einer unspektakulären Stelle am Straßenrand geparkt war. Während der Schwammerlsaison ein typischer Anblick. Die Uhrzeit gibt Frau Koller dem Spazierer dann auch noch durch. Acht Uhr zehn Minuten. Plus minus fünf Minuten. Genauer will sich Frau Koller da nicht festlegen.

Wenn aus der Heirat nichts werden sollte, dann würde der Spazierer die Koller zumindest als Mitarbeiterin anheuern. Von der kann sich die Ranner ein großes Stück abschneiden. Der Spazierer bedankt sich überschwänglich bei Frau Koller. Ihre Nummer hat er ja. Es kann sein, sollten sich ihre Hinweise als wirklich zweckdienlich erweisen, dass er in den nächsten Tagen einmal bei ihr vorbeischauen wird. Natürlich nur nach entsprechender Vorankündigung. Dann legt er auf. Da braucht der Spazierer jetzt aber keinen triftigen Grund, um bei der Frau Koller vorbeizufahren. Die schaut er sich auf jeden Fall an.

66

Damit sich die Ranner von ihrem privaten Armageddon ein wenig ablenken kann, wird der Spazierer ihr die nächste Lenkererhebung aufs Auge drücken. Dass es dort noch immer feucht ist, am Aug nämlich, tut der Sache keinen Abbruch.

Wie die Ranner endlich hereinkommt, macht sie sich auf sein Geheiß auch gleich an die Arbeit. In der Zwischenzeit lädt sich der Spazierer zu einer Audienz beim Draxler ein. Der freut sich ehrlich über diese neue und eigentlich erste Spur. Überschwängliche Freude zu zeigen, ist so gar nicht Draxlers Stil. Der wird im Alter auch handzahm, denkt sich der Spazierer.

Der Herr Oberst war in der Zwischenzeit auch nicht ganz untätig. Er hat sich nochmals mit dem Hold besprochen. Im Gespräch hat der Draxler erstmals die Mordwaffe erwähnt, worauf sich der Hold an einen seiner Techniker erinnert hat, der beim Bogenschießen schon einige Wettbewerbe gewinnen konnte. Das Beste kommt aber noch. Dieser Herr Scherdona sitzt in der Landhausgasse. Bei Draxlers selbstgefälligem Gesichtsausdruck braucht man kein Rätselkönig zu sein. Wird wohl in der Fachabteilung 13B beschäftigt sein, der gute Mann. Bingo!

»Und rate einmal, wer dort das Sagen gehabt hat«, bittet der Draxler den Spazierer freudestrahlend. Wäre die Ranner mit im Raum gewesen, dann hätte sie in Ermangelung eines großen Bekanntenkreises auf den Oberbaurat Rau getippt. Der Spazierer tut das auch, aber eher aufgrund seines logischen Denkvermögens. Doppelbingo!

Wenn an der Verbindung Dröster zu Rau, Rau zu Scherdona und eben Scherdona zu Dröster nichts dran ist, dann frisst der Draxler einen Besen. Lässt man das Motiv der Widmung von Grundstücken einmal beiseite, dann könnte der Grund für die beiden Morde irgendwo in diesem Männerdreieck liegen. Dass alle drei sich gekannt haben könnten, eigentlich gekannt haben müssen, reicht dem Draxler als Wink und Wegweiser völlig aus.

67

Wenn man diese Erkenntnisse als Außenstehender betrachtet, vielleicht auch noch aus der Vogelperspektive, kann es leicht passieren, dass man den Draxler belächelt. Schaut man sich aber die bisherigen Beweise, die der Herr Oberst zusammengetragen hat, genauer an, dann hätte man ehrlicherweise zu einem ähnlichen Schluss kommen müssen.

Dass die Kripo in eine völlig falsche Richtung ermittelt, haben der Cowboy und der Indianer nur dem ungeheuren Zufall zu verdanken, dass sich Rau und Dröster beruflich sehr nahegestanden sind. Für die beiden Mörder pures Glück, für die Ermordeten eher traurig. Hinsichtlich der Opferwahl hat es im Vorfeld und über das Internet keinerlei Absprachen gegeben. Keine Namen, keine Funktionen. Null, nix, nada. Da war auch nicht die perfide Absicht im Spiel, eine falsche Fährte zu legen. Hätten die beiden Mordbuben genau das vorgehabt, hätten sie das Töten nämlich hier und jetzt einstellen müssen.

Von all dem weiß die Kripo natürlich nichts. Dieser nicht nur aus Sicht der Polizei bedauerliche Zufall wird dann doch noch ein paar Menschen mehr das Leben kosten.

Die Kripo ermittelt jedenfalls noch so lange in die falsche Richtung weiter, bis der Dr. Schneider in seinem Kühlhaus die dritte Tür öffnen darf. Ist fast wie bei einem Adventskalender.

68

Da der Draxler heute schon eine Landpartie unternommen hat, wird er jetzt in die Stadt fahren und sich den Scherdona vornehmen. Im Gegenzug dazu darf der Spazierer die Heulsuse ausführen. Das Überprüfen der Puch-G-Besitzer steht an. Welcher der beiden Wege, die sich nun links und rechts vom Wegkreuz im Dunkel des Waldes verlieren, der richtige ist, kann der Draxler nicht sagen. Da bleibt seine innere Stimme immer noch stumm. Schweigsam wie eine beleidigte Leberwurst.

Das stöckelnde Geräusch draußen auf dem Gang gehört eindeutig zur Hilde Ranner. Ehe sie eintritt, klopft sie leise an. Dann macht sie artig Meldung. Sie hat drei Puch-G-Besitzer ausfindig machen können, auf die die Typenbeschreibung und die Wagenfarbe zutreffen. Dass es gar nicht einmal so wenige Puch-G-Fahrer gibt, ist auch kein Wunder, wo doch der Puch G in Graz zusammengeschraubt wurde. Aber die Angabe von der Frau Koller hinsichtlich des ungefähren Baujahres war mehr als nur hilfreich. Die Ranner hat zur Sicherheit gleich die Baujahre 1993 bis 1997 überprüfen lassen.

Kommt langsam in die Gänge, denken sich Spazierer und Draxler synchronschwimmerartig.

Die Ranner drückt dem Spazierer einen Zettel mit ihrer fast unleserlichen Handschrift in die Hand. Da tut sich sogar ein Sonderschulabgänger leichter beim Entziffern ägyptischer Hieroglyphen als der Spazierer beim Ranner'schen Geschreibsel. Beinahe jeder zweite Buchstabe sieht aus wie ein Schneemann mit Rucksack. Alles rund, alles gebogen. Auf ü-Stricherl und i-Punkte verzichtet die Ranner gleich ganz.

Der Spazierer gibt ihr den Zettel auch gleich wieder zurück. Er ist schließlich kein Übersetzungsbüro. Die Ranner soll selber vorlesen. Zumindest die Adressen. Die Ranner liest also: »Einer ist im Bezirk Liezen angemeldet, einen fährt eine Dame aus Weiz, und der dritte Fahrzeughalter ist ein Landwirt aus der Gegend um Deutschlandsberg.«

Von Deutschlandsberg ist es bekanntlich nur ein Katzensprung hinauf auf den Reinischkogel. Weil es schon Nachmittag ist, will sich der Spazierer den Landwirt aus Deutschlandsberg, einen Herrn Alois Golser, als Ersten zur Brust nehmen. Ist ja auch naheliegend. Der Draxler schaut den Spazierer wissend an und denkt sich seinen Teil, und der sieht so aus:

In Deutschlandsberg bist du in gut fünfundvierzig Minuten. Wenn der Spazierer Gas gibt, dann schafft er es vielleicht sogar in fünfunddreißig, aber nur mit Blaulicht. Also halblegal. Sollte der Wagenhalter der richtige sein, folgt eine Stunde Kreuzverhör. Wenn es der Spazierer geschickt angeht, kann er das Erstverhör auch abkürzen. Rein in den Alfa und wenn nötig wieder mit Blaulicht retour nach Graz. Die Ranner in der Straßgangerstraße aus dem fahrenden Auto werfen und mit qualmenden Reifen in die Jahngasse. Donnerstag ist Fußballtag. Ankick ist Punkt neunzehn Uhr. Das weiß der Draxler.

Der Spazierer schaut nun seinerseits den Draxler an, liest dessen Gedanken und grinst verlegen. Fast entschuldigend zuckt er mit den Schultern, ehe alle aufbrechen.

Die Ranner schnappt sich noch schnell ihre Siebensachen, ehe die drei Beamten gleichzeitig das Gebäude verlassen. Der Draxler hinüber aufs linke Murufer, der Spazierer samt Anhang hinauf auf die Südautobahn. Hinunter bei Lieboch. Dann vorbei an den Öltanks in Lannach und über Schlieb und eine lästige Hügelkette hinüber nach Deutschlandsberg. Dort am Fuße der Weinebene liegt der Hof vom Golser.

69

Würde man sich in die Position eines Habichts versetzen, der gerade die Mur entlang nach Norden fliegt, könnte man mit dessen scharfen Augen sowohl nach Westen hinauf auf den Reinischkogel als auch hinüber in die östliche Steiermark sehen. Hätte man einen noch schärferen Blick, der bis hinein in die Köpfe der Menschen geht, dann hätte sich Folgendes offenbart:

Im Westen der bemitleidenswerte Indianer, dessen pochender Seelenschmerz ein normales Leben fast nicht zulässt. Zwar hat ihm der Mord am Dröster den größten Druck genommen, so richtig frei fühlt er sich aber auch jetzt noch nicht. Der unbekannte Tote tut ihm sogar irgendwie leid. Der war nicht mehr als ein Vehikel, und da war auch kein persönlicher Hass im Spiel.

Indirekt natürlich schon, aber hätte sich der Dröster das Schwammerlsuchen an diesem Tag verkniffen, es hätte auch jemand anders treffen können.

Der Indianer ist krank. Gar so krass hätte er das zwar nicht formuliert, aber einen geistigen Fit-Mach-Mit-Marathon hätte er sich selbst auch nicht wirklich zugetraut. Traurig, weil so menschlich, und traurig, weil so aussichtslos.

Hätte der Habicht nun mitleidig seinen Kopf nach rechts gedreht, um einen ähnlichen Blick in das Innere des Cowboys zu werfen, er wäre wie ein Stein in die unter ihm fließende Mur gestürzt. Vor lauter Schreck.

Im Gegensatz zum verwirrten Indianer erfüllt den Cowboy eine alles durchziehende Schwärze, ein alles durchdringender Hass. Auch ohne diese Internetbekanntschaft wäre das Unvermeidliche früher oder später passiert, nur eben nicht so schnell. Das erste Pfeilopfer und ihr mörderisches Bündnis haben den Cowboy zu seiner ersten und etwas voreiligen Tötung ermutigt. Dabei hat er Glück gehabt. Er hat keine Spuren hinterlassen, und die Spurensicherung hat keine gefunden. Und nun hat der Cowboy, im wahrsten Sinne des Wortes, Blut geleckt.

Hätte der Indianer gewusst, dass der Cowboy bereits sein nächstes Opfer auserkoren hat, ihm wäre seine geliebte Marmeladesemmel im Hals stecken geblieben.

70

Wie die nach Deutschlandsberg abkommandierte Gruppe auf den Hof vom Golser einbiegt, ist zum ersten Mal an diesem Tag auch die Ranner so richtig abgelenkt. Das hätte sich wohl keiner gedacht, was das für ein Hof sein könnte. Aber was heißt da Hof, ein Anwesen ist das. Der Spazierer hat mit ein paar verlausten Legehennen und drei dreckigen Mastschweinen gerechnet, aber kaum mit dem, was sich da vor ihnen ausbreitet. Es gibt sie also noch, die steinreichen Bauern. Jene Großgrundbesitzer, denen halbe Berge, ganze Täler und zig Hektar Schwammerlwald gehören.

Dass der Alois Golser daheim ist, ist offensichtlich. Vor dem Eingang des Hauptgebäudes, von den Wohngebäuden gibt es nämlich gleich mehrere, steht protzig der Puch G. Dunkelgrün, ganz schön angerostet und mit wunderbaren Stollenreifen ausgestattet. Da kann die Ranner die restlichen Adressen gleich vergessen. So viele Zufälle gibt es nicht. Dass jetzt einer mit der Schrotflinte bewaffnet auf den Hof stürmt, um die Eindringlinge zu vertreiben, hat der Spazierer für sich schon ausgeschlossen. Direkt neben der Wirtschaft steht nämlich ein zweiter, etwas kleinerer Bau. Eindeutig moderner und eindeutig ein Gästehaus. Warum sonst sollten vier Autos mit deutschem Kennzeichen unter dem riesigen Carport parken. Der große Bruder Deutschland ist zu Besuch. Diesmal ohne Panzer und Waffen-SS. Ganz politisch will der Spazierer aber auch nicht werden. Sonst halten die lieben Nachbarn ihm gleich den Export aus Braunau vor. Quid pro quo, quasi.

Wieder ganz Österreicher, zählt der Spazierer im Geiste die Erwerbsquellen des Herrn Golser auf. Milchwirtschaft, Kleinvieh, Pferde, dem Geruch nach auch Schweine, Fremdenverkehr, und mit ziemlicher Sicherheit macht der Golser auch noch in Holz. Dem gehört wahrscheinlich der ganze Wald bis hinauf zu den Schipisten der Weinebene. Vielleicht ist der auch noch an den Schiliften beteiligt. So als kleines Zubrot. Den verrosteten Puch G fährt so einer aber auch nur aus Tradition und weniger aus Mangel am nötigen Kleingeld.

Der Spazierer blickt auf seine Uhr. Kurz nach vier. Fußballtechnisch liegt er gut in der Zeit.

71

Der arme Herr Scherdona ist so frisch geschieden, dass man noch die Narben sehen kann. Die Scheidung ist eine unschöne Sache gewesen. Nicht jede Scheidung muss automatisch schmutzig sein, Scherdonas Scheidung war es aber definitiv. Die Frau ist weg, die Kinder sind weg und das Haus ist weg.

Ganz ohne Haus wohnt der Scherdona vorübergehend bei seinen Eltern. In seinem alten Jugendzimmer. Schmales Bett und übersichtliche zehn Quadratmeter. Keine echten zehn Quadratmeter. Wegen der blöden Dachschräge. Wenn der in der Früh aufwacht, kriegt er gleich einen Schweißausbruch. Glaubt, dass heute Schularbeit ist. Da ist die Zeit stehen geblieben, dort in seinem Jugendzimmer, wo noch immer die Poster von Elvis und AC/DC hängen. Bravo-Posterschnitte aus dem Jahre neunundsiebzig.

Das ist meistens so. Die Männer gehen zurück zu den Eltern, die Frauen zum neuen Mann. Stimmt so natürlich nicht ganz. Aber die wahren Scheidungsopfer sind doch meistens die Männer. Nicht nur dann, wenn sie den eigentlichen Scheidungsgrund, die Michaela aus dem Büro, die Stefanie aus dem Fitnessstudio oder die Birgit aus der Go-Go-Bar mit in die Ehe gebracht haben. Opfer sind sie eigentlich immer.

Da ist nichts mit Addieren oder Multiplizieren. Da gibt es immer nur ein Subtrahieren und, wenn es ganz schlimm kommt, ein Dividieren mit kleinem Nenner. Das Schlimmste ist die Sache mit den Kindern, dem eigen Fleisch und Blut. Wenn ein Geschiedener Glück hat, dann sieht der die Kleinen jedes zweite Wochenende, wenn er aber Pech hat, dann ist der neue Onkel eine absolute Wucht, und wenn einer ganz viel Pech hat, dann kennen die Kinder den eigenen Vater bald nicht mehr.

Es wird noch Monate, wenn nicht Jahre dauern, bis sich der Scherdona von diesem Schock erholt hat. Der wird noch öfter mit den Eltern abendessen, als ihm lieb ist. Wenigstens hat er ein Dach über dem Kopf. Dass den Scherdona sein privates Elend viel mehr quält als sein blödes Hobby, wird er dem Draxler gleich mitteilen.

Werden nämlich Männer aus ihrer Bahn geworfen, die noch vor ein paar Tagen wie eine Sommerrodelbahn ausgesehen hat, also spiegelblank, wohlgeformt und mit einem Wulst links und rechts, damit es keinen hinaushaut, dann heulen sich die manchmal bei Menschen aus, die sie gerade erst seit fünf Minuten kennen. In den Genuss dieser Erfahrung kommt jetzt auch der Draxler. Dass der Herr Oberst wegen einem perfiden Pfeilmord beim Scherdona vorspricht, ist dem so etwas von egal. Bei dem schaffen es Begriffe wie »Mord«, »Pfeil und Bogen« sowie »Verdächtiger« nicht einmal bis hinein ins Innenohr. Dafür funktionieren sein Mundwerk und seine Tränendrüsen einwandfrei.

Der Draxler kann Menschen generell nicht weinen sehen und Männer schon gar nicht. Dass der Scherdona seine jüngste Leidensgeschichte mit erbärmlichem Gewimmer und salzigen Tränen untermalt, gefällt dem Draxler so gar nicht. Es entsteht bei ihm nämlich langsam der Eindruck, dass der bedauernswerte Tropf in dieser für ihn so tragischen Lebenssituation nicht einmal annähernd in der Lage wäre, einen Mord zu begehen. Ausgenommen natürlich, er wäre ein begnadeter Schauspieler. Aber auch das glaubt der Draxler nicht, da seine innere Stimme beharrlich schweigt. Außerdem wird wohl kein vernünftiger Mensch sein Hobby zum Beruf machen. Zuerst Freizeitbogenschütze und dann professioneller Pfeilmörder? So dumm ist wohl keiner, eine so exotische Mordwaffe zu verwenden, von der fast jedermann weiß.

Jetzt hört sich der Draxler den ganzen privaten Müll vom Scherdona an und stellt für sich fest, dass der die halbe Mülldeponie in Frohnleiten mit seinem persönlichen Krempel füllen könnte. War anscheinend zu selten zu Hause und ein paarmal zu oft am Sandgrubenweg in Seiersberg. Dort befindet sich nämlich der Bogenschützenverein des Herrn Scherdona. Dass sein Nebenbuhler ausgerechnet der nette Nachbar von nebenan ist, der in seiner Abwesenheit nur über den Zaun hat steigen müssen, war schon recht praktisch.

Endlich schafft es der Draxler, ein Stückchen weiter in das Bewusstsein des Herrn Scherdona vorzudringen. Das Schlüsselwort »Alibi« für den vergangenen Dienstagvormittag rüttelt den Scherdona endlich wach. Schlagartig drängt sich ein noch stärkerer Trieb in den Vordergrund. Der Überlebenstrieb.

Der Scherdona hat nicht studiert, geheiratet, ein Haus gebaut, mein Gott ja, das Haus, Kinder gezeugt und eine schreckliche Scheidung durchlebt, nur um jetzt ins Gefängnis zu wandern. Warum auch. Er ist unschuldig. Wenn er seinen Lebensweg nüchtern betrachtet, dann wäre ein Gefängnisaufenthalt aber durchaus logisch. Wieder ein paar Meter bergab, noch tiefer hinein in sein ganz persönliches Verderben. Der Scherdona schluckt laut. Dienstagvormittag? Mist! ZA. Sprich Zeitausgleich. Die Eltern sind an dem Tag schon früh weggefahren. Ganz früh eigentlich. Um vier Uhr hat er den Wagen vom Vater gehört und dann das Rumpeln des Garagentors. Besuch bei Verwandten in Oberösterreich. So wie sein Vater Auto fährt, ist ein so zeitiger Aufbruch sicherlich gerechtfertigt. Nach Gallneukirchen braucht der bei seiner Schleicherei einen Tag und drei Stunden. Ab vier Uhr morgens war der Scherdona also allein in seinem muffigen Kinderzimmer.

Erst in so einer Situation merkt einer wie der Scherdona, dass ein Alibi an sich keine schlechte Sache ist. Da ist es besser, die Frau ist weg als das Alibi. Ohne Frau ist es in manchen Fällen nicht einmal so schlecht, manchmal sogar viel besser als zuvor, ohne Alibi ist es aber immer schlecht. Das gilt ohne Einschränkung.

Jetzt hat der Draxler auch so einen kleinen Schreibblock. Den Schmäh hat er sich, ehrlich gesagt, vom Spazierer abgeschaut. Auch den Scherdona macht der Block nervös. Der sieht ja auch gleich, dass die eine oder andere Information für den Herrn Oberst so wichtig ist, dass er die nie mehr vergessen will.

Was den Tagesablauf angeht, so ist der Scherdona relativ früh aufgestanden. Auch ein Mann hat so seine Bedürfnisse, und wenn er einmal sturmfreie Bude hat – allein der Gedanke, dass der Begriff »sturmfreie Bude« in seinem Wortschatz nun wieder öfters vorkommen wird, stimmt ihn traurig –, dann helfen einem ein paar schlüpfrige DVDs schon durch den Tag. Dass der Scherdona da nicht gleich auf »open house« macht und den Nachbarn einen ungehinderten Blick ins Wohnzimmer gewährt, liegt auf der Hand. Genau an dem Tag, an dem sich der Scherdona zumindest einmal beim Billa oder vielleicht beim Friseur hätte zeigen sollen, waren da eher Geheimdienst und zugezogene Vorhänge. Passt eigentlich hervorragend zu seinem Leben. Wenn etwas schiefgeht, dann schon ordentlich. Dass sich der Scherdona der Öffentlichkeit erst am frühen Nachmittag beim Baden am Schwarzlsee präsentiert hat, hilft ihm leider wenig. Danach steht der Scherdona immer noch auf Draxlers Verdächtigenliste, aber weder fett noch unterstrichen. Armer, bemitleidenswerter Tropf. Der Draxler verlässt die Fachabteilung 13B mit dem unheilvollen Versprechen, sich bald wieder beim Scherdona zu melden.

Da Scherdonas Bogen inklusive »Munition« im Vereinshaus in Seiersberg eingesperrt ist, wie zumindest der Scherdona behauptet, wird der Draxler das Sportequipment umgehend und höchstpersönlich beschlagnahmen. Bringen wird es wahrscheinlich herzlich wenig, der Vollständigkeit halber gehört aber auch das rasch erledigt.

72

Rudolf Harrer ist müde. Gestern Nacht hat er kaum geschlafen. Nicht, weil ein ins Alter gekommener Pensionär ganz automatisch von seniler Bettflucht geplagt wird, sondern weil bei ihm am späten Nachmittag ein kapitaler Hirsch angeklopft hat. Dass ein toter Hirsch einem militanten Tierschützer oder gar einem überzeugten Vegetarier eine schlaflose Nacht bereiten kann, ist durchaus nachvollziehbar, trifft auf den Harrer aber so gar nicht zu. Kennt man Harrers schauriges Hobby, dann fängt man an zu verstehen. Der Herr Harrer stopft nämlich Tiere aus.

Er hätte das nie so gesehen, da er im Präparieren von Tieren eher eine Kunstform sieht und nicht ein ekeliges Innereien heraus und ein mühsames Sägespäne hinein. Beim Tierpräparieren gilt es schließlich, das gebrochene und erschlaffte Wesen wieder aufleben zu lassen und es in eine lebensechte Position zu drücken. Quasi die Umkehr eines an sich irreversiblen Prozesses. Das ist keine Metzgerarbeit, das ist wahre Kunst. Was die moderne Medizin nur in den seltensten Fällen schafft, nämlich Tote ins Leben zurückzuholen, schafft der Harrer fast immer. Der hat damit sogar schon Preise gewonnen. Nicht mit dem ausgestopften Pudel, zu dem ihn eine alte Frau hat überreden müssen, denn sie wollte um nichts in der Welt ohne ihren geliebten Struppi sein, sondern mit einem Auerhahn auf Brautschau. Den Vogel hat der Harrer so gut hinbekommen, dass sich seine Frau beinahe zu Tode erschrocken hat, als sie im Hobbykeller dem Federvieh in voller Balzschönheit über den Weg gelaufen ist.

Um einer derartigen Leidenschaft nachzugehen, braucht es nicht nur einen unempfindlichen Magen, sondern eine professionelle Kenntnis der Verhaltensweisen, der Bewegungsabläufe und der Mimik der auszustopfenden Tiere.

Würde Harrers Frau vor ihm das Zeitliche segnen, er hätte schon eine gewisse Vorstellung, in welcher Pose er sie sich herrichten würde. Unterwürfig und geknechtet. Weg mit den selbstbewussten herrischen Augen. Als Ersatz würde er ihrem Kadaver ängstliche Glasaugen einsetzen und sie in eine Position bringen, die ihr zusteht. Der Harrer hat ein ähnlich gestörtes Verhältnis zu seiner Frau, wie es der tote Rau gehabt hat.

73

Draußen an den Ausläufern der Weinebene läutet die Hilde Ranner beim Haupthaus an.

Da ist bei jeder freiwilligen Feuerwehr die Sirene leiser als beim Golser die Glocke. Die ist so laut, dass sie auch gleich die deutschen Gäste aus den Federn läuten könnte. Zwar nicht jetzt, am helllichten Nachmittag, aber generell. Ob so ein Getöse die Kühe automatisch unmelkbar macht, kann der Spazierer nicht sagen. Er ist ja ein typischer Stadtmensch. So viel weiß er aber schon, dass Topfen wohl nicht so einfach durch die Zitzen rinnt.

Kaum dass sich das Echo der Glocke über den Hängen verloren hat, brüllt der Alois Golser ein fernes und äußerst grantiges »Herein«. So proper der gesamte Hof von außen auch aussieht, den typischen Bauernstubengeruch nimmt der Spazierer gleich beim Eintreten wahr. Dann poltert der Bauer die Stiege herunter. Zuerst sieht man nur seine Füße in klobigen Arbeitsschuhen, gefolgt von einer speckigen Latzhose. Schließlich taucht ein praller Schmerbauch auf, der ein rot kariertes Hemd bis zum Platzen ausfüllt. Der hochrote Kopf des Herrn Golser bildet den krönenden und farblich stimmigen Abschluss.

Kaum dass der Golser erfahren hat, wer die Herrschaften sind, stellt er zögernd sein lüsternes Starren auf den Donnerbusen und den nicht gerade kleinen Hintern der Hilde Ranner ein. Dann fängt er an, seine Gesichtsfarbe wie ein Chamäleon zu wechseln. Zuerst weiß, dann zornrot und dann gleich wieder weiß. Für den Spazierer und die Ranner ein einmaliges Schauspiel. Die zwei Beamten und ungefähr dreißig zehn Cent große Fliegen begleiten den Golser in seine Küche. »Dort wird geredet.«

Der Spazierer hält sich gar nicht lang mit einleitenden Floskeln auf. Zum einen stinkt es fürchterlich, und zum anderen ist es schließlich Donnerstag. Nachdem der Spazierer den Golser mit den telefonischen Angaben der Karin Koller konfrontiert hat, weiß der Golser zwar, dass diese Angaben stimmen, aber worauf die Sache im Detail hinauslaufen könnte, kann er nicht einmal ansatzweise erahnen.

Dann lanciert der Spazierer in homöopathischen Dosen erste Informationen zum Mord und zum Tatort. Die Ranner sitzt neben dem Spazierer in der obligaten Bauernecke auf der obligat ungemütlichen Holzbank und schaut sich um. Kein Vergleich zum Haus am Ruckerlberg. Zwar ist auf diesem Hof wahrscheinlich noch mehr Geld zu Hause als bei der versnobten Arztfamilie ihres Ex, aber die Lebensweise und die Art, das Geld auszugeben, ist eindeutig eine andere. Obwohl die Ranner keine begnadete Köchin ist, sagt ihr doch ihr Gefühl, dass die Vollholzküche weit mehr gekostet haben muss als ein neuer 3er BMW mit Vollausstattung. Ausschauen tut die Küche trotzdem schrecklich. Wie so ein Bauer tickt und denkt, wird sie wohl nie begreifen. Gott sei Dank muss sie das auch nicht.

Im Herrgottswinkel hängt der Jesus am Kreuz und schaut traurig auf die drei Menschen herab. Fast so, als würde er sagen: »Für die bin ich gestorben? Für einen Bauern, der sein Geld mit Huren durchbringt, für einen Kommissar, der nur Fußball im Kopf hat, und für ein Fräulein, das nicht einmal merkt, dass sie an der Nase herumgeführt wird, obwohl die schon so lang ist wie die vom Pinocchio beim Dauerlügen?« Kann ihm einer solche Gedanken verübeln? Wohl kaum. Ist jetzt einer aber ein Zyniker, dann führt der an, dass der Dröster für noch viel weniger gestorben ist.

Das Farbenspiel des Bauern Golser nimmt endlich ein jähes Ende. Sein Gesicht bleibt nun permanent weiß. Nur die rote Schnapsnase blinkt wie ein Leuchtfeuer in einer stürmischen Regennacht. Der merkt auch gleich, dass es gar keinen Sinn hat, zu leugnen. Natürlich war er an diesem Tag dort oben. Und auch die angegebene Zeit stimmt. Das allein ist es nicht, was ihn erbleichen lässt. Es ist der Name des Toten. Den kennt der Alois Golser nämlich.

Der Grund, warum der Golser oben am Reinischkogel war, ist die Jägerei und ein maroder Hochstand. Ein Bekannter hat dort oben seine Jagd und lädt den Golser gelegentlich zum kultivierten Morden ein. Dafür geht der Golser seinem Gönner hie und da zur Hand. Diesmal bestand der Gefälligkeitsdienst aus ein paar kleinen Ausbesserungsarbeiten am Hochstand. Der Spazierer kann sich an den Holzkobel sogar noch erinnern. Nicht zuletzt die genaue Beschreibung der Karin Koller hat seinem Erinnerungsvermögen auf die Sprünge geholfen. Unmittelbar über der Bergstraße, und nur einen Steinwurf von den geparkten Autos entfernt, schließt eine große Wiese an, an deren fernem Ende im Schutz hoher Tannen besagter Hochstand steht. Dass ganz oben, dort, wo sich die Jäger feig verstecken, erst kürzlich ein paar frische und daher noch helle Bretter angenagelt worden sind, hat Frau Koller ebenfalls erwähnt. Das passt also zusammen. Ob es sich um ein Ablenkungsmanöver handelt, quasi ein konstruierter Vorwand für einen Aufenthalt oben auf dem Reinischkogel, kann der Spazierer nicht beurteilen. Zumindest sind sie einen Schritt weiter. Ein Blick auf die Uhr lässt den Spazierer nervös zusammenzucken. Mein Gott, schon beinahe sechs Uhr. Grund genug, das Verhör schleunigst abzubrechen. Sie müssen ohnehin noch einmal her. Zuerst gilt es, den Golser gründlich zu durchleuchten, bis zum Maximalwert der zulässigen Strahlendosis, und dann heißt es wiederkommen. Die Ranner sitzt auch nicht so gerne in dieser miefigen Küche, als dass sie freiwillig noch länger geblieben wäre. So lüstern, wie der alte Bock sie angeschaut hat, ist sie recht froh, dass der Spazierer neben ihr sitzt. Als Beschützer und wandelnder Duftbaum. Riechen tut der Spazierer immer ganz ausgezeichnet. Der hat schon ein Händchen für passende Düfte.

Verwunderlich, da ihm derzeit kein weiblicher Beistand bei der Auswahl seiner Duftwässerchen zur Seite steht. Wann immer ihr ein Luftzug eine besonders ländliche Geruchsnote vorbeischickt, rückt sie ein bisserl näher an den Spazierer heran. Hin zu seinem Männerparfum. Ist nichts Sexuelles. Das kann man der Ranner getrost glauben.

Beim Gestank muss man aus Sicht der Ranner noch einen zusätzlichen Aspekt bedenken, nämlich die Sache mit den Keimen und Krankheiten. Dass Fliegen Krankheiten übertragen können, weiß die Hilde Ranner. So penetrant, wie es in der Stube stinkt, könnte Gestank ähnliche Fähigkeiten haben. Da wird sie wohl ihr medizinisches Wörterbuch bemühen müssen. An diesem Abend hat sie ohnehin nichts zu tun. Wie ab jetzt eigentlich an jedem Abend.

74

Der Mord am Dr. Dröster hat sich sowohl in Politikerkreisen wie auch im Weichbild der Fachabteilungen wie ein Lauffeuer herumgesprochen. Die meisten haben es über die Zeitungen erfahren, einige wenige über den Vorzimmerzerberus des Magister Hold. Wegen dem Rundschreiben, das der Drachen für den Hold hat verfassen müssen.

Von der unschönen Sache mit dem Oberbaurat Rau weiß noch niemand. Der Draxler hat aus ermittlungspolitischen Gründen auch gar nicht vor, diesen zweiten Abgang medial zu verwerten. Schließlich muss nicht jeder alles wissen. Panik ist das Letzte, was der Draxler jetzt braucht. Panik in Politikerkreisen erhöht automatisch den ohnehin ungesunden Druck auf die ermittelnden Beamten.

Die einhellige Meinung, dass es aus gegebenem Anlass äußerst unklug wäre, sich alleine im Wald und auf der Heide herumzutreiben, hat manch einen dazu bewogen, den bevorstehenden Wanderurlaub abzusagen. Da ist ein Aufenthalt in einer überfüllten Therme eine wohl empfehlenswertere Alternative. Dass die Arbeit der steirischen Landespolitik unter dieser dunklen Wolke, die auf einmal über Stadt und Land hängt, nennenswert zu leiden hat, ist wider Erwarten nicht der Fall. Im Gegenteil. Verordnungen und Beschlüsse können jetzt viel schneller diskutiert, behandelt und beschlossen werden als zuvor. Grund dafür ist die geringe Lust der Amts- und Würdenträger, die sicheren Sitzungsräume vorzeitig zu verlassen. Wenn dann aber die schwarzen Wolken aus dem Osten heranziehen, dann machen sie sich geschlossen und eilig auf den Heimweg.

Würde der Cowboy dem Indianer nicht so große Sorgen bereiten und hätte er gewusst, welche Wellen sein Blattschuss geschlagen hat, er hätte sich vor lauter Freude die Hände gerieben. An solchen Kollateralschäden hat auch ein gemeiner Mörder seinen Spaß.

75

Der Donnerstag ist beinahe um. Der Spazierer hat die Ranner dann doch in Ruhe aussteigen lassen. Verstaucht die sich aus Versehen vielleicht den Knöchel, dann kann der Spazierer ihren Arbeitskram auch gleich mit übernehmen, und das wahrscheinlich bis tief in den Herbst hinein. Keine wirklich verlockende Option.

Der Herr Major war an diesem Tag so zeitig vor der Landesturnhalle, dass sich sogar die eine oder andere Aufwärmübung ausgegangen ist. Wegen der Verletzungsgefahr in Spazierers fortgeschrittenem Alter eigentlich ganz vernünftig. Anschließend hat er auch eine ganz passable Partie gespielt. Drei Tore und zwei Vorlagen. Der Spazierer ist mit sich und der Welt an diesem Tag rundum zufrieden. Was jedoch äußerst lästig war, das waren die blutgierigen Gelsen. Da rennt jeder automatisch mehr, ob mit oder ohne Ball. Sogar die Torleute haben sich bewegt, sind herumgehupft wie die Kasperln. Geklatscht wurde an diesem Abend auch mehr als üblich. Nicht nur nach einem Tor, sondern auch dazwischen. Auf freiliegende Körperteile nämlich.

Wie der Spazierer und seine Fußballkameraden im Anschluss an die Partie über eineinhalb Stunden Amateurkick philosophieren können, ist sagenhaft. Da könnten sich die eloquenten Herren Lendvai und Portisch noch ein Scheibchen abschneiden. Die haben zwar hinter die Kulissen der Weltbühne geblickt und praktisch jeden Winkel ausgeleuchtet, um dann gescheit und profund drüber zu reden, und das besser als viele andere, aber wie viel der Spazierer und seine Freunde aus so wenig machen können, hätte auch die beiden Vollprofis verblüfft. Aber wenn da einer glaubt, dass nach so einem Fußballspiel die großen Weisheiten auf die Welt gebracht werden, so irrt der gewaltig. Da wird die eine Flanke, die, wie der eine meint, dem Spazierer aber so was von abgerissen ist, zur Glaubensfrage. Dass der Wunderpass vom Spazierer genau so beabsichtigt war, bestätigen seine Intimfreunde. Die gegnerische Fraktion kann da naturgemäß nur milde lächeln. Wohl aus Rache für die doch deutliche Niederlage. Nach dem Spiel wird ohnehin kaum gestritten, währenddessen aber fast immer. Aber selten schimpft einer über den Gegner, da sind eher die eigenen Leute die Opfer. Kurzsichtige, Spätüberreißer oder Pseudostürmer, die zehn Chancen für ein Tor brauchen, aber als Verteidiger wirklich etwas draufhätten.

Fast jeder glaubt, dass einen nur ein Tor berühmt machen kann. Von dieser Denke sollte man sich aber verabschieden. Was zählt, ist das Kollektiv. Das sagt ein Spazierer bei Bier und Speckweckerl so leicht. Er selbst geht gerade einmal über die Mittellinie nach hinten, wenn das Spiel vorbei ist. Das sehen die anderen auch nicht so gern. Freunde sind sie trotzdem. Ist doch nur ein Spiel. Weil im Gegensatz dazu Mord kein Spiel ist, braucht der Spazierer diesen Ausgleich. Das Gute als Ausgleich zum Bösen.

Obwohl es bei der Fußballnachbesprechung fast genauso turbulent zugeht wie bei einer Tupperparty, muss der Spazierer zwischenzeitlich auch an den Alois Golser denken. So unsensibel ist der Spazierer nun auch wieder nicht, dass er nicht die kleinen Signale mitbekommen hätte, die der Golser unbewusst ausgesendet hat. Speziell das Farbenspiel war so ein untrügliches Indiz. Rot, weiß und dann wieder rot. Ein sehr patriotischer Österreicher. Wie dann aber der Golser auf ein permanentes

Weiß umgestellt hat, ist der Spazierer stutzig geworden. Das war unmittelbar nach der namentlichen Erwähnung des Mordopfers. Der Golser kennt den bedauernswerten Dr. Dröster. Da ist sich der Spazierer absolut sicher.

Der Golser hat Dreck am Stecken, und das nicht nur nach dem Ausmisten seiner Stallungen.

Welcher Ermittlungsschritt als Nächstes folgen muss, ist für den Spazierer klar. Da Aktenstöbern nicht gerade seinen Vorstellungen von einem gepflegten Freitagvormittag entspricht, wird er wohl dem Fräulein Ranner die Weisung erteilen, sich in der Fachabteilung 13B ein wenig umzusehen. Ein schlechtes Gewissen hat der Spazierer deswegen nicht. Lehrjahre sind schließlich keine Herrenjahre. Es soll keiner glauben, dass dem Spazierer in seinen ersten Jahren bei der Kripo solche niedrigen Tätigkeiten erspart geblieben sind. Damals war der Draxler das Schwein. Es hätte nicht viel gefehlt, und er hätte den Spazierer zum Autowaschen geschickt. Ja, als Lehrbub hat man wenig zu lachen.

Wie dann das Thema erneut auf sein Volleytor kommt, wird der Herr Kommissar auch ganz schnell wieder privat. Im Hier und im Jetzt.

76

Bei der Befehlsausgabe am Freitag tragen alle ihre Beobachtungen zusammen. Der Draxler will sich ganz auf den Mordfall Dröster konzentrieren. Ist der einmal gelöst, dann kann er den Fall Rau auch gleich zu den Akten legen. Ist ganz einfach, denkt er sich.

Die Ranner ist zwar noch nicht ganz bei der Sache, aber schon deutlich mehr als am Vortag.

Dass die Liebe im Regelfall keinerlei Rücksicht nimmt und zumeist das ganze Leben in Unordnung bringt, braucht die Ranner ihren Chefs als Entschuldigung gar nicht erst zu sagen. Daher konzentriert sie sich ganz auf das anstehende Brainstorming. Ihr persönliches Bild vom Golser deckt sich voll mit dem des Herrn

Major. Auch wenn die Ranner bei Befragungen und Kreuzverhören oftmals unaufmerksam wirkt, so sind es doch manchmal ihre ganz persönlichen und sehr weiblichen Beobachtungen, die Dinge aus einem etwas anderen Blickwinkel erscheinen lassen. Wo der Draxler einen nervösen Verdächtigen sieht, sieht die Ranner einen kürzlich Geschiedenen. Sonnengebräunte Hände und dort, wo der Ehering war, immer noch ein zarter, weißer Streifen Haut. Da ist so ein Verdächtiger weniger nervös wegen der Polizei und dem dringenden Tatverdacht, sondern eher wegen dem Trümmerfeld eines traurigen Privatlebens. Siehe Scherdona, der ist dafür ein typisches Beispiel. In solchen Fällen ergänzt die Hilde mit ihrer Sicht der Dinge die überschaubar kleine Mörderjägertruppe ganz vortrefflich.

»Der Golser hat den Dröster mit Sicherheit gekannt«, wirft nun der Spazierer ein. Dass auf dem Golser'schen Hof einmal eine Frau gelebt haben muss, jetzt aber schon länger keine mehr da ist, kommt dann wieder von der Hilde Ranner.

»Warum denn das?«, fragt der Draxler. Auf dem Hof des verdächtigen Golser hat die Ranner genügend Zeit gehabt, um sich zumindest in der Küche richtig umzuschauen. Zwar war die Küche augenscheinlich teuer, aber derartig verwahrlost, dass da wohl seit längerer Zeit kein weibliches Wesen mehr mit dem Putzlappen zur Tat geschritten ist. Trotzdem gab es typisch feminine Accessoires, die aber eher wahl- und lieblos verstreut und obendrein völlig verstaubt waren. Für diese Behauptung will der Draxler aber schon ein paar Beispiele wissen.

Zum einen ein Bündel Lavendel. Vor Jahren mit einer gehäkelten Schleife liebevoll zusammengebunden, jetzt spinnwebenbehangen am Kühlschrank baumelnd. Die können gar nicht mehr duften. Nicht nach einer so langen Zeit. Dann ein Topf mit einer Basilikumpflanze. Die war wohl bereits tot, bevor die Mercedesdesigner die Idee für den M-Klasse-Wagen des Herrn Dröster hatten. An den schwarzen Fliegenfänger will sich die Ranner dann aber nicht mehr erinnern müssen. So etwas lässt keine Frau in ihrer Küche hängen. Niemals! Ihr Fazit: Es gab einmal eine Frau, das ist aber schon Jahre her.

Dass die Ranner da einen beobachtungstechnischen Volltreffer gelandet hat, könnte am ehesten der Golser bestätigen. Sein Hang zur käuflichen Liebe hat ihm letztendlich die Frau gekostet. Hätte die Ranner das Feuerzeug mit dem protzigen Aufdruck der Venusbar gesehen, das achtlos neben dem Herd gelegen ist, sie hätte sich auch den Rest der Geschichte zusammenreimen können.

Die beiden Kollegen speichern die Beobachtungen ihrer Kollegin mit Wohlwollen ab.

Jetzt ist der Spazierer an der Reihe. Er ist sich, wie gesagt, sicher, dass der Golser den Dröster gekannt haben muss. Vom persönlichen Kennen bis zum noch persönlicheren Mordmotiv ist es meist nur ein Katzensprung. Bedenkt man, welchen Grundbesitz der Golser verwaltet, drängt sich erneut das Thema »Flächenwidmungsplan« und »Fachabteilung 13B« auf. Wie das die Ranner hört, zeigt sie auf wie eine Taferlklasslerin. Sie will sich dieser Sache annehmen und erspart dem Spazierer die geplante Anordnung. Kann dem Spazierer nur recht sein. Die Ranner wird heute also die Fachabteilung 13B in der Landhausgasse beehren. Den Scherdona soll sie, wenn es nach dem Draxler geht, heute aber in Ruhe lassen. Der Bedauernswerte soll ein wenig in seinem eigenen Saft schmoren. Um seine Sportwaffe kümmert sich derweilen der Herr Oberst.

Bevor sich die kleine Versammlung auflöst, berichtet der Draxler noch kurz von seinem Gespräch mit dem Scherdona. Bogenschütze, geschieden und deswegen am Boden zerstört. Lebt bei seinen Eltern und dort ohne Alibi. Noch dazu in seinem Jugendzimmer direkt unter dem Dach. Ist, laut Draxler, ein ganz bemitleidenswerter Verdächtiger. Damit hat es sich aber schon. Zwar gibt es wieder ein paar Indizien mehr, leider aber keine stichhaltigen Beweise. Dass da dem Draxler der Mörder vom Dröster gegenübergesessen sein soll, glaubt er nicht.

Was beim Draxler die innere Stimme, ist beim Spazierer die Nase. Und was wiederum beim Spazierer die Nase, ist bei der Ranner die weibliche Intuition. Bei so vielen Geheimwaffen wird es den Mördern schwerfallen, sich auf Dauer zu verstecken. Wen man auch nicht vergessen sollte, das ist der Revierinspektor Reininger. Ganz liebenswert, wenn es um die Betreuung von der

Frau Dröster geht, sonst aber extrem hartnäckig. Wie ein Pitbull mit Kiefersperre. Wenn der sich einmal festgebissen hat, dann lässt der nicht so schnell wieder los. Das mit dem Passat für die Köflacher war da eine Ausnahme. Da haben sie den Reininger auf dem falschen Fuß erwischt. Würde einer die Sandra fragen, sie könnte das bestätigen.

77

Weil der Spazierer den Alois Golser erst wieder aufsuchen will, wenn die Ranner aus den verstaubten Archiven der Fachabteilung 13B ein mögliches Motiv hervorgezaubert hat, setzt er sich zum Berichteschreiben an seinen Schreibtisch. So richtig freut ihn das heute nicht. Ein Mann wie der Spazierer gehört auf die Straße und nicht in ein muffiges Büro. Bevor der Spazierer sich aufraffen kann, seinen Computer hochzufahren, gibt er sich noch aus sicherer Entfernung die Apotheke der Hilde Ranner. Wenn die so weitermacht, sitzt ihnen bald die gesamte Drogenfahndung im Genick. Andererseits würde wohl kein Mensch ernsthaft annehmen, dass eine Beamtin ganz frech diverse verbotene Substanzen auf ihrem Schreibtisch lagern würde. Tatsächlich glaubt das Offensichtliche ja ohnehin keiner.

Müde ist der Spazierer, und Kopfweh hat er. Im letzten Bier steckt bekanntlich immer der Rausch. Weil der Spazierer nach dem Kicken aber kaum etwas trinkt, schon gar nicht, wenn er anschließend Auto fahren muss, war das depperte Kopfweh wohl in seinem einzigen Bier vom Vortag. Fängt im Nacken an und arbeitet sich dann stetig empor. Der Spazierer spürt das meist sofort. Wenn er eine Parkemed 500 einwirft, kann er es meistens abfangen. Gestern hat er das leider irgendwie übersehen, und das rächt sich genau jetzt.

78

Der Harrer hat ebenfalls Kopfweh. Er hat die letzte Nacht wie besessen durchgearbeitet. Unten im Keller fühlt er sich trotzdem wohler als oben in seinem Ehebett. Harrer würde weiß Gott was dafür geben, könnte er in einem getrennten Bett, in einem getrennten Schlafzimmer oder vielleicht sogar in einem getrennten Leben schlafen. Leider schnarchen weder er noch seine Frau, was zumindest die ersten beiden Wünsche salonfähig gemacht hätte.

Ganz so still und ruhig war die vergangene Nacht aber nicht. Laufend hat der Nachbarshund angeschlagen. Ungewöhnlich, weil der wohlerzogene Bordercollie sonst so gut wie nie bellt. Eigentlich ein ganz possierliches Tierchen, das Harrer allein schon wegen seines wunderschönen Fells nur zu gerne ausgestopft hätte. Kein so degeneriertes Vieh, das den ganzen Tag über keift wie seine Alte und gerade einmal mit einem Schokoladetörtchen für ein Weilchen ruhiggestellt werden kann. Der Collie ist Minimalist. Der bellt maximal, wenn sich ein Unbekannter in seinem unmittelbaren Revier herumtreibt. Diesen Service lässt er auch Harrers Garten zuteilwerden. Quasi als Nachbarschaftsdienst.

Weil Harrers Keller einen direkten Zugang in den Garten hat, hat er zwei Mal nachgesehen. Beim ersten Mal hat er nichts Ungewöhnliches bemerkt. Erst bei seinem zweiten Ausflug meinte er, so etwas wie einen Schatten gesehen zu haben. Dicht an der Hecke zum Nachbargrundstück. So schnell, wie der aber wieder verschwunden war, hat ihn Harrer für ein Trugbild gehalten. Zwar kann sich der Harrer trotz seines fortgeschrittenen Alters ausgezeichneter Sehkraft rühmen, aber konzentriertes Arbeiten unter hellem Licht ist keine gute Voraussetzung, um draußen in der Nacht etwas erkennen zu können.

79

Dass der Cowboy beinahe erwischt worden wäre, ärgert ihn. Zwar hat er keinen Respekt vor dem alten Mann, geschweige denn Angst, aber nach einem unnötigen Risiko steht ihm nicht der Sinn. Und das Ganze nur wegen diesem Mistvieh von Hund. Das allerdings meint er nicht so. Schließlich liebt er Tiere. Warum würde er sich sonst um all diese Tiermörder kümmern? Zwar würde es dem Cowboy nicht im Traum einfallen, dem Collie ein Härchen zu krümmen, trotzdem weiß er seit heute, dass er das aufmerksame Tier unbedingt neutralisieren muss. Da wird er wohl in ein saftiges Steak und eine Portion Schlafmittel investieren müssen. So ein Gekläffe kann er sich in der Tatnacht nicht leisten, hat er mit dem Harrer doch etwas ganz Spezielles vor.

Da der Cowboy in dieser Nacht mit seiner MV50 unterwegs ist, hört der Harrer wenig später ein leiser werdendes Knattern. Den vermeintlichen Schatten bringt er mit dem Geräusch jedoch nicht in Verbindung.

80

Trotz oder gerade wegen der schlimmen Kopfschmerzen sehnt sich der Major Spazierer an diesem Morgen nach Ablenkung. Wie bei ihm der Wunsch nach profaner Zerstreuung immer drängender wird, blendet ihn so plötzlich ein Geistesblitz, dass ihm nicht einmal der Donner fehlt.

Ihm kommt nämlich die Koller Karin in den Sinn. Es ist eine helle Freude zu sehen, wie sich seine kopfwehgeplagte Miene schlagartig aufhellt. Wenn er die dunkle Sonnenbrille aufsetzt und den Alfa auf Kühlschranktemperatur herunterkühlt, dann könnte er es trotz der pochenden Schmerzen bis Köflach hinaus schaffen. Zwar hat er der Frau Koller versprochen, sie im Falle eines offiziellen Besuches vorher zu informieren, aber eigentlich will er das gar nicht. Erstens, weil es doch eher etwas Halboffizielles ist, und zweitens, weil er an einem Tag wie diesem den kleinen Lichtblick so dringend benötigt. Eine telefonische Absage wäre da mehr als nur ein Wermutstropfen. Sosehr sich sein Computer auch wünscht, hochgefahren zu werden, so sehr muss ihn der Spazierer enttäuschen. Zwei Minuten später liegt das Büro wieder völlig verwaist da. Nur der Buchkogel schaut beim Fenster herein. Beinahe anklagend.

81

Die Hilde Ranner hat prinzipiell zwei Möglichkeiten, wenn es um Grundstücksumwidmungen geht. Sie könnte nach Deutschlandsberg fahren und dort in der Gemeinde Einsicht in die Akte »Golser« nehmen. Sie ist felsenfest davon überzeugt, dass es eine derartige Akte einfach geben muss. Der Golser besitzt wahrscheinlich so viel Land, dass der gar nicht einmal genau weiß, welcher Wald, welcher Hang und welche Wiese ihm tatsächlich gehört. Dann hätte sie möglicherweise einen kleinen Anhaltspunkt, aber nicht automatisch eine direkte Verbindung zum Dr. Dröster. Als zweite Möglichkeit kommt das Archiv der Abteilung 13B in Frage. Ist der Alois Golser dort aktenmäßig erfasst, dann kennt der den Dr. Dröster besser, als es ihm in seiner derzeitigen Situation lieb sein kann.

Wenn die Ranner jetzt die zwei Hauptprotagonisten nebeneinander aufstellt, dann hat sie auf der einen Seite einen ehemaligen Landesamtsdirektor, der eine ganz starke Bindung zur Natur hat, und auf der anderen Seite einen unsympathischen Großbauern, dem nur der Sinn nach dem eigenen Wohlergehen steht. Rein menschlich gesehen, passen die beiden so gar nicht zusammen. Was ein mögliches Mordmotiv angeht, sind die beiden hingegen ein Traumpaar. Den Mord am Rau blendet die Ranner, wie vom Draxler befohlen und angewiesen, geflissentlich aus. Den Scherdona ignoriert sie jedoch keinesfalls. Bei seinem speziellen Hobby bleibt der bis auf Widerruf auf der Verdächtigenliste.

Zwar hat ihr der Draxler fürs Erste verboten, den Scherdona persönlich aufzusuchen, nicht aber ein zufälliges Vorbeischlendern an dessen Büro. Und wenn dann auch noch die Tür offen steht, dann wird sie wohl auch einen Blick hinein und auf den Verdächtigen werfen dürfen. Und wenn der auf seinem Platz sitzt und sie zufällig und vielleicht fragend anschaut, dann kann sie doch einfach sagen, dass sie sich verirrt hat. Da es so viele unzählige Büros in der Landhausgasse gibt, klingt das sogar äußerst glaubwürdig. Manch einer sagt, dass sich dort schon welche verirrt und erst nach Stunden den Weg hinaus ins Freie gefunden haben. Alles glaubt die Ranner aber auch nicht.

82

Weil der Steinberg wegen Belagsarbeiten immer noch gesperrt ist, kann der Spazierer aufgrund der Umleitung der Frau Koller weder auf dem schnellsten noch auf dem direktesten Weg seine Aufwartung machen. Jetzt hat aber jede Profession so ihre ganz eigenen Vorteile. Da braucht man sich nur den Straßenbahnfahrer König anzuschauen, der Jahr für Jahr für sich und die gesamte Familie eine Netzkarte geschenkt bekommt. Der steigt ohne Skrupel in jede x-beliebige Bim und muss sich um rein gar nichts kümmern. Wenn ihm danach ist, dann kann er sogar den ganzen Tag im Kreis fahren, und das völlig legal.

Dass der Spazierer für sich einen ähnlichen Anspruch erhebt und flugs das Fahrverbot auf der Einödstraße ignoriert, kann er vor sich und der Welt nur rechtfertigen, indem er sich konsequent einredet, derartige Aufzählungen für alle möglichen Berufe beliebig lang fortsetzen zu können. Dass ihm da aber gerade der Dr. Schneider einen gewaltigen Strich durch die Rechnung macht, ist für den Spazierer mehr als nur ärgerlich.

Wie der Spazierer in besagte Einödstraße einbiegt, die die Serpentinen der Steinbergstraße auf geradem Weg abkürzt, zuckt er gerade einmal mit den Schultern. Zur Entschuldigung quasi. Kurz darauf zuckt er noch ein zweites Mal. Diesmal als Reflex. Am Ende der Einödstraße steht nämlich ein uniformierter Kollege mit rot blinkender Kelle und ebenso rot blinkender Rotzbremse. Mit der Kelle winkt er den Spazierer nun ganz fröhlich zu sich an den Fahrbahnrand. Ob der unter seinem Bart jetzt hämisch grinst, kann der Spazierer nicht erkennen. Wer aber grinst, das ist der Dr. Schneider, der wie aus dem Nichts auf dessen Beifahrersitz auftaucht. Der will sich offenbar vergewissern, ob das mit den polizeiinternen Freundschaftsdiensten und den Berufsvorteilen nun wirklich so funktioniert, wie sich das der Spazierer eingeredet hat. Zehn Minuten später ist der Spazierer wieder unterwegs. Im Gepäck eine mündliche Verwarnung eines älteren Kollegen, einen schriftlichen Quittungsbeleg über fünfzig Euro und einen hochroten Kopf. Im Hintergrund hört er den Dr. Schneider herzhaft lachen. Jetzt hat der Spazierer erst so richtig Schädelweh.

83

Der Draxler ist auf dem Weg zum Bogenschützenverein in Seiersberg. Dass der Schießplatz nur einen Steinwurf vom Shoppingcenter Seiersberg entfernt ist, revidiert der Draxler gleich wieder, der Vergleich erscheint ihm unpassend. Vielmehr ist der Parkplatz des größten steirischen Einkaufsparadieses nur einen »Bogenschuss« vom Schießplatz entfernt. Wenn da alle Mitglieder in Indianermanier zusammenstehen und brennende Pfeile in den Himmel schießen, dann will sich Draxler die Anzahl der tödlich verwundeten Einkaufsenthusiasten nicht vorstellen müssen. Ein Gemetzel wäre das. Herumliegende Tote, herumlaufende, weil noch lebende Fackeln und explodierende Familienkutschen. Der Draxler schüttelt diese üblen Gedanken schnell wieder ab. Er ist darüber sogar ein wenig erschrocken, weil er solch morbide Gedanken nur sehr selten hat. Seine sachliche Einstellung zu seinem Beruf hat ihm bis dato immer den nötigen emotionalen Abstand garantiert. Langsam werde ich alt, denkt sich der Draxler, ehe er seinen Wagen auf dem Vereinsparkplatz abstellt.

Für einen Freitagvormittag sind da ganz schön viele Leute am Üben. Gibt offensichtlich doch mehr Indianer in der Steiermark, als ein Cowboy, wie der Draxler einer ist, vermutet hätte. Cowboy, weil eine Pistole der Marke Glock im Handschuhfach.

Der Draxler hat sich unter der Adresse »Sandgrubenweg« eine staubige Wüste oder zumindest einen lehmigen Acker vorgestellt, und so eine gepflegte Anlage nebst grüner Wiese ist für ihn eine ehrliche Überraschung. Wie er dann das Zischen der ersten Pfeile hört, die sich in Richtung Zielscheibe und Shoppingcenter verabschieden, bekommt er eine Gänsehaut. So ähnlich muss es sich für den Dr. Dröster angehört haben. Zuerst ein »Ssssst«, dann ein Brennen und vorbei war es.

Der Draxler bleibt stehen und schaut den Schützen zu. Weiblich, männlich, jung, alt, bunt durcheinander. Von der Alters- und Geschlechterverteilung ein durchschnittlicher Indianerstamm aus dem amerikanischen Mittelwesten. Hier in der Steiermark eher österreichischer Südosten. Jetzt braucht einer keine guten Augen, um festzustellen, dass die Pfeilspitzen, die da in Verwendung sind, mit den Spitzen von Jagdpfeilen nur wenig gemeinsam haben. Von dieser Art, die da in der Luft herumschwirrt, hat den Dröster keiner getroffen. Zwar hätte es sich der arme Herr Dröster bei einem Treffer mit solch einem Pfeil schon auch überlegt, ob er noch weiter Schwammerl suchen soll oder ob es nicht doch sinnvoller wäre, ins nächste Krankenhaus zu fahren, an so einem Treffer wäre er aber mit Sicherheit nicht gestorben. Dafür, dass hier keine tödlichen Jagdspitzen verwendet werden, werden die Media-Markt-Kunden auf der anderen Seite des Erdwalls den Sportschützen sicherlich danken.

Da also übt normalerweise der Herr Scherdona. Ein alter Mann gesellt sich zum Draxler und hilft ihm beim Zuschauen. Ganz stolz und aufrecht steht der Alte da. Fast so stolz wie ein Indianerhäuptling. Auf einmal kommt sich der Draxler ein wenig hilflos vor. Sein Colt steckt schließlich in seiner Satteltasche, sprich im Handschuhfach des Ford Mondeo. So ein kapitaler Fehler kann im wilden Westen durchaus ins Auge gehen. Wer betritt schon unbewaffnet Feindesland? Die brauchen sich nur alle umzudrehen, einmal kurz die Sehnen spannen, und schon würde der Draxler eher einem Igel gleichen als einem Oberst der Kriminalpolizei. Auch keine wünschenswerte Vorstellung, wenngleich er dann wieder mit seiner geliebten Irmi vereint wäre.

Wie nun die zwei Männer so beieinanderstehen, kommen sie unwillkürlich ins Plaudern. Ob er denn auch Bogenschütze werden wolle, fragt der alte Mann. »Warum nicht?«, meint der Draxler. Ein »Ssssst« ist dem Draxler immer noch sympathischer als ein lautes »Peng«. Dann streut der Draxler beiläufig den Namen »Scherdona« ein. Nun beginnen die Augen des alten Mannes so richtig zu leuchten. »Der Herr Dipl.-Ing. Scherdona, was für ein Schütze!«

Der Draxler erfährt nun so Einiges. Das mit der Scheidung, was er ohnehin schon weiß, und dann das mit dem Vereinsmeistertitel. Der Scherdona ist das, was man in Insiderkreisen als Bogenscharfschützen bezeichnet. Ein wahrer Künstler an der Sehne und eine Zierde der Indianerzunft.

Zumindest früher, vor dieser unsäglichen Scheidung. Da hätte sogar der gesamte Verein zusammengelegt, um die Trennung abzuwenden. Zwar hätte keiner den nebenbuhlenden Nachbarn mit Pfeil und Bogen erlegt, aber viel hat da auch nicht mehr gefehlt. Nach der Scheidung ist der Scherdona zwar noch bei dem einen oder anderen kleineren Wettbewerb angetreten, aber die Nachwirkungen haben aus dem kühlen Schützen mit der ruhigen Hand ein zittriges Nervenbündel gemacht. Jetzt schießt der Scherdona in seiner erbärmlichen Verfassung zwar immer noch besser als ein durchschnittlicher Bogenschütze, aber eben nicht mehr genau ins Schwarze, was die eigentliche Kunst der Bogenschießerei ist.

Für den Draxler ein Indiz mehr, dass der Scherdona zu so einem Blattschuss, wie ihn der Dröster hat einstecken müssen, momentan gar nicht fähig wäre. Da ist auf die innere Stimme wieder einmal Verlass. Wenn die nämlich gar nichts sagt, ist das ja auch eine Aussage.

Wo denn der Scherdona sein Sportgerät geparkt hat, will der Draxler nun wissen. Nun schaut der alte Mann dem Draxler erstmals direkt ins Gesicht. Der Scherdona hat natürlich seinen eigenen Spind. Als amtierender Vereinsmeister hat so einer schon auch ein paar Privilegien. Warum er das denn wissen will, fragt der Häuptling nun nicht mehr ganz so leutselig. Bei dem alten Mann handelt es sich tatsächlich um den Vereinshäuptling, sprich den Vereinspräsidenten. »Wegen der Mordermittlungen im Fall Dr. Dröster«, tut der Draxler ihm artig kund. Das wiederum schmeckt dem alten Mann gar nicht.

Vertrauensmissbrauch kann dem Draxler aber auch keiner

vorwerfen. *Er* hat ja niemanden angesprochen, das hat schon der Häuptling selbst übernommen. Aus freien Stücken noch dazu. Dass aus einem höflichen Gespräch so etwas wie ein kleines Verhör geworden ist, kann man dem Draxler auch nicht übel nehmen. Soll der denn sagen »Stopp hier, ab jetzt wird es dienstlich«? Weil der Draxler eine offizielle Erlaubnis hat, die Ausrüstung des Herrn Scherdona zu beschlagnahmen, findet der alte Mann dann auch keine Gegenargumente. Widerwillig führt er den Draxler zum Spind des Herrn Scherdona. Weil er aus Sicherheitsgründen der Einzige im Verein ist, der sämtliche Nummerncodes der Spindschlösser kennt, ist der Draxler froh, dass er gleich auf Anhieb den Richtigen getroffen hat. Das hat ihm viel Zeit erspart. Natürlich erhält der Vereinspräsident eine Quittung inklusive Auflistung sämtlicher beschlagnahmter Utensilien. Bei einer unsachgemäßen Beschlagnahmung wäre die Beweiskraft gleich wieder futsch. Wenn es sich denn überhaupt um stichhaltige Beweise handelt. Wie der Draxler dann den Bogen samt den Pfeilen in seinem Kofferraum verstaut und sich in Richtung Straßgangerstraße verabschiedet, schaut ihm der alte Mann böse hinterher. Der Satz »Die Polizei, dein Freund und Helfer« kommt dem Mann an diesem Tag nicht in den Sinn.

84

Bis sich die Ranner in der 13B bis zur richtigen Ansprechperson durchgefragt hat, vergeht ein Weilchen. Am Ziel ihrer Suche angekommen, wird sie von einer netten älteren Dame empfangen, die ihr nach den üblichen Höflichkeitsfloskeln auch gleich eine kurze Schulung gibt. Einen praktischen Crashkurs, was die Revision von Flächenwidmungsplänen anbelangt. Folgendes lernt nun die Ranner:

»Eine Revision der Flächenwidmungspläne kann jede steirische Gemeinde der steirermärkischen Landesregierung alle fünf Jahre vorlegen. Der Entwurf eines solchen Revisionsvorschlages muss zuerst einmal von einer Zweidrittelmehrheit des Gemeinderates abgesegnet werden. Dann wird dieser Entwurf für acht Wochen öffentlich aufgelegt. Da kann dann prinzipiell jeder Betroffene Einsicht nehmen und gegebenenfalls seine Einwände schriftlich vorbringen. Nach Ablauf besagter Frist wird der Entwurf mitsamt dem örtlichen Entwicklungskonzept der Steiermärkischen Landesregierung zur Überprüfung und Genehmigung vorgelegt. Diese prüft dann unter Miteinbeziehung sämtlicher betroffener Fachdienststellen, wie zum Beispiel Wasser oder Verkehr, auf rechtlicher und fachlicher Basis. Überdies sind von der Auflage, also dem Revisionsvorschlag, jene grundbücherlichen Grundeigentümer schriftlich zu verständigen, deren Grundstücke zur Gänze oder teilweise ohne Antrag des Grundeigentümers von Freiland in Bauland gewidmet oder von Bauland in Freiland rückgewidmet werden sollen.«

Da wird es für die Hilde Ranner gleich noch interessanter. Da kommt nämlich der Golser mit seinen Wiesen und Wäldern ins Spiel. Wenn sie das richtig verstanden hat, wird ein Bauer wie der Golser persönlich benachrichtigt, sobald sein Grund und Boden von einer anstehenden Umwidmung betroffen ist. Der wird das aber auch nicht so nebenbei erfahren, quasi im Vorübergehen. »Ach, wie schön, auf meinem brach liegenden Acker darf ich bald ein Haus hinstellen.« So einer wie der Golser wird bestimmt alles daransetzen, dass eine Revision seinen ganz persönlichen Wünschen entspricht. Schließlich liegen preislich Welten zwischen einer ehemaligen Kuhweide und einem gewidmeten Bauland.

Wenn die Ranner solche Umwidmungsänderungen in einer der letzten Revisionen der Golser'schen Heimatgemeinde findet, die auch noch seinen Besitz betreffen, dann werden wohl einige Herrschaften im Gemeinderat ein paar Gratisfrühstückseier bekommen haben. Wegen der Zweidrittelmehrheit.

Die nette Dame führt nun weiter aus: »Nach erfolgter Berücksichtigung in einer Revision ist man aber noch lange nicht am Ziel. Zwar ist für eine endgültige Verabschiedung des neuen Flächenwidmungsplanes dann wieder eine Zweidrittelmehrheit im Gemeinderat erforderlich, aber dazwischen steht auf jeden Fall die Steiermärkische Landesregierung.« Und mit dem verblichenen Dr. Dröster auch die Landesamtsdirektion, ergänzt die Hilde Ranner in Gedanken den Satz.

Dass so ein Mensch wie der Golser vor der endgültigen Absegnung seine Gemeinderäte auch mit gutem Speck versorgt, wird schon den einen oder anderen dazu bewegen, von dort, wo es so gar nichts zum Beißen gibt, zu den anderen hinüberzuwechseln. Und wenn dann nur mehr ein paar wenige Unterschriften zur Zweidrittelmehrheit fehlen, zeigt sich ein Golser sicherlich noch ein wenig großzügiger. So knapp vor dem Ziel schnorrt schließlich keiner herum. Bei der zu erwartenden Gewinnmarge!

Sollte jetzt der Herr Dröster interveniert haben, natürlich rechtlich und fachlich begründet, dann wäre der Alois Golser der letzte Mensch auf Gottes Erden, der das nicht persönlich nehmen würde. So viel hat die Ranner bei ihrem gestrigen Kurzbesuch in der muffigen Stube schon mitbekommen. Der Golser ist definitiv kein Menschenfreund.

Wenn man nun eine konkrete Spur verfolgt und an so einer Ermittlungsgabelung die richtige Abzweigung nehmen will, dann kommt es darauf an, dass eine wie die Hilde Ranner die richtigen Fragen stellt. Aus genau diesem Grund ist die Ranner der freundlichen Dame für diese aufschlussreiche Einführung äußerst dankbar. Da fragt es sich gleich viel gezielter.

Wonach die Ranner jetzt fragt, das sind die Revisionsanträge aus Golsers Gemeinde. Wenn sie die letzten drei Revisionen sehen könnte, dann wäre das wunderbar. Damit wären zumindest die letzten fünfzehn Jahre abgedeckt. Wenn daraus hervorgeht, welches Grundstück wem gehört und welchen Titel das Grundstück vor und nach dem Revisionsentwurf gehabt hat, dann kann die Kripo damit schon etwas anfangen. Da blüht das Motiv möglicherweise auf wie ein Krokus im Frühling.

Die nette Dame lächelt gleich noch eine Spur freundlicher, bittet die Ranner, Platz zu nehmen, und verschwindet für eine gute halbe Stunde. Die Hilde Ranner ist dem ihr unbekannten Magister Hold äußerst dankbar. Sein unterstützendes Rundschreiben hat offensichtlich so einiges bewirkt.

Während die Dame sucht, hat die Hilde Ranner genügend Zeit, um ein wenig nachzudenken. In ihrem Fall »leider«, da sie zu viel geistige Freizeit in diesen Tagen eher belastet. In solchen Arbeitspausen spaziert nämlich gelegentlich der Ruckerlberger Exfreund vorbei. Dass der dabei auch noch so dämlich grinst, treibt die Ranner regelmäßig zur Weißglut. Therapeutisch gesehen, ist das schon ein bedeutender Fortschritt. Wenn die Wut die Trauer überdeckt, wird das Leiden erträglicher. Die Ranner wartet geduldig auf die Rückkehr der zuvorkommenden Dame.

85

Während die Ranner praktisch stationär vor sich hin grübelt, tut der Spazierer das Gleiche, nur eben in Bewegung. Sosehr er sich auf das Kennenlernen der Karin Koller freut, so sehr ärgert ihn die soeben erduldete Amtshandlung. In solchen Situationen kann der Spazierer nur allzu gut verstehen, warum der einfache Bürger auf die uniformierten Wegelagerer nur selten gut zu sprechen ist. Da kommt sich sogar ein Polizeimajor wie ein Schwerverbrecher vor. Vom finanziellen Verlust einmal abgesehen.

Was Regeln und Strafen angeht, so gibt es die richtige Freiheit wohl nicht mehr. Der Spazierer sieht schon ein, dass es für ein geregeltes Miteinander einen Verhaltenskodex geben muss, zu viel davon machen einen aber auch gleich zu einem unmündigen Häuflein Elend. Da fungieren Staat und Legislative, und als langer Arm der Gesetzgebung dann auch noch die Exekutive, als ganz persönliche Sachwalter. Dass man deren Gehälter mit Steuergeldern artig bezahlen muss und die dann ein zweites Mal bei einem vorbeikommen dürfen, um erneut zu kassieren, ist eigentlich ein starkes Stück. Erst wie der Spazierer den Krottendorfer Kreisverkehr überquert, den der Reininger Sepp vor drei Tagen auf seiner Suche nach dem abgängigen Schwammerlsucher in entgegengesetzter Richtung befahren hat, hat er sich ein wenig beruhigt.

Bevor der Spazierer emotional ganz ausgekühlt ist, wird er die Frau Koller getroffen haben, und die wird ihn wieder gehörig aufheizen. Diesmal im positiven Sinn. Über die Frau Koller wird der Spazierer den kauzigen Schnauzbart bald vergessen haben.

86

Während sich der Spazierer westlich, also links von der Habichtflugroute, anschickt, sich in Bälde zu vergnügen, liegt der Indianer in seinem Liegestuhl und blinzelt in die Sonne. Von dem geht an diesem sonnigen Tag weit weniger Gefahr aus als vom oststeirischen »Kelomat«. Für all jene, die des Österreichischen nicht so mächtig sind: Ein Kelomat ist ein Druckkochtopf. Viel Dampf und viel Druck. Kein Problem, solange der Verschluss und die Dichtungen halten, aber wehe, das Ding wird undicht, dann geht es hoch. Noch aber halten beim Cowboy die Dichtungen, und noch ist der Harrer sicher und am Leben. Aber wer weiß, wie lange noch.

87

In Köflach angekommen, kann der Spazierer unschwer erkennen, dass die Karin Koller noch bei ihren Eltern wohnt. Unmittelbar neben dem Siebziger-Jahre-Zweifamilienhausbunker befindet sich nämlich die Kfz-Werkstatt ihres Vaters. Wenn jetzt die Karin Koller, wie der Spazierer kriminalistisch geschult annimmt, das Obergeschoss ausgebaut hat, dann kann es dafür mehrere Gründe geben. Grund eins: Sie ist Single, weil übrig geblieben, und hat eben das Beste aus dieser Situation gemacht. Dann ist sie wahrscheinlich potthässlich. Grund zwei: Sie und ihr Mann haben das Angebot ihrer Eltern angenommen, sich doch im elterlichen Haus niederzulassen. Ist für zwei ältere Menschen ohnehin viel zu groß. Oder Grund Nummer drei: Die Koller war verheiratet, ist jetzt geschieden und aus eben diesem Grund erneut zu ihren Eltern gezogen. Ein Scherdonaschicksal also.

Der Spazierer ist gespannt, ob er mit einer seiner Annahmen richtigliegt. Sein Kopfweh ist zwar noch nicht ganz verschwunden, hat sich aber gnädigerweise in die hintersten Winkel seines Kopfes verzogen. Dort hockt es jetzt wie ein ungezogenes Kind, das noch nicht genau weiß, ob es erneut Ärger machen soll.

Der Spazierer erreicht das Gartentor und trifft dort, nicht ganz überraschend, auf zwei Klingelknöpfe. »Koller junior« die obere, »Koller senior« die untere. Wie originell! Der Herr Kommissar weiß jetzt, dass die Karin Koller immer noch ihren Mädchennamen trägt. Da das obere Namensschild noch viel zu neu aussieht, kann es sich kaum um ein Relikt aus längst vergangenen Zeiten handeln. Das untermauert seine dritte Theorie.

Der Spazierer läutet artig bei »Koller junior«. Das in der Regel penetrante Rauschen der Gegensprechanlage bleibt dem kopfwehgeschädigten Herrn Major, Gott sei es gedankt, erspart, da, wie von Geisterhand bewegt, im gleichen Moment die klobige Eingangstür aufgeht. Dass die Heiligen Drei Könige auch heuer brav vorbeigeschaut haben, registriert der Spazierer beinahe beiläufig. Wegen der Kreidemalerei über der Tür.

Kurz nach Neujahr malt er sich die Jahreszahl immer selbst über den Eingang. Dann glauben die Sternsinger, dass vor ihnen schon ein feindlicher Abzockertrupp dagewesen ist. Auf diese feige Art und Weise verschafft sich der Spazierer seine heilige Ruhe. Gott, wie er es hasst, wenn ihm die drei geschminkten Kindlein inklusive Erwachsenenbegleitung in seinem sauberen Vorzimmer schräge Liedchen vorträllern.

Im Gegensatz zur Inschrift nimmt er die Karin Koller mit Freude und nicht nur beiläufig wahr. Das ist eine Frau, bei der er sofort weiß, dass er sie gern wiedertreffen würde. Dass es sich nicht um die Karin handeln könnte, sondern vielleicht um ihre Schwester oder gar eine Freundin, kommt ihm gar nicht erst in den Sinn. Muss es auch nicht. Es ist schon die Karin, die ihm da die Tür öffnet.

Da ihr Vater wegen eines eitrigen Daumens und dem dringend notwendigen Krankenhausbesuch in Voitsberg die Werkstatt vorübergehend hat zumachen müssen, glaubt die Karin, dass da vor ihrer Gartentür ein enttäuschter Alfafahrer steht. Mit den

Italienern hast du ohnehin immer nur Probleme. Dabei meint sie natürlich den Wagen und nicht den Fahrer.

»Der Vater ist leider nicht da, und die Werkstatt ist heute leider geschlossen«, lässt die Koller den Spazierer wissen. »Wenn es sich nur um eine Kleinigkeit handelt, dann kann ich mir das Problemchen auch gerne selbst einmal anschauen.« Das Wort »Kleinigkeit« kommt dem Spazierer in diesem Augenblick nicht in den Sinn, da hier etwas eindeutig Großes passiert. Obwohl Spätsommer, könnte man fast von einem emotionalen Frühling reden. Wie dann die Karin Koller mit dem Hüftschwung einer ÖSV-Slalomläuferin auf ihn zukommt, ist es endgültig um ihn geschehen. So schnell, wie der ausgeschüttete Hormoncocktail das Kopfweh vernichtet, wirkt nicht einmal eine Überdosis Kopfwehpulver.

Auf ihrem kurzen Weg zum Gartentor wird auch die Karin auf einmal kribbelig. Der Typ hat was. Zwar stört die Koller die Sonnenbrille, die der Spazierer kopfwehbedingt noch immer aufhat, doch wird sie seine blauen Augen ohnehin gleich zu sehen bekommen, da der Herr Kommissar, wie aufs Stichwort, die Sonnenbrille höflich abnimmt.

Liebestechnisch betrachtet ist diese Spätsommerwoche eine Achterbahn der Gefühle. Keine für kleine Kinder, sondern so eine richtig große, wie sie in den besseren Vergnügungsparks aufgestellt ist. Mit Looping, mit Rolle und dem ganzen Brimborium.

Schmerzhaft für die Ranner wegen der Trennung vom Schnurlibärli. Die kann man mit einer ziemlich scharfen Linkskurve vergleichen. Schmerzhaft für die Frau Dröster, weil ihr geliebter Mann nicht mehr ist. Eindeutig eine halsbrecherisch steile Talfahrt. Dauerhaft schmerzhaft für den zutiefst vom Leben enttäuschten Scherdona. Eine ganz scharfe Rechtskurve. Relativ flach und unspektakulär für die Hannelore. Die hat ihren Mann auch nicht wirklich geliebt. Und eine Dreifachrolle für die Karin und den Spazierer. Da versucht das Positive, das Negative auszugleichen. Gläubige Menschen könnten das durchaus als eine Wiedergutmachung ihres Oberchefs deuten. Bei all dem privaten Elend, was der in den letzten Tagen auf der Erde zugelassen hat, war das wohl das Mindeste. Wenn man an einer Stelle etwas wegnimmt, muss man schließlich an anderer Stelle etwas hinzufügen. Auch für den Herrgott gilt der Massenerhaltungssatz.

Der Spazierer schaut der Karin Koller tief in ihre braunen Augen, ehe die sich in seinen blauen verliert. Erst wissen die zwei erwachsenen Menschen gar nicht, was sie sagen sollen. Aber die Karin hat, was Achtung und Respekt angeht, beim Spazierer natürlich einen gewaltigen Vorsprung. Mit ihrer Beschreibung der beiden Autos hat sie bei ihm ja schon am Telefon gewaltig Eindruck schinden können. Dass dem jetzt zum zweiten Mal der Mund offen steht, ist daher kein Wunder. Gut, dass beim Spazierer der Zahnarzt immer gründlich gearbeitet hat. Fachlich ist die Karin Koller eine Wucht, optisch ist sie das ebenfalls.

Der Karin wiederum gefällt der Kleidungsstil dieses ihr noch Unbekannten. Die Zeiten, wo dem Spazierer seine Mutti die Wäsche für den nächsten Tag herausgelegt hat, sind ja schon lange vorbei. An diesem Tag trägt der Spazierer ein dunkelblaues Sakko mit Messingknöpfen, ein hellblau kariertes Hemd, wobei er die obersten zwei Knöpfe fast immer offen lässt, eine ausgewaschene Jeans mit braunem Ledergürtel und großer Gürtelschnalle und dazu passend braune Lederschuhe. Keine immens teuren, aber zum Outfit passend. Zu Schuhen hat der Spazierer kein wirklich enges Verhältnis. So verträumt, wie der Spazierer die Karin anschaut, schaut kein verärgerter Alfafahrer mit Getriebeschaden. So schaut nicht einmal einer, dem gerade die Wischwaschflüssigkeit ausgegangen ist. Jetzt ist so eine lange schweigsame Pause oftmals eine ganz peinliche Situation. Für die beiden gilt das ausnahmsweise nicht. Ganz im Gegenteil. Dieser kleine Moment der Stille passt. Quasi ein kurzes Anhalten der Zeit. Gerade lange genug, um einem besonderen Augenblick jene Bedeutung zu verleihen, die diesem auch zusteht. Weil so besonders, denkt der Spazierer an die Ranner. Schade, dass die mit ihrem Ruckerlberger wohl keinen annähernd vergleichbaren Augenblick gehabt hat.

Mit einem »Frau Koller?« bringt der Spazierer sein erstes gesprochenes Statement zur Welt. Da lacht die Karin zum ersten Mal. Dunkelblauer Alfa, Grazer Kennzeichen. »Der Herr Kommissar«, stellt die Karin lächelnd fest. Dabei ist der Karin Koller anscheinend die Krimiserie »Kommissar Rex« in den Sinn gekommen. Dort hat die Kripo den armen Schäferhund ja auch im sportlichen Italiener herumkutschiert.

Dass sie den Herrn Spazierer nicht draußen auf der Straße stehen lassen will, schreibt die Karin ihren Hormonen zu und dem drängenden Bedürfnis, den Mann näher kennenzulernen. Der Spazierer sieht in dieser Höflichkeitsgeste eher das Ergebnis einer guten Erziehung. Ist im Grunde genommen aber beides richtig. Dass die Karin darum bittet, vorgehen zu dürfen, gibt dem Spazierer nun die einmalige Chance zu einer umfassenden Rundumbesichtigung. Wunderbarer Hintern, tolles Fahrgestell und schon wieder dieser wahnsinnige Hüftschwung. Ein triftiger Grund, dass seine Hände vor lauter nervös anfangen zu schwitzen. Für ihn äußerst ungewöhnlich, wohl aber ein untrüglich gutes Zeichen.

Kaum dass der Spazierer bei der Karin im geschmackvoll ausgebauten ersten Stock sitzt und sich neugierig umschaut, befällt ihn ein Gefühl, wie es wohl Reisende haben, die nach einer langen und beschwerlichen Reise endlich angekommen sind. Die sitzen dann auch frisch geduscht und erleichtert im Hotelzimmer. In ein paar gemieteten, aber privaten Quadratmetern am anderen Ende der Welt. Müde und ausgelaugt, gleichzeitig aber froh und glücklich, endlich am Ziel zu sein. So ähnlich fühlt sich nun der Spazierer.

Verschreien will er aber nichts. Für einen Kommissar, der sich tagein, tagaus mit Fakten und Beweisen auseinandersetzen muss, sind Indizien ja nicht gerade das, wonach er wirklich sucht. Aus diesem Grund wird ein Kommissar bei einer zaghaft aufkeimenden Liebe ein wenig unruhig. Wegen der vielen Indizien und dem Mangel an stichhaltigen Beweisen. Ein Blick, ein Wort, eine Geste. Alles Hinweise, aber nichts Konkretes. Und noch dazu diese sonderbaren Gefühle. Sind ja auch eher etwas Subjektives. Ganz persönlich und nicht offiziell bestätigt. Wenn es dann für all das, was das Gegenüber so aussendet, auch noch zig Interpretationsmöglichkeiten gibt, dann steht so ein Kommissar wieder an einer Ermittlungsgabelung. Diesmal gibt es aber mehr als nur einen Weg, und diesmal wartet er vergeblich auf den Draxler. Da muss er die richtige Abzweigung schon alleine finden.

Wie ihm dann die Karin eine Flasche Bier und ein Glas hinstellt, trinkt der Spazierer erst einmal einen großen Schluck. Sein Mund ist so trocken wie ein Wüstenwadi im Hochsommer. Wohl, weil sich diverse Körperflüssigkeiten gerade anderswo herumtreiben. Ein beträchtlicher Teil seines Blutes hängt nämlich relativ weit unten herum. Da kann er froh sein, dass er sitzen darf und ihm die Karin Koller nicht in den Schritt schauen kann. Vielleicht hätte sie der Anblick sogar gefreut. Wen freut es nicht, wenn man beim anderen was zum Klingen bringt. Trotzdem hat beim ersten Kennenlernen das Sexuelle noch Sendepause. Außerdem ist der Spazierer im Dienst.

Der Draxler hätte das mit einem Lächeln auf den Lippen zwar anders gesehen, aber der Draxler soll sich um seinen eigenen Kram kümmern. Der Draxler und seine Irmi. Die hat der Spazierer schon immer beneidet. Nicht, weil die gemeinsam friedlich durchs Leben gegangen sind, bei denen hat es öfter gedonnert als in diesem sturmreichen steirischen Sommer, sondern weil die immer zueinandergestanden sind. Haben miteinander gerauft und sind sich am Ende doch immer wieder in die Arme gefallen. Nach jedem Streit sind die zwei noch enger zusammengewachsen. Das hat jeder gemerkt, und das hat dem Spazierer immer imponiert. Klar, dass auch er genau so eine Partnerschaft wollte. Würde sich der Spazierer selbst die Frage stellen, warum er es in so vielen Jahren zu keiner ernsthaften Beziehung gebracht hat, würde er ohne lange nachzudenken den Draxler und seine Irmi als den wahren Grund nennen. Die haben ihm seine persönliche Latte recht hoch gelegt. Der Spazierer ist zwar kein verblendeter Romantiker, aber so eine oberflächliche Beziehung, wie sie die Ranner mit dem Ruckerlberger gehabt hat, will er mit Sicherheit nicht. Ist schon traurig, wenn ein Mensch wie der Schnurlibärli laufend überprüft, ob ihm die Freundin denn noch etwas bringt. Eine revolvierende Kostennutzenrechnung quasi. Sobald bei so einem Menschen die Bilanz ins Minus rutscht, wird die Beziehung automatisch beim AMS zur Kündigung angemeldet.

Ehe sich die Karin zum Spazierer setzt, holt sie sich aus der Küche ein Glas Weißwein. So oft wie die hin und her geht, muss der Spazierer annehmen, dass sie das mit voller Absicht tut. Sie reizt ihn, dass es eine helle Freude ist. Wenn jetzt ein Säbelzahntiger bei der Tür hereinspazierte, würde es den Spazierer nicht einmal sonderlich wundern. So sehr wie der sich gerade als primitiver Höhlenmann fühlt. Gerade wie sich die Karin endlich zum Spazierer setzt, kommt in Graz die Dame der Fachabteilung aus den dunklen Archiven zurück.

88

Die Ranner bekommt mit einem Mal einen derartigen Stoß an Unterlagen vorgesetzt, dass ihr ganz schwindlig wird. Einen ehrlichen Schnaufer kann die Hilde genauso wenig unterdrücken wie die nette Dame ein fragendes Stirnrunzeln. Wenn das der jungen Dame schon zu viel ist, dann soll sie beim nächsten Mal mit hinunter in die Katakomben kommen. Da produziert die Papierfabrik Sappi in Gratkorn in einem Jahr weniger Papier, als sich Akten und Ordner in den Verliesen der Fachabteilung 13B stapeln.

Die Ranner schaut zuerst auf die Uhr, dann der Dame ins Gesicht, schließlich schnauft sie ein zweites Mal und macht sich an die Arbeit. Dass sie wahrscheinlich mehrere Tage in der Landhausgasse verbringen wird, ist der Ranner klar. Freizeittechnisch ist das leider kein großes Problem.

89

Während die Ranner nach der Stecknadel im Heuhaufen sucht, macht der Draxler vorgezogenen Feierabend. Der Bogen und die Pfeile vom Scherdona liegen bereits im Labor. Darum kümmert sich jetzt die Spurensicherung. Noch immer ist der Draxler der felsenfesten Überzeugung, dass auch der Mord am Rau geklärt sein wird, sobald der Indianer geschnappt ist.

Jetzt wird sich der Draxler aber um den Rasen der Frau Dröster kümmern. Wenn der in dem perfekten Grün ein Kleeblatt oder eine Hirsepflanze finden sollte, wäre das ein Wunder. Ein wenig Angst hat der Draxler aber schon. Ob er Drösters privates Lebenswerk wird ähnlich gut pflegen können, bezweifelt er. Mit einem Seufzer, der dem der Ranner in nichts nachsteht, macht sich der Draxler auf den Weg hinaus nach Hitzendorf.

Dass er die gesperrte Steinbergstraße mittlerweile wieder völlig verdrängt hat und diesmal gegen seine eigenen Regeln und illegal die Einödstraße nehmen wird, freut ganz besonders den uniformierten Schnauzbärtigen, der noch immer geduldig am oberen Ende der Einödstraße lauert. Zwei Schnösel von der Mordkommission innerhalb einer Stunde abzustrafen, bringt ihm nicht nur stolze einhundert Euro ein, sondern auch die süße, wenn auch späte Rache eines Zurückgewiesenen. Jetzt muss man natürlich wissen, dass der uniformierte Kollege sich vor gar nicht allzu langer Zeit bei der Kripo beworben hat, aber genauso schnell abgelehnt wurde, wie der Roger Federer braucht, um den Aufschlag vom Nadal zu retournieren. Dem Bärtigen ist es schwergefallen, das Ganze nicht persönlich zu nehmen. Dass dieser Freitag den Uniformierten für vieles entschädigt, teilt er dem Draxler jedoch nicht mit. Was er dem Draxler aber schon mit einem breiten Grinsen unter die Nase reibt, ist die Tatsache, dass ein Kollege kurz zuvor ebenfalls gezahlt hat. Was ihn irritiert, ist, dass sein Gegenüber nun ebenfalls lächelt. Der Draxler hat eins und eins zusammengezählt. Der Spazierer ist also auf dem Weg hinaus zur Koller Karin. Dieser Schwerenöter. Dass den die Koller schwer beeindruckt hat, hat der Draxler den schwärmerischen Berichten seines Kollegen bereits entnommen. In Gedanken wünscht er ihm recht viel Glück. Das hat der sich auch redlich verdient. Zweiundvierzig Jahre und keine Frau in Sicht!

90

Während die Ranner ihren Kopf in den unzähligen Ordnern vergräbt, schaut der Scherdona, drei Büros weiter, aus dem behördlichen Fenster. Für ihn ist der tiefblaue Spätsommerhimmel noch immer schiefergrau. Würde einer den Scherdona fragen, was eigentlich Farben sind, er wüsste es nicht mehr. So sehr hat ihn seine Scheidung vergrämt, und so sehr erscheint ihm die Welt wie eine Kombination diverser Grautöne. Männer wie der Draxler oder der Spazierer sind Typen, die auch in extremen Lebenssituationen nur selten Hilfe von außen annehmen. Ist wahrscheinlich auch nicht immer das Gescheiteste, aber die bekommen das irgendwie geregelt. Sensible Männer wie der Scherdona brauchen definitiv Hilfe. Das spontane Ausweinen im Beisein vom Oberst Draxler war dafür ein untrügliches Indiz. Trotzdem hat der Scherdona den Weg in die Arme einer Selbsthilfegruppe noch nicht gesucht. Auch den Ernst der Lage kann er noch gar nicht richtig erfassen. Er steht unter Mordverdacht! Wenn einer so vielschichtige Probleme hat, dass er nicht einmal mehr weiß, welches er zuerst angehen soll, dann ist die Gefahr schon recht groß, dass sich so einer zurücklehnt und rein gar nichts mehr tut. Starr wie das viel bemühte Kaninchen vor der Schlange. Genau das ist der Scherdona jetzt. Ein Kaninchen, das wie paralysiert aus dem Fenster und einem schrecklich einsamen Wochenende entgegenblickt.

91

Hätte der Indianer gewusst, mit was für privaten Sachen sich die Kripo derzeit herumschlägt, er wäre gleich nach Graz hinein und in die Herrengasse gefahren und hätte dort sein Bogenschusstraining am lebenden Objekt vollzogen. Für ihn völlig ungefährlich. Dem Cowboy wäre es egal gewesen. Wegen dem steigenden Druck, dem Tierausstopfer Harrer und dem Fleischermeister. Der Cowboy hat nämlich eine lange, lange Liste.

Der Draxler mäht, der Spazierer flirtet, und der Reininger googelt in seiner Dienststelle in Voitsberg nach kostengünstigen Schwimmbädern, weil seine Frau ihm nämlich ein Ultimatum gestellt hat. Nur die arme Ranner sucht einsam und allein nach

Beweisen. Und der Harrer bastelt. Noch. Da kommt sich ein Mörder so gar nicht wie das Wild vor, dem die blutgierige Meute auf der Fährte ist.

Egal, was ein Mörder, ob Indianer oder Cowboy, so denkt, aber die Ranner gehört an dieser Stelle auf jeden Fall einmal belobigt. Schwerer Schlag vom Ruckerlberger, ganz tief unter die Gürtellinie, und trotzdem ein so braves Studium so vieler und so schwerer Ordner. Dass die Hilde Ranner in ihrer privaten Situation, nur um sich irgendwie abzulenken, jede noch so triviale Tätigkeit angenommen hätte, schmälert ihre heutige Einsatzbereitschaft in keiner Weise. Wenn die Hilde Ranner Mist baut, bekommt sie die Rechnung ja auch immer gleich express präsentiert.

Trotz der mehrheitlich trivialen Tätigkeiten diverser männlicher Ermittler sollten sich die Mordbuben nicht allzu sehr in Sicherheit wiegen. Wer sagt denn, dass ein Draxler, der hinter dem brummenden Rasenmäher hergeht, nur an Gräser, Blümchen und Bäume denkt? Für den ist das Mähen eher eine Meditationsübung als eine mühsame Arbeit. Das regelmäßige Hin und Her transferiert den Draxler automatisch in einen Geisteszustand, wo ihm Zusammenhänge und gedankliche Knöpfe auf einmal aufgehen wie Schuhbänder beim Joggen. Da muss sich ein Mörder weniger Sorgen machen, wenn der Draxler hinter seinem Computer sitzt, als wenn er dem Rasenmäher hinterherspaziert. Hin das Gras lang, her das Gras kurz. Und so scharf wie die Messer des Mähers sind da oftmals seine Schlussfolgerungen.

So ein Mörder sollte auch nicht davon ausgehen, dass ein Spazierer, der auf Wolke sieben schwebt, nur für die Karin Koller Augen und Ohren hat. Aufgrund der Flughöhe sieht so einer doch gleich viel mehr. Von oben ein schneller Blick in diverse Hinterhöfe, wo vielleicht noch das eine oder andere Mordwerkzeug herumliegt …

Und wenn der Reininger bei seinen Recherchen erfährt, dass ein Schwimmbad so unverschämt teuer ist, dass er noch mehr Überstunden machen muss, als er das ohnehin schon tut, dann ist die Gefahr für den Mörder, erwischt zu werden, auch nicht unbedingt geringer. Der Reininger und sein Octavia können beim

Sammeln von Überstunden draußen auf Streife einen Mörder auch ganz schön nerven.

92

Ist für den Scherdona der Himmel schiefergrau, so ist er für die Karin und den Spazierer so etwas von blitzblau, dass es schon fast kitschig ist. Trotzdem denkt keiner von den beiden nur im Traum daran, aus dem Fenster zu starren. Ganz im Gegenteil. Die Karin nippt an ihrem Wein und schaut den Spazierer dabei ununterbrochen an. Obwohl sie in ihren eigenen vier Wänden sitzt, wo sie doch jedes Eck und jeden Winkel kennt und wo nichts Unerwartetes lauert, war sie schon lange nicht mehr so nervös. Gut, dass der Herr Kommissar von sich aus über den Mord und ihre anscheinend hilfreichen Informationen plaudert. Natürlich ist der Spazierer Profi genug, um nicht gleich alles zu erzählen, obwohl Dienstgeheimnisse bei der Frau Koller mit Sicherheit gut aufgehoben wären. Ist ja noch alles im Fluss. Das mit dem Dr. Dröster, das mit dem tödlichen Pfeil, das mit dem Scherdona, dem Golser und dem mühsamen Weg hin zum Mörder. Alles im Fluss. Schnell wird der Karin klar, dass der Spazierer wohl kaum bei ihr aufgetaucht ist, um nach weiteren Hinweisen zu suchen.

Jetzt weiß ein jeder, dass Männer und Frauen Schwingungen auf unterschiedliche Art und Weise wahrnehmen. Der Spazierer, der ein mittelschweres Erdbeben mit mindestens dreihundert Todesopfern noch als kleinen Rumpler abtun würde, hat null Gespür für solche Wellen. Ihm gegenüber die feinfühlige Karin Koller, die genau weiß, dass sie ihn beeindruckt hat. Dass der Herr Major ihre Beobachtungsgabe bewundert, kann die Karin ja vielleicht noch verstehen, obwohl das aus Sicht einer Kfz-Meisterstochter nun auch wieder nichts Außergewöhnliches ist, was aber ihre eigene Person angeht, fehlt ihr derzeit das notwendige Selbstvertrauen. So umwerfend findet sie sich nicht. Aber dieses Urteil sollte sie lieber dem Spazierer überlassen.

Der weiß natürlich, dass es nur selten eine Frau gibt, die mit sich selbst so rundum zufrieden ist, dass sie quietschfidel in der Gegend herumläuft. Weil sie sich so schön, so umwerfend und so absolut begehrenswert findet. Die wenigen, die sich so sehen, haben meistens ohnehin einen an der Waffel. Bei so einer kann man gleich ein psychologisches Gutachten anfordern. Weil so untypisch für eine Frau und von der Geisteshaltung her eher typisch Mann.

Die Blicke, die die Karin dem Spazierer trotz mangelnden Selbstbewusstseins zuwirft, sind allerdings nichts für schwache Nerven. Diese Eindeutigkeit kann sogar einen gefechtserprobten Kripomann in Verlegenheit bringen. Und da ist sie schon wieder. Diese schicksalsschwangere Stille. Genauso wenig unangenehm wie unten am Gartentor, aber, weil im privaten Reich der Karin, vielleicht noch um ein Quäntchen pikanter.

Obwohl man den Spazierer liebestechnisch durchaus mit der alten Dampflok des Stainzer Flascherlzuges vergleichen könnte, verrostet und in die Jahre gekommen, kennt er noch die Grundprinzipien eines zarten Flirts. Das ist wie im Guerillakampf. Zuschlagen und verschwinden, zuschlagen und verschwinden. So bleibt man interessant. Sein erster Besuch bei der Karin, mit einer zugegeben etwas fadenscheinigen Begründung, ist quasi der erste Schlag. Ein Blick auf die Uhr, ein hörbarer Seufzer und die anschließende Ausrede, dass die Arbeit ruft, der erste Rückzug. Vielleicht ein wenig zu auffällig, aber das passt schon.

Die Karin hat schon verstanden. Wie aus der Homöopathie bekannt, sind Mittel oft zart dosiert am wirksamsten. Gleich zu Beginn die volle Dröhnung wäre der falsche Weg. Wird nämlich ein anfänglich so lautes Brummen dann ein wenig leiser, kommt schon bald die Enttäuschung. Weil es nicht hat anwachsen können, weil es zu schön gewesen wäre, um wirklich wahr zu sein. Baut sich so ein Gefühl aber langsam auf, dann wird es vielleicht so stabil wie eine robuste und widerstandsfähige Eiche, nicht so filigran wie eine schnell in die Höhe schießende Fichte, die beim ersten heftigen Sturm die Wurzeln in den Himmel streckt. In einen Himmel, der dann so mausgrau erscheint wie jener des Herrn Scherdona.

Der Spazierer bricht also auf. Dass er aber noch unbedingt

etwas sagen will, bevor er in seinen Alfa steigt, überrascht die Karin nicht. Sie hat es erwartet, und sie hat es erhofft. So wie der Spazierer sie die ganze Zeit angeschaut hat! Dass er sie fragt, ob sie mit ihm nicht einmal auf einen Kaffee gehen will, wenn sie wieder einmal in Graz ist, mag für einen Nichtösterreicher unspektakulär klingen, ist in Österreich aber gute alte Kennenlerntradition.

Da hupft man mit seiner neuen Flamme bei erstbester Gelegenheit weder ins Bett noch trifft man sich auf ein Abendessen bei Kerzenlicht im Mondenschein. Das wäre nämlich ein unverzeihlicher Verstoß gegen das österreichische Protokoll. Soll ja auch Sinn gehabt haben, dass die Türken in längst vergangener Zeit Graz und Wien belagert haben. Vor lauter Herumsitzen und auf die Festungsmauern starren ist es den EU-Aspiranten dann so fad geworden, dass sie von dort wieder abgezogen sind. In Richtung Süden, wo es wärmer ist. Dass sie netterweise ein paar volle Kaffeesäcke dagelassen haben, danken ihnen Millionen von Österreichern seit jener Zeit immer wieder.

Auf einen Kaffee gehen heißt, sich auf ein Abendessen vorzubereiten. Sich zum Abendessen treffen heißt, sich auf das nächste gemeinsame Essen zu freuen. Nach drei Rendezvous ist das mit dem Küssen, dem Zusammenkuscheln und dem Sexuellen dann schon legitim. Braucht einer vier oder gleich fünf Anläufe, dann wird es eher peinlich.

Jetzt ist die Karin gar nicht so oft in Graz, wie das ein Stadtmensch glauben würde. Aber wäre sie eine jener Einkaufstussis, die jeden Samstag durch diverse Geschäfte ziehen, dann wäre sie für den Spazierer wahrscheinlich ohnehin die Falsche. Die Karin wird ihrem Vater in den nächsten Tagen wohl ein paar Wege abnehmen müssen. Ein runderneuerter Starter wäre abzuholen. Montag sei sie also rein zufällig wieder in Graz, sagt sie. Montag! Mein Gott, Montag! Weiß doch ein jeder, dass der Montag für den Spazierer fußballtechnisch ein Fixtermin ist. Da muss die Karin schon ein wenig aufpassen.

Umso erstaunlicher ist es, dass der Spazierer ohne Zögern »Ja!« sagt. Laut, deutlich und wie aus der Pistole geschossen. Spätestens jetzt wüsste der Draxler, dass es dem Spazierer sehr ernst ist.

Die Karin schlägt achtzehn Uhr vor. Der Spazierer das Operncafé. Mit einem glücklichen Lächeln steigt der Spazierer in seinen Alfa. Den Wagen braucht er jetzt ganz dringend. Speziell die kühlende Klimaanlage. Die permanenten Hitzewallungen gehören schließlich bekämpft.

Ehe die Karin zum Haus zurückgeht, schenkt sie dem Spazierer ein Abschlusslächeln, das Eiswürfel geschmolzen hätte. Das leiser werdende Brummen des Dienstalfa im Ohr, dreht die Karin sich nochmals um und blickt dem Kommissar nach. Nie hätte sie sich träumen lassen, dass der Richtige einfach bei ihr zu Hause anläutet. Was haben ihre Freundinnen immer gesagt? »Wenn du nur immer daheim herumhockst, wirst du nie den Mann fürs Leben finden.« Sie hat ihnen da nie widersprochen. Warum auch. Bis heute vierzehn Uhr haben sie damit auch recht gehabt. An Vorsehung glaubt die Karin aber nicht. Bei dem vielen Pech, das sie bisher mit den Männern gehabt hat, aber zumindest an ausgleichende Gerechtigkeit. Jetzt ist die Karin Koller wie gesagt kein Modepüppchen im herkömmlichen Sinn, dass sie aber heute noch stundenlang vor ihrem Kleiderkasten stehen wird, inklusive anschließender Modenschau, ist logisch.

93

Würde einer den Tieraushöhler Harrer fragen, wann er denn zum letzten Mal so etwas wie Liebe empfunden hat, dann würde der gar nicht lange nachdenken. Gestern erst. Liebe für den Hirsch, den er in einem eleganten Sprung verewigt hat, oder für den Fuchs oder gar den Marder in lauernder Stellung. Bei einem ausgestopften Hirschen klingt Liebe vielleicht etwas überzogen, da der Harrer aber schon seit geraumer Zeit kein annähernd ähnliches Gefühl mehr empfunden hat, kommt diese Art der Zuneigung dem Begriff »Liebe« wohl am nächsten. Frau Harrer wäre ihm wohl kaum in den Sinn gekommen. Dann noch eher die putzige Zwergspitzmaus. Seine nächste Arbeit. Trotz der mangelnden Zuneigung diverser örtlicher Ehepaare sollte man daraus nicht den falschen Schluss ziehen. Da ist nichts Ungesundes im Hartberger Leitungswasser. Es handelt sich nur um eine Anhäufung bedauerlicher Zufälle.

94

So gut wie es der Karin und dem Spazierer geht, geht es dem Bimfahrer König beileibe nicht. Zu frisch sind die schrecklichen Eindrücke. Das kann man aber auch verstehen. Was sieht denn ein Bimfahrer während seines gesamten Berufslebens? Drinnen in der Stadt überfüllte Haltestellen mit nur allzu lebendigen Menschen, die auf ihn warten und die er befördern muss. Die haben alle etwas vor, die denken nicht an den Tod. Ausgenommen jene wenigen, die auf den König gewartet haben, damit er sie mit dem 7er zum Landeskrankenhaus bringt. Die haben dort einen lieben Menschen besucht, für den die Lebenszeit langsam zu Ende ging. In den fernen Randbezirken waren es zwar nicht ganz so viele Menschen, dafür hat sich der König dort an den schönen Alleen und den gepflegten Vorgärten erfreuen können. Dass der König bei seiner Fahrweise auch hie und da Blut hat sehen müssen, weil er beispielsweise wieder einmal ein Auto verräumt hat, weiß man ja. Das war aber mit dem Anblick des toten Herrn Dröster kaum zu vergleichen. Außerdem war der König, mit all den Fahrgästen im Rücken, nie allein. Oben am Reinischkogel war das ganz etwas anderes.

Besonders schwer tut sich der König beim Einschlafen. Da wünscht ihm nach dem Lichtausmachen zwar jedes Mal seine Frau eine gute Nacht, die ist aber die Vorletzte, die das tut. Der Letzte ist immer der Dröster. Der sagt aber nichts, sondern starrt ihn nur aus leeren Augenhöhlen an.

Bei einem derartig gruseligen Sandmännchen fällt es dem König schwer, sich abzulenken. Nur mit einem kleinen Zickerl in der Krone kann er sein derzeitiges Dasein ertragen. Jetzt ist der König sein Leben lang ein Abstinenzler gewesen, wie er im Buche steht. Aus diesem Grund hat sein schon schwer in die Jahre gekommener Körper gegen das Gift Alkohol keinerlei Abwehrmechanismen entwickeln können. Der König ist dem Schnaps daher genauso schutzlos ausgeliefert wie eine knackige Jungfrau einer Rekrutenhorde auf Ausgang. Sind die allzu lebendigen Bilder von dem Toten für den König an sich schon ein Drama, treibt ihm der Gedanke an einen dunklen Wald zusätzlich Schweißperlen auf die Stirn. Ein wahrer Alptraum, wenn man bedenkt, dass das Wandern schließlich eines seiner Lieblingshobbys gewesen ist. Eigentlich sein einziges. Mit jedem Tag geht es dem König schlechter. Das geht sogar so weit, dass er seiner Frau die Anwendung des Tannenduftsprays im Klo hat verbieten müssen. Wenn auch das Gemisch nicht immer so eindeutig nach Wald riecht, beschert ihm doch der künstliche Duft regelmäßig einen Schüttelfrost. Wenn das so weitergeht, wird sich der König wohl um Hilfe umschauen müssen. Der packt das sonst auf Dauer nicht.

95

Die Ranner findet so kurz vor dem Wochenende dann doch noch einen vielversprechenden Hinweis. Eigentlich gleich mehrere. Der Golser hat in den letzten Jahren offenbar laufend versucht, für eine der Wiesen hinter dem Haupthaus eine Umwidmung zu erwirken. Und die Gemeinderäte mit Briefen und Eingaben förmlich bombardiert. Der wollte auf seinem Wiesenhang zusätzlich zum bestehenden Gästehaus partout eine kleine Feriensiedlung errichten. Nichts übertrieben Nobles, wäre bei dem permanenten Schweinegeruch auch schwierig gewesen, aber auch nicht so klein und bescheiden, dass man es als Nichtigkeit hätte abtun können. Für eine angemessene Zufahrt hätte zusätzlich ein gutes Stück des angrenzenden Waldes daran glauben müssen. Und da waren sie wieder, die zwei magischen Begriffe: »Wald« und der allgegenwärtige Name »Dröster«. Wenn die Hilde Ranner die Unterlagen richtig deutet, dann sind zwar fast alle Anträge, die die Gemeinde über die Jahre eingebracht hat, mit einem positiven

Bescheid der Landesregierung genehmigt worden, einzig und allein dem Wunsch des Herrn Golser wurde in keinem einzigen Verfahren entsprochen. So eine Umwidmungsverweigerung ist schon ein ganz brauchbares Mordmotiv. Beim Stöbern kommt der Ranner auch noch ein bitterböser Brief des Bauern Golser unter, dem auch eine Kopie des Antwortschreibens beigelegt ist. Und wieder kommt der Ranner ein lauter Seufzer aus. Diesmal aus freudiger Erleichterung. Offenbar hat sich der Landesamtsdirektor Dröster an dieser Stelle ganz persönlich zu Wort gemeldet. Förmlich und fachlich fundiert, aber doch mit einem klaren Statement in Richtung Umweltschutz. Jetzt ist es also eindeutig. Der Alois Golser hat den Dr. Dröster definitiv gekannt. Und mehr als das. Für den Golser muss der Dröster der personifizierte Feind seines eigenen Geldes gewesen sein. Volltreffer! Obwohl schon später Freitagnachmittag, hilft die nette Dame der Ranner beim Kopieren.

Die Ranner hat jetzt ein mögliches Mordmotiv. Und das Schwarz auf Weiß. Jetzt hätte es natürlich weitaus mehr Sinn gemacht, wenn einer dem aktiven Dröster über den Jordan geholfen hätte, um einem möglicherweise gemäßigteren Nachfolger den Weg zu ebnen, als den pensionierten Dröster im wenig einflussreichen Ruhestand zu eliminieren. Effekt praktisch null. So wie die Ranner den Golser aber kennengelernt hat, ist der nachtragender als ein Hotelpage. Wenn also Rache im Spiel gewesen ist, wäre es vom Golser gar nicht so unklug gewesen, ein Weilchen zuzuwarten. Dann ergeben eins und eins nämlich nicht automatisch zwei.

Kaum dass die Ranner die Kopien in ihrer Tasche verstaut hat, ruft sie den Draxler an. Der hebt natürlich nicht ab, da der Rasenmäher lauter brummt, als sein Handy läutet. Ihr nächster Versuch, diesmal beim Spazierer, klingelt auch ein paar Sekunden länger als üblich. Der ist noch ganz in Gedanken in die Koller Karin versunken. Zwar dauert es ein Weilchen, ehe der Spazierer die Bedeutung der Ranner'schen Entdeckung in ihrer Gesamtheit erfassen kann, dann aber rumpelt es gewaltig.

Nebst lautem »Aha!« kommt dem Spazierer auch ein großes Kompliment aus. Nicht nur wegen seines andauernden Hochgefühls, sondern ehrlich gemeint und ganz objektiv. Dass der Spazierer die Karin Koller von seiner Kollegenwunschliste streichen muss, mit der Karin hat er ja jetzt etwas ganz anderes vor, stört ihn nicht weiter. Offenbar hat das Fräulein Ranner doch Potenzial. Wenn die so weitermacht, dann wird aus ihr noch einmal eine ganz passable Polizistin. Erstmals macht sich die Trennung vom Ruckerlberger so richtig bezahlt.

Da der Golser mit seinem unbeweglichen Besitz an die Weststeiermark gebunden ist, stuft der Spazierer eine mögliche Fluchtgefahr als niedrig ein. Wo soll der denn auch hin, der Golser. Da der Spazierer nebst Ranner und Draxler am Wochenende dienstfrei hat, wird ein zweites Verhör wohl noch bis Montag warten können. Außerdem ist der Spazierer bei seinen Eltern zum Grillen eingeladen. Montag also. Wenn es geht, ganz in der Früh.

Zwar könnte man dem Spazierer auf den ersten Blick eine etwas legere Berufsauffassung nachsagen, trotzdem ist er erfahren genug, um ganz genau zu wissen, wann es wirklich pressiert. Der Ranner wünscht er jedenfalls noch ein recht schönes Wochenende. Ihr erstes in unfreiwilliger Freiheit.

96

Wie dann die ersten zaghaften Strahlen der Montagssonne zum Fenster hereinschauen, setzt sich der Draxler mit dem Polizeiposten in Deutschlandsberg in Verbindung. Die Kripo würde gerne den Alois Golser sehen. Nicht draußen auf seinem Hof, sondern drinnen in Graz. Für den Golser eindeutig feindliches Terrain.

Dass der Draxler dem Golser eine Fahrt im Streifenwagen gönnt, ist Teil seiner Verhörtaktik. Quasi ein Garkochen des Verdächtigen. So einer hat bei der langen Anfahrt genügend Zeit, um sich Gedanken darüber zu machen, wie es denn eigentlich so ist, wenn man ins Visier der Polizei gerät. Nur ganz Hartgesottene stecken so eine Gratisstreifenwagenfahrt rückstandsfrei weg.

Bevor der Golser zur Einvernahme vorgeführt wird, gehen

Draxler und Spazierer noch einmal alle Unterlagen durch, die die Ranner am Freitag davor so brav zutage gefördert hat. Wie die beiden so beieinandersitzen, ruft der Magister Hold an.

Zwar sind die laufenden Ermittlungen noch nicht einmal eine Woche alt, trotzdem ist die Unruhe in der Landesamtsdirektion und in den Fachabteilungen allgegenwärtig.

Sogar in den Büros wird gemunkelt, wer denn der eine oder andere sein könnte, der fröhlich den behördlichen Gang entlangspaziert und eindeutig nicht hierhergehört. Hat den einer zuvor schon einmal gesehen? Als Fremder hat man es dieser Tage in diversen Amtsgebäuden ganz schön schwer. Aber auch untereinander menschelt es gewaltig. Verdächtig ist praktisch ein jeder, und ein jeder wird auch verdächtigt. Beispielsweise der seltsame Kollege, der gerade einmal ein Jahr dabei ist, privat nichts von sich herzeigt und bei jeder internen Feier als Erster nach Hause geht. Oder die Berufsaspirantin mit dem irren Blick, die so gern Yoga praktiziert, auf der Ökowelle surft und nur Tofu mampft. An sich eine stimmige Person, aus Sicht der Golf spielenden Schweinsbratenesser aber mehr als nur am Rande verdächtig. Mit einem Mal wird das Tolerantsein zur Glaubensfrage. Solang alles seinen gewohnten Gang geht, glaubt ein jeder, über den Dingen zu stehen. Da wird über eine Schrulle nur gelacht und diese gleich verziehen. Nicht weil die Menschen so weltoffen sind, sondern weil es bequem ist. Pseudotoleranz quasi. In einer friedlichen Zeit und in einem friedlichen Umfeld fällt so etwas nicht schwer. Sobald aber das Gefüge in Unordnung gerät, wird aufgehorcht. Dann werden die Pseudotoleranten auf einmal zu Tuschlern und Fingerzeigern. Geheucheltes Verständnis ist so leichtflüchtig wie ein Damenparfum.

An diesem schönen Montagmorgen kann die Kripo dem Magister Hold und seiner Mannschaft die Angst aber nicht nehmen. Wie soll denn das nach läppischen sechs Tagen Ermittlungsarbeit auch gehen? Glaubt der etwa, dass es oben auf dem Reinischkogel vor Überwachungskameras nur so wimmelt? Der Draxler kann dem Hold also keine Entwarnung geben. Weder, was den Mord am Dröster betrifft, noch bezüglich des Hinterhalts für den Rau.

Dass der Hold, fast schon verzweifelt, nun vorsichtig nach

dem denunzierten Scherdona fragt, ist verständlich. Der Draxler spricht den Scherdona zwar nicht von jeglicher Schuld frei, nimmt ihn aber ein wenig aus der Schusslinie. Hauptverdächtig ist nach wie vor der Golser. Das geht den Hold aber nichts an.

Während der Draxler den Hold am Hörer hat, kümmert sich die Ranner um einen Verletzten. Der Verletzte ist diesmal ihr linker Zeigefinger. Einmal zu viel an ihren Ehemaligen gedacht, und beinahe wäre der Finger ab gewesen. So hätte sich zumindest die Sachverhaltsdarstellung aus Sicht der Hilde Ranner angehört. Tatsächlich handelt es sich um einen kleine Ritzer, den das Brotmesser ihrer Tante hinterlassen hat. Gerade einmal so tief, dass sich ein Tropfen Blut an die Oberfläche hat quälen können. Für die Ranner kam das einer Beinaheamputation gleich. Dass sie mit so einer Verletzung bei ihren Chefs kaum auf Verständnis stoßen würde, hat die Ranner in ihrer kurzen Dienstzeit bereits leidvoll erfahren müssen. Mit weinerlichem Gejammer kommt sie da nicht weit. Im Gegenteil. Der Draxler und der Spazierer kosten das persönliche Leiden der Hilde Ranner regelmäßig aus. Mit ihrer unverstümmelten Hand blättert die Ranner jetzt hektisch in ihrem Impfpass. Wegen dem Datum der letzten Tetanusspritze.

Der Spazierer kann das Leben und Sterben der Hilde Ranner nicht mehr mitansehen und holt sich einen Kaffee. Kaum dass er vor dem Kaffeeautomaten steht und in seiner Jeans nach passenden Münzen kramt, läutet sein Handy. Anstelle der Nummer blinkt fröhlich ein Name auf. Die Karin ist am Apparat. In weiser Voraussicht hat er ihre Nummer nicht erst nach ihrem persönlichen Treffen, sondern bereits nach ihrem ersten Telefongespräch eingespeichert.

So einzigartig die Karin für den verliebten Major ist, so nichtssagend ist der hinterlegte Klingelton. Die Ranner geht da anders vor. Bereits am Tag nach dem besagten USI-Fest war der Schnurlibärli untrennbar mit einer Whitney-Houston-Schnulze verbunden. Fürchterlich! Der Einzige, der den nervigen Schmusesong kein einziges Mal hat ertragen müssen, war natürlich der Schnurlibärli selbst. Warum auch. Die Hilde anzurufen, wenn er neben ihr steht, macht ja wenig Sinn.

Zurück zum Spazierer. Wie der den Namen der Karin liest,

werden ihm auf einmal die Knie weich. Nicht, dass seine Herzdame für heute absagen muss. Das wäre gewiss ein Tiefschlag.

Dass ihm die Karin mit samtiger Telefonsexstimme nur mitteilen will, dass sie sich schon sehr auf das heutige Wiedersehen freut, ist fast zu schön, um wahr zu sein. Die Wolke, auf der der Spazierer seit Freitag schwebt, bekommt vom Tower eine neue Anweisung. Nämlich unverzüglich höher zu steigen. Ohne sich seine Erleichterung anmerken zu lassen, bestätigt er eine ähnlich empfundene Freude und zur Sicherheit nochmals die Uhrzeit. In einer vielleicht um eine Spur zu trockenen Art. Mit seiner Taktik und dem Interessantmachen übertreibt der Spazierer manchmal. Leider muss er jetzt schlussmachen. Diesmal aber wirklich aus dienstlichen Gründen.

Gerade poltert nämlich der Golser in polizeilicher Begleitung das Stiegenhaus herauf. So laut, dass sogar die Karin in Köflach den Lärm durchs Telefon mithören kann. Froh, dass ihr neuer Kavalier diesmal keine fadenscheinige Ausrede hat erfinden müssen, legt die Karin lächelnd auf.

Dass der Golser derartig laut daherkommt, liegt an seinen schweren Arbeitsstiefeln. Der Uniformierte hat ihn gerade beim Stallausmisten gestört. Dass der Golser vor lauter Ärger gleich so, wie er war, angetanzt ist, war seine kleine Rache an der Polizei. Im Streifenwagen stinkt es derartig nach Schweinemist, dass selbst der Reininger Sepp mit seinem altersschwachen Octavia auf einmal recht zufrieden gewesen wäre. Ähnliches ereignet sich nun auch in den Gängen und Hallen der Kripo. Der geruchsmäßige Einzug gewerbsmäßiger Schweinezucht.

Der Draxler schaltet wie immer am schnellsten. Wie der das Poltern hört, stürzt er aus seinem Büro hinaus auf den Gang, erfasst die Situation in Sekundenbruchteilen und verlegt das Verhör kurzerhand in einen leeren Besprechungsraum. Ganz weit den Gang hinunter. Sein eigenes Büro kommt unter diesen Voraussetzungen für eine Befragung nicht infrage. Diesmal hat sich beim Draxler die Nase und nicht die innere Stimme zu Wort gemeldet.

Der Golser funkelt den Spazierer, der noch immer am Kaffeeautomaten hantiert, böse an und folgt dem uniformierten Beamten den Gang hinunter. Der Draxler schnappt sich rasch sämtliche

Unterlagen, herrscht den Spazierer an, sich endlich für eine Kaffeeart zu entscheiden, klopft die Ranner aus ihrer überschaubaren Selbsthilfegruppe heraus und folgt dem Golser nach.

Noch ehe der Draxler den Besprechungsraum erreicht, hat sich der Golser bereits einen Platz gesucht. Dort sitzt er nun wie ein störrischer Teenager. Die Arme vor dem Körper verschränkt, zeigt sein aufgedunsenes Gesicht unverhohlene Missbilligung. Ganz nimmt ihm der Draxler diese gespielte Aufsässigkeit aber nicht ab, da er in den kleinen Schweinsaugen des Bauern erste Anzeichen von Angst erkennen kann.

Der Draxler rückt sich einen Sessel zurecht und nimmt direkt gegenüber vom Golser Platz. Räumlich werden die beiden nur durch eine Doppelreihe langer Besprechungstische getrennt.

Das Setup für einen einstudierten Tanz.

Der Draxler als direkter Ansprechpartner sitzt also in frontaler Position. Die Ranner, ein wenig abseits und an der Flanke postiert, wird währenddessen die eifrige Stenotypistin mimen und auch das Diktaphon bedienen. Als Dritter im Bunde wird der Spazierer, mit dem Rücken zur Mannschaft, stehend aus dem Fenster schauen. Nicht, dass der die Gegend nicht ohnehin in- und auswendig kennt, verkörpert er völlig beabsichtigt den Inbegriff von Ignoranz.

Er ist der, der sich nur dann meldet, wenn es ihm gerade passt. Er spielt den Nörgler, der den Eindruck vermittelt, dass er die gesamte Sachlage ohnehin aus dem Effeff kennt und sich vorab schon sein eigenes Urteil gebildet hat. Der Spazierer ist eindeutig der böse Bulle.

Den Uniformierten aus Deutschlandsberg lässt der Draxler gleich neben der Tür Aufstellung nehmen. Wie einen, dessen eigentliche Bestimmung es ist, jegliche Fluchtversuche zu unterbinden, und nicht wie einen, der den Golser gleich wieder nach Hause chauffieren soll. Der vierte Mann verstärkt für den Golser den Eindruck, dass er quasi bereits verhaftet ist.

Wie weit es bei den vorliegenden Indizienbeweisen bis zu einer rechtmäßigen Verhaftung tatsächlich noch ist, braucht der Golser ja nicht zu wissen.

So also sieht das Setup des heutigen Verhörs aus. Der Draxler hört sich schon fast sagen: »Die Republik Österreich gegen Herrn Alois Golser. Bitte um Ruhe. Die Verhandlung ist hiermit eröffnet.« Bei dem Gedanken muss der Draxler unfreiwillig grinsen, was dem Golser so gar nicht taugt.

Der Spazierer hat sich endlich für einen kurzen Schwarzen entschieden und macht die Tür hinter sich zu. Kaum dass er am Fenster steht und am Kaffee nippend auf den Buchkogel schaut, fängt der Draxler an. Der wiederholt einmal die wesentlichen Fakten wie Tatort, Tageszeit, ungefährer Tathergang und so weiter und so fort. Über die Mordwaffe verliert er natürlich wieder kein Wort. Dann wiederholt der Draxler noch die erste und bisher einzige Aussage des Bauern Golser. Quasi fürs Protokoll.

Ob er noch was hinzuzufügen hat, fragt jetzt der Draxler den Golser. Der Golser sagt wie aus der Pistole geschossen »Nein«, wenngleich der Spazierer die Stimme in seinem Rücken als gar nicht mehr so fest und zuversichtlich bezeichnen würde. Das ist auch der eigentliche Zweck von dem Am-Fenster-Herumstehen und Auf-den-Buchkogel-Schauen. Der Spazierer blendet so automatisch die sichtbaren Reaktionen des Verdächtigen aus. Den haben ohnehin die Ranner und der Draxler im Blick. Der Spazierer achtet auf die Stimme des Verdächtigen und erlauscht unterschiedlichste Nuancen. Die Ranner schaut den Golser von der Seite an, hat ihn also im Profil vor sich und achtet im Wesentlichen auf sein Mienenspiel, während der Draxler das frontale Gesichtskino genießen darf. Natürlich muss sich der Herr Oberst nebenbei auch auf seine Fragen und die entsprechenden Antworten konzentrieren. Der Herr in Uniform, gleich neben der Tür, hat wie gesagt nur untergeordnete Aufgaben. Für ihn ist diese Veranstaltung praktisch eine Gratisweiterbildung. Der Herr Kollege täte gut daran, ein wenig auf das Theater zu achten. Was fragt der Draxler, wie reagiert der Golser darauf, zuckt der Spazierer bewusst oder unbewusst mit den Schultern, weil ihm an einer Aussage etwas so gar nicht passt, oder bekommt die Ranner vielleicht große Augen? Wenn man ganz genau hinschaut, dann ist das schon sehr spannend. Im Regelfall kommen nur wenige Kollegen vom Streifendienst in den Genuss eines derart perfekt einstudierten Theaterstücks.

Der Golser bleibt bei seiner Aussage. Der kann ja jetzt nicht so einfach ein Alibi aus dem Ärmel zaubern, an das er sich am Donnerstag zuvor leider nicht mehr hat erinnern können. Wäre ja auch mehr als nur unglaubwürdig. Eine Aussage belastet ihn aber schon schwer. Und zwar die Antwort auf die Frage, ob er denn den Dr. Dröster gekannt hat. Da hat der Spazierer draußen in Deutschlandsberg aber auch geschickt gefragt. Ob er ihn kennt, hat er damals gefragt. Nicht, ob er ihn persönlich kennt. Ist alles auf dem Diktaphon von der Hilde Ranner abgespeichert. Zum Nachhören. Ein persönliches Kennen setzt ja voraus, dass man jemandem Auge in Auge gegenübergestanden ist. Da hätte sich der Golser dann schon herausreden können. Gekannt schon, aber doch nicht persönlich. War aber auch nicht die eigentliche Frage.

Im Grunde genommen sind das aber nur Spitzfindigkeiten. Denn wenn einer ein Mörder ist und ihn am Ende des Tages die Fülle an Beweisen wie eine Geröllawine begräbt, dann ist es völlig egal, ob er etwas falsch verstanden oder ob er vielleicht sogar gelogen hat. Ist menschlich gesehen sein gutes Recht, die eigene Haut so teuer als möglich zu verkaufen. Da beinhaltet das österreichische Rechtssystem schon eine ordentliche Portion Toleranz. Auch für einen Mörder. Es ist viel toleranter, als es die argwöhnischen Beamten in den Fachabteilungen derzeit sind.

97

Die »Haut« ist ein gutes Stichwort. Zieht der Harrer den Tieren die Haut ab, um sie bald darauf in neuem und noch frischerem Glanz wiederauferstehen zu lassen, so hat der Fleischhauermeister Stegmüller keine solch künstlerischen Ambitionen. In seinem Betrieb wird geschlachtet, zerstückelt, gebrochen und geschnitten, kaum jedoch weggeworfen. Der Stegmüller verschwendet nichts. Das ist er allein schon den Tieren schuldig, die er professionell und beinahe zärtlich ihrer natürlichen Bestimmung zuführt. Gemästet, um geschlachtet zu werden, um in weiterer Folge wieder zu mästen. Ein ewiger Kreislauf. Für den Stegmüller ist sein überschaubares Weltbild auch völlig in Ordnung. Selbst der vom Prinzip her relativ ehrgeizfreie Metzger hätte sich bei einem Wettbewerb sicherlich über einen dritten Platz gefreut. Hätte er aber gewusst, dass er die Nummer drei auf der Liste des Cowboys ist, es hätte ihm wohl nicht so sehr gefallen.

98

Wem etwas gefällt, das ist an diesem Tag der Draxler. Und zwar die Art und Weise, wie sich das Verhör nun langsam auf den alles entscheidenden Höhepunkt zubewegt. Fast beiläufig zieht der Draxler ein paar Seiten aus dem Stoß der Unterlagen, die die Hilde Ranner in der Fachabteilung 13B zutage gefördert hat, und legt diese scheinbar achtlos zur Seite. Gerade so, dass der Golser erkennen kann, was er da so Wichtiges hervorgezaubert hat. Kaum dass der Golser sieht, dass es sich hierbei wohl um Flächenwidmungspläne und Raumordnungsakten handelt, bereut er schlagartig, dass er die dreckigen Stiefel angelassen hat. Wegen der unnötigen Provokation, die er sich damit eingehandelt hat. Jetzt, wo der Wasserspiegel für den Golser unaufhörlich zu steigen beginnt, sind die Stiefel gleich in mehrfacher Hinsicht hinderlich. Steigt so ein Wasserspiegel bis zur Oberkante seiner wulstigen Unterlippe, dann ist Schwimmen unter Umständen die einzige Überlebensstrategie. Und das ist mit den schweren, eisenbeschlagenen Stiefeln doppelt beschwerlich. Noch aber sagt der Golser nichts. Er konzentriert sich vorerst einzig und allein auf sein Bleichsein.

Wie dann der Draxler auf die Widmungsänderungen in Golsers Heimatgemeinde zu sprechen kommt, lässt er auch die Versuche des Bauern nicht unerwähnt und dass der sich scheinbar fleißig um eine Umwidmung seiner Sumpfwiese bemüht hat. Mehr als nur einmal.

Nun schluckt der Golser laut. Das ist nun wieder für den »blinden« Spazierer ein akustisches Eingeständnis. So gern der

Spazierer jetzt auch das Fenster öffnen würde, der Schweinemist stinkt wirklich erbärmlich, tut er es dann doch nicht. Wegen der Dramatik, die der Draxler gerade so mühsam aufgebaut hat. Jetzt eine Ablenkung, ein unnötiges Geräusch, eine Unterbrechung nebst unerwünschter Pause, und fort wäre die geständnisschwangere Stimmung. Das ist wie bei einem Soufflé. Macht die Hausfrau das Backrohr zum falschen Zeitpunkt auf, fällt die Speise einfach in sich zusammen. Dann war die ganze Mühe für die Katz.

Wie dann der Draxler den an den Golser gerichteten und sehr persönlichen Brief des Dr. Dröster hervorholt und vorzulesen beginnt, besucht den Golser ein derartiger Schluckauf, dass man fast um seine Gesundheit fürchten muss. Dann bricht es endlich aus ihm heraus. Ja, er hat sich um eine Umwidmung bemüht, und ja, er hat den Dr. Dröster gekannt. Nicht persönlich, aber eben über diverse Korrespondenzen. Dass da zwei Sturköpfe mit unterschiedlichen Anschauungen aufeinandergeprallt sind, will der Golser auch gar nicht leugnen. Was er jedoch vehement leugnet, ist der Mord.

Der Draxler macht dem Golser deutlich, dass die Fakten eindeutig gegen ihn sprechen. Er hat ein klar erkennbares Motiv. Rache! Eines der wohl stärksten Motive überhaupt. Und er hat definitiv kein Alibi. Schulterzuckend nimmt der Großbauer die Kurzzusammenfassung zur Kenntnis. Stimmt ja leider alles. Was soll er denn machen! Hätte er von diesem Mord im Vorhinein gewusst, er wäre an diesem Tag sicherlich nicht auf den Reinischkogel gefahren, um den vermorschten Hochsitz zu reparieren. Da hätte er sich schon eher im Wirtshaus blicken lassen. Zum Frühschoppen und zur Alibibeschaffung.

Das kann man nun glauben oder auch nicht. Für die Kripobeamten sind die Beweise leider zu dürftig, um den Alois Golser aufgrund eines dringenden Tatverdachtes in Untersuchungshaft zu nehmen. Was der Draxler aber in weiser Voraussicht organisieren hat lassen, das ist ein richterlicher Durchsuchungsbefehl. Dafür reichen ihre dürftigen Indizienbeweise zumindest aus. Dass gleich ein ganzer Trupp den Golser auf seinen Hof begleiten wird, ist beschlossene Sache.

Im Hinausgehen fragt der Draxler noch beiläufig, ob dem Golser der Name Rau etwas sagt. Der Golser erwidert: »Nein.« So gut kennen der Spazierer und die Hilde Ranner den Großbauern mittlerweile, dass ihnen beiden klar ist, dass der Golser diesmal die Wahrheit sagt. Diese Erkenntnis kümmert den Draxler relativ wenig. So sehr, wie der an seine eigene Theorie glaubt, kann ihn auch niemand davon abbringen. Das ist wie mit den zehn Geboten. In Stein gemeißelt und damit basta!

Kaum hat der Draxler das Verhör für vorläufig beendet erklärt, rauschen der Golser und sein Fahrer wieder ab. Zurück bleibt nur der penetrante Geruch nach Schwein.

Am späteren Abend erreicht den Draxler die ungeduldig erwartete Vollzugsmeldung aus Deutschlandsberg. Stinken tun sie jetzt zwar alle, gefunden haben sie aber, bis auf zwei illegale Langwaffen, rein gar nichts. Was die Mordwaffe angeht, ist Golsers Weste so weiß wie frisch gefallener Schnee.

Eine ähnliche Hiobsbotschaft hat der Draxler zwei Stunden zuvor auch aus dem Labor erhalten. Der Bogen und speziell die Pfeile des Herrn Scherdona scheiden definitiv als Mordwaffen aus. Ermittlungstechnisch steht die Kripo also wieder ganz am Anfang.

99

Das mit Sicherheit Erfreulichste an diesem Tag sind die gemeinsamen Stunden, die die Karin Koller und der Herr Kommissar Spazierer miteinander verbringen dürfen. Sehr viel Lachen, so viel knisternde Erotik, dass es gerade nicht anstößig ist, und eine so gehörige Portion gegenseitiger Sympathie, dass es die beiden verwundert. Ein erstes gelungenes Rendezvous fängt meistens mit einem Bussi auf die Wange an und endet mit einem ersten zarten Kuss. Ganz im Sinne österreichischer Tradition. Dass der erste Kuss meist nach Kaffee schmeckt, wissen wir ja. Die Karin und der Spazierer sind von Anfang an so offen und ehrlich miteinander, dass sie sich auch von ihren gescheiterten Beziehungen erzählen. Da ist dann aber so viel Komisches dabei, dass die beiden am Ende gar nicht verstehen können, warum sie damals so sehr gelitten haben. Im Anschluss an eine Überdosis Koffein sind die zwei ins Hotel Erzherzog Johann weitergezogen. Nicht wegen der Zimmer. Aber hallo! Auf ein Abschlussgetränk. Gibt übrigens sehr gute Cocktails dort. Da die Karin ja kaum etwas hat trinken dürfen, der Weg zurück nach Köflach ist schließlich ein weiter und null Komma fünf Promille eine schnell überschrittene Schwelle, hat sich auch der Spazierer höflich zurückgehalten. Obwohl er, aufgewühlt wie er war, schon gerne einen gekippt hätte. Oder zwei.

Bis zu Karins Wagen sind der Spazierer und die Karin – die Karin darf ihn mittelweile liebevoll »Georg« nennen – ganz nah nebeneinander gegangen. Dann hat der Georg die Einladung zum Abendessen ausgesprochen. Streng nach Protokoll. Und dann ist der unvermeidliche Abschiedskuss gekommen. Ist doch länger ausgefallen als erwartet. Der Abschied wie auch der Kuss. Eigentlich waren es zwei Küsse. Der zweite fast so lang wie eine Vorabendserie. Genügend Zeit, um den Geschmack eines Verlängerten und Karins Café Latte so richtig zu vermischen.

100

So hell das Feuer seit letztem Abend auch mancherorts lodert, so dunkel steht es um die Ermittlungen. Da sind eigentlich alle Lichter aus. Dunkel wie im Arsch eines Maulwurfs, hätte der Spazierer an einem anderen Tag gesagt. An diesem Dienstagmorgen fällt ihm eine derartige Formulierung nur äußerst schwer. Das entspräche so gar nicht seiner luftig-leichten Stimmung.

Auf dem Weg zur Arbeit hat er schon mit der Karin gesprochen. Ob sie denn gut heimgekommen ist. Eigentlich eine dumme Frage, da die beiden in der vergangenen Nacht ohnehin noch eine gute Stunde telefoniert haben. Der Spazierer in der Morellenfeldgasse, linkes Murufer, und die Karin in Köflach, linkes Gradnerbachufer. Das mit der Uferseite ist in Köflach nicht ganz so problematisch wie in Graz.

Langsam gehen dem ansonsten so einfallsreichen Draxler die Ideen aus. Ein Pfeilmörder und keine nennenswerten Beweise am Tatort. Ein toter Landesamtsdirektor außer Dienst. Ein Aufruf über die Zeitungen. Dann die Hinrichtung vom Rau. Auch dort kaum verwertbare Spuren. Zwei Verdächtige in der Weststeiermark und einer davon eine geschiedene Niete. Null Verdächtige im Osten. Was ihnen bleibt, ist der Golser. Aber auch da bleibt Draxlers innere Stimme stumm. Wenn nicht bald irgendetwas passiert, dann kennt der erfahrene Draxler das Resultat schon jetzt. Keine Verhaftung, kein überführter Mörder, keine Verurteilung und keine ewige Ruhe für die armen Seelen. Der Draxler schickt ein Stoßgebet zum Himmel. Allein schon wegen der Frau Dröster. Ihr fühlt sich der Draxler am meisten verpflichtet. Der Frau Rau eher weniger.

101

Da soll noch einer sagen, die Menschen wären nicht durch ein unsichtbares Band miteinander verbunden. So als ob der Cowboy Draxlers Stoßgebet gehört hätte, beginnt er just an diesem Tag, sich auf seinen nächsten nächtlichen Einsatz vorzubereiten. Den Harrer hat er so gründlich ausspioniert, dass er ihn schon fast besser kennt, als Harrers Frau das tut. Sogar den Pinkelrhythmus vom Harrer kennt der Cowboy. Hätte man den Harrer gefragt, wie oft er denn täglich Wasser lassen muss, er hätte nur erstaunt die Brauen gehoben und mit den Schultern gezuckt. Der Cowboy hätte die Antwort gewusst.

Was der MV50-Fahrer ebenfalls weiß, ist, dass Frau Harrer Schlaftabletten nimmt. Sobald die Gute eingeschlafen ist, sind die Lichter aus, im wahrsten Sinne des Wortes. Unter ihr könnte eine Fliegerbombe losgehen, sie würde sich gerade einmal zur Seite drehen und ihrer Flatulenz freien Lauf lassen. Gut ist, dass sie im Obergeschoss schläft, während der Harrer zwei Stock tiefer in den Katakomben werkelt. Zwei massive Betondecken dämmen Lärm ganz ordentlich. Der Harrer arbeitet derzeit beinahe jede

Nacht durch. Wo der seine Aufträge allesamt herbekommt, ist dem Cowboy ein Rätsel. Da muss er sich auch einmal schlaumachen. Vielleicht sogar Harrers Auftragsbücher durchforsten. Der Cowboy ist sich sicher, dass es im Dunstkreis von Herrn Harrer noch einige Namen gibt, die definitiv auf seine persönliche Liste gehören.

Der einzige Unsicherheitsfaktor ist und bleibt der Bordercollie. Aber auch da hat er gründliche Vorbereitungen getroffen. Zwar hat ihn die Apothekergehilfin auf die Frage, ob die empfohlenen Tabletten eigentlich für Hunde schädlich sein könnten, ein wenig seltsam angeblickt, aber man wird sich doch um den eigenen Vierbeiner Sorgen machen dürfen. Da er sich die Tabletten in Leibnitz besorgt hat, also fernab der Heimat, ist das Risiko, über den Erwerb der Schlaftabletten auf seine Spur zu kommen, vergleichsweise gering.

Hätte er gewusst, dass er »Cowboy« genannt wird, er hätte wohl ein markiges »Yiiiipieiyeeh« von sich gegeben.

102

Wenn jetzt einer ein Mordmotiv hat und sich die Schlinge wie beim Golser langsam zusammenzieht, dann hat der drei Möglichkeiten. Er hält die Luft an und wartet ab. Das ist aus Sicht der Exekutive die beste, aus Sicht eines mutmaßlichen Mörders wohl aber auch die dümmste Alternative. Erstickungstod.

Oder aber er gibt Fersengeld, was vielleicht ein erster stichhaltiger Beweis ist, dass ein Verdächtiger eben doch mehr als nur verdächtig ist. Ein laufendes Geständnis quasi. Also auch nicht so gut. Die dritte und letzte Option ist nur etwas für die wirklich Skrupellosen: Ablenkungstaktik! Die bringen, ohne lange zu zögern, auf die gleiche Art und Weise einen völlig Unschuldigen um und legen so bewusst eine falsche Fährte. Dann kennt sich die Polizei überhaupt nicht mehr aus, weil zwei idente Morde und kein gemeinsames Motiv.

Die Taktik, falsche Fährten zu legen, kennt aber auch der

geschulte und leidlich erfahrene Polizeibeamte, was die Sache auch nicht wirklich erleichtert.

103

Seit mittlerweile zehn Minuten kaut der brave Collie an dem präparierten Steak herum. Der Cowboy lehnt währenddessen lässig am Zaun und beobachtet das brave Tier. Zur Sicherheit steht er auf Harrers Grundstück. Man kann schließlich nie wissen.

Die Alte schläft oben, und der Harrer stopft unten. Leise dringt ein Volksmusikklassiker hinaus auf die Wiese. »Grässlich«, meint der Cowboy. »Herrlich«, würde der Harrer sagen. Dass er mit dem Hirsch auf der Zielgeraden ist und heute auf Party macht, kann dem Cowboy nur recht sein. Einen durch Volksmusik betäubten Harrer überrascht er leichter.

Beim Fleisch für den Bordercollie hat der Cowboy nicht gespart. Nur das Feinste vom Feinsten für das bald schlafende Tier. Die Schlaftabletten in ein Dinkellaibchen zu packen, hätte zwar eher zu seiner Gesinnung gepasst, aber fleischlose Kost hätte der Collie wahrscheinlich abgelehnt. Dass der Cowboy das Steak akkurat beim Stegmüller gekauft hat, dem Dritten auf seiner Liste, spiegelt seinen äußerst seltsamen Humor wieder. Schon irgendwie krank.

Das herzhafte Schmatzen des Hundes lässt den Magen des Cowboys leise knurren. Ihm wird erst jetzt bewusst, dass er schon seit Tagen nichts Anständiges mehr gegessen hat. Die umfangreichen Vorbereitungen und die ständigen E-Mails aus der Weststeiermark haben seine ganze Aufmerksamkeit gefordert. Der da drüben wird ihm auch schon bald zu viel. Ein wirklich lästiger Kerl. Nur weil der da drüben den Reigen eröffnet hat, braucht er nicht zu glauben, dass er damit automatisch das Sagen hat. Der Cowboy lässt sich von niemandem ins Handwerk pfuschen. Langsam soll er machen, meint der da drüben. »Besonnenheit ist das Gebot der Stunde«, predigt der Wichtigtuer von Bogenschütze. Wenn der nicht bald Ruhe gibt, dann verliert der noch seinen

Skalp. Sobald der Cowboy seine eigene Quote auf zwei erhöht hat, ist er der Boss. Basta!

Der Collie gähnt und rollt sich gemütlich ein. Ein paar Minuten wird er noch warten. Sobald der Collie tief und fest schläft, wird er loslegen.

104

Der Harrer tüftelt noch immer an dem Hirschen herum. Im Sprung hat er ihn dargestellt. Der Sprung geht über eine große Wurzel, die dem Hirsch gleichzeitig als unsichtbare Stütze dient. Ob ihm hier ein ähnliches Meisterwerk gelingen wird wie bei dem Auerhahn, kann der Harrer nicht sagen. Das ist reine Geschmackssache. Die Richtung aber stimmt. Ein paar Stunden noch, und er ist fertig.

Der Harrer horcht auf. Zwischen zwei Liedern der »Zillertaler Schürzenjäger« hat er erneut den Nachbarshund gehört. Oder war das nur die Einbildung eines alten Mannes? Die Grabesstille da draußen lässt Harrer an seinen Sinnen zweifeln. Der Hund bellt dieser Tage schon ungewöhnlich oft, denkt sich der Harrer müde. Wüsste der Tierexperte Harrer nicht, dass der Collie ein Rüde ist, er hätte auf Läufigkeit getippt. Na ja. Jedem Tierchen sein Pläsierchen, denkt er sich und werkelt weiter. Auf seinem Volksmusiksampler sind nun die »Stoankogler« an der Reihe. Lustige Brüder, diese Stoankogler, denkt sich der Harrer und grinst dabei vor sich hin. Kaum zehn Minuten später übertönt ein dramatisches Ziehharmonikasolo das Knarren der alten Holztür, die nach draußen in den Garten führt.

Und dann geht alles blitzschnell. Der Cowboy, wieder schwarz getarnt, taucht so schnell hinter dem Harrer auf, dass der nicht einmal ansatzweise eine Bewegung machen kann. Das Ganze geht so rasch vonstatten, dass das Skalpell in Harrers Hand nur ein nutzloses Stück blinkenden Stahls ist. Genauso gut hätte er zu seiner Verteidigung einen Pinsel halten können. Das Resultat wäre dasselbe gewesen.

Zwar denkt sich der Harrer nun, dass die Situation, in der

er sich gerade befindet, wohl keine angenehme ist, weil der da hinter ihm wohl etwas von ihm haben will, was er wohl nicht so gerne hergibt. Warum auch sonst würde der Fremde zu so später Stunde und noch dazu unangemeldet auftauchen. Aber dass der gleich nach seinem Leben trachtet, hätte sich der Harrer nie träumen lassen. Ist so ein plötzlicher Überfall in den eigenen vier Wänden an sich schon schrecklich genug, dann wird es so richtig grässlich, wenn einem plötzlich klar wird, dass ein plötzlicher Tod, von dem man gerade noch geglaubt hat, dass der eher vom lebenslangen Rauchen oder dem fetten Essen kommt, vergleichsweise harmlos sein kann. Unglaublich, wie schnell sich da der Blickwinkel ändern kann.

Hätte der Cowboy nicht eines dieser silbrigen Gewebebänder um Harrers Mund gewickelt, wären die nächsten dreißig Minuten unter unerträglichem Gekreische vergangen.

Zwar ist dem Cowboy bei der Häutung das Tesaband im Weg, trotzdem ist das ein notwendiges Übel. Der fleißige Cowboy hat nun alle Hände voll zu tun. Ohnmacht, Riechsalz, Schneiden, Gestöhne und dann wieder Ohnmacht. Mühsam das Ganze. Ohne das Tape wäre vielleicht noch die Alte aufgetaucht und damit noch mehr Arbeit. Das wäre etwas gewesen.

Kaum dass der Cowboy mit seiner blutigen Schnipselei fertig ist, tritt er einen Schritt zurück und betrachtet seine Arbeit. Dabei dreht er den Kopf leicht zur Seite. Fast wie ein Frisör, der sein Kunstwerk kritisch begutachtet. Ganz so schön wie der Auerhahn ist der Harrer so ohne Gesichtshaut nun wirklich nicht. Gerade als der Cowboy, das Riechsalz in der Linken, einen Spiegel von der Wand nimmt, um Harrers profunde Meinung zu seinem Erstlingswerk einzuholen, wälzt sich Frau Harrer mit einem schweren Seufzer auf die andere Bettseite. Sie hätte ihren Mann in diesem Zustand zweifellos nicht wiedererkannt.

Doch auch Frau Harrers Stunden sind gezählt. Hat es doch das Schicksal bestimmt, dass sie es sein wird, die ihren Mann am nächsten Tag finden darf. Der fast logische Schlaganfall wird sie zu einem sabbernden Etwas machen. Viele Stunden wird sie in ihren Exkrementen liegen, ehe ihr Blut so eingedickt ist, dass ihr altes Herz ganz einfach aufhören wird zu schlagen.

Der Cowboy wird ihren Tod als bedauerlichen Kollateralschaden abtun. Nichts von alledem wird er aus der Zeitung erfahren. Seine Quelle wird die Wirtshauspropaganda sein, da solch schaurige Einzelheiten nicht einmal die sensationsgeile Presse verbreitet.

Noch aber ist es nicht so weit. Mit Riechsalz wird er den Harrer ein letztes Mal in die Realität zurückholen. Was der mit seinen lidlosen Augen zu sehen bekommt, lässt sein Herz noch genau vier Mal schlagen. Erlösend für den Harrer, äußerst bedauerlich für den Cowboy. So gerne hätte er dem Tierverächter Harrer ein längeres Leiden gegönnt.

Trotz der blutigen Sauerei hat der Cowboy Harrers Aufzeichnungen nicht vergessen. Da er erfreulicherweise kein eigenes Werkzeug hat mitbringen müssen, hat er beide Hände frei. Den dicken Ordner in der einen Hand, kann er sein Moped auch bloß mit der anderen Hand heimwärts lenken.

105

Da die mittlerweile halb verrotteten Harrers kinderlos waren und auch sonst kaum soziale Kontakte gepflegt haben, hat es eine gute Woche gedauert, bis Harrers letzter Auftraggeber zum wiederholten Mal die Türglocke malträtiert hat. Langsam ist es dem Gutsbesitzer zu bunt geworden. Er braucht den Hirsch dringend. Als schmucken Aufputz für seine ansonsten so kahle Eingangshalle. Und er braucht ihn definitiv heute. Ein für ihn sehr wichtiger Empfang steht an. Draußen auf seinem Gehöft. Der Harrer wurde ihm als verlässlicher Meister seiner Zunft empfohlen, und der Harrer hat ihm glaubhaft versichert, noch weit vor diesem für ihn so wichtigen Tag liefern zu können.

Bei seinem dritten und wohl letzten Besuch riskiert der Gutsherr eine Besitzstörungsklage. Er steigt über den Zaun und marschiert entschlossen in den hinteren Teil des Gartens. Dort befindet sich die Kellertür, durch die ihn der Harrer beim ersten Mal hereingelassen hat. Hinten herum, wohl wegen der missmutigen Gattin.

In zünftiger Tracht steht der Gutsherr vor der Kellertür. Sein ursprünglicher Elan ist einer leisen Unsicherheit gewichen. Er würde es auch nicht gerne sehen, wenn einer bei ihm unangekündigt ins Wohnzimmer platzt. Er blickt nach oben. Im Parterre wie im ersten Stock sind die Fenster beinahe blind. Anstatt andauernd Tiere auszustopfen, sollte der Harrer wieder einmal ans Fensterputzen denken. Der Gutsherr stemmt die Arme in die Hüften und überlegt. Eine schnatternde Amsel lässt ihn herumfahren. Da wird wohl eine Katze auf Beutesuche sein. Von Amseln und Katzen ist der gedankliche Sprung zu seinem Hirsch nicht allzu weit. Den braucht er jetzt. Verdammt noch einmal. Wo ist dieser vermaledeite Harrer denn?, denkt sich der Gutsherr ärgerlich. Dieser emotionale Anstoß reicht aus, um die letzten Barrieren zu überwinden. Trotzdem prüft der Gutsherr weit weniger forsch, ob die Kellertür eventuell unverschlossen ist. Und tatsächlich, sie ist offen!

Er zögert ein zweites Mal und überlegt sich, ob er zusätzlich zu einer Besitzstörungsklage noch eine Anzeige wegen Hausfriedensbruch riskieren will. Schließlich denkt er sich: Was soll's!, und tritt ein. Da der Gutsherr den Lichtschalter nicht auf Anhieb finden kann, dauert es ein Weilchen, bis sich seine Augen an das fahle Licht gewöhnen. Dieser kurze Augenblick reicht ihm, um sich über das unaufhörliche Summen und Brummen Gedanken zu machen, das den ganzen Raum zu erfüllen scheint. Zuerst tippt er auf irgendein technisches Gerät.

An Fliegen denkt er anfänglich nicht. Auch klar, da so ein lautes Brummen wohl nur eine Hundertschaft von den ganz dicken, großen zustande gebracht hätte. Tatsächlich aber sind es Fliegen.

Harrers feuchte Fratze ist ein wahres Eierablegeparadies. Da hätte selbst die Wählerischste unter den Fliegen ein nettes Plätzchen gefunden. Für jene, die vorzugsweise auf Frauen nisten, bietet auch Frau Harrer mit ihrer saftigen Platzwunde und dem weit offen stehenden Mund eine aus Fliegensicht nicht unattraktive Alternative.

Dem Gutsbesitzer ist nun klar, warum ihm nicht aufgemacht wurde. Den Zustand der beiden Leichen lässt er als glaubhafte

Entschuldigung durchgehen. Sosehr den Gutsbesitzer der widerliche Geruch vergammelnden Fleisches auch anekelt, vergisst er über dem prachtvoll im Sprung erstarrten Hirsch beinahe die verwesenden Leichen. Das warme Licht der Nachmittagssonne fällt durch die offene Kellertür so dramatisch schön auf den Hirsch, dass der Eindruck entsteht, der Hirsch wäre ein übersinnliches Wesen. Zärtlich streichelt der Gutsherr dem selbst erlegten Tier über den Rücken. Trotz der durchaus widrigen Umstände nimmt er sich diesen stillen Augenblick, ehe er sein Mobiltelefon aus der Innentasche seines Jagdrocks zieht, um seinen Freund, den Revierinspektor Krammberger, anzurufen.

106

Oben am Reinischkogel ertönt ein glockenhelles »Ping«. Schon wieder ein E-Mail. Dem nicht gerade zimperlichen Indianer verschlägt es fast die Sprache, als sich vor seinen Augen das lidlose Fleischgesicht des vormals nicht unadretten Herrn Harrer aufbaut.

Der Cowboy hat schon wieder zugeschlagen.

Mit zitternden Knien stelzt der Indianer in die Küche. Er braucht dringend einen Schluck eiskaltes Wasser. Sein Jagdkollege ist nun eindeutig zu weit gegangen. Dem Indianer reicht es endgültig. Der Wahnsinnige bringt nicht nur sich selbst, sondern auch ihn in größte Gefahr. Wer soll den Kerl denn aufhalten, wenn nicht er? Die Polizei? Pah! Die sind doch blind wie eben erst geschlüpfte Mäuse. Und das ist auch gut so. Er wird sich wohl persönlich um die Sache kümmern müssen. Viel weiß er ja nicht von seinem Jagdkumpanen. Was er aber weiß, ist, dass der mit Leidenschaft auf seinem alten Moped herumfährt. Das hat der Cowboy in einem seiner ersten E-Mails beiläufig erwähnt. Ganz am Anfang, als noch keine Rede davon war, dass sie gemeinsam auf Jagd gehen würden. Und das war wohl dein größter Fehler, mein Freund, denkt sich der Indianer grimmig.

So elend er sich auch fühlt, muss er dennoch grinsen. Sein Entschluss ist gefasst. Zwar glaubt er nicht, dass er gegenüber der

Kripo einen wesentlichen Informationsvorsprung hat, würde er jedoch die dortige Aktenlage kennen, es würde ihn ungemein beruhigen.

107

So ungern der Draxler als Beifahrer fungiert, muss er doch den forschen, aber nicht unsicheren Fahrstil seines Kollegen bewundern. Natürlich ist so ein rotierendes Blaulicht ein effektives Instrument, um bummelnde Senioren in ihren garagengepflegten Achtziger-Jahre-Limousinen von der Straße zu scheuchen. Wenn die Lavendelgetönten aber einmal nicht so schnell Platz machen, wie es der Spazierer gerne hätte, dann überholt der in einem einzigen zügigen Schwung.

Würde man die erforderliche Tatortannäherungsgeschwindigkeit vom Verwesungszustand der beiden neuen und beileibe nicht mehr frischen Leichen ableiten, dann wären zwanzig Kilometer pro Stunde wohl eher gerechtfertigt. Oder gar zehn.

Bei seinem heutigen Anruf hat der Krammberger weit weniger selbstsicher geklungen als bei dem allerersten Telefonat in der Sache Rau. Das schreibt Draxler dem vergleichsweise unaufgeräumten Zustand der beiden neuen Toten zu. Der Krammberger wird wohl häufiger mit betrunkenen Traktorfahrern zu tun haben als mit Halbgehäuteten. Zwar sind der Draxler und der Spazierer der felsenfesten Überzeugung, dass sie wohl einen der interessantesten Berufe überhaupt ausüben, aber nur, wenn man das Leicheninspizieren aus der Bilanz nimmt.

Wie die beiden eine gute halbe Stunde später die fast schon berühmte Kellerpforte durchschreiten, wird es sogar dem belastbaren Spazierer übel. Der Gestank ist impertinent. Totes Tier, tote Menschen, Fliegen im Überfluss und als Tüpfelchen auf dem »i« ein deodorantabstinenter Kollege von der Spurensicherung. Gut, dass sie die Ranner Hilde nicht mitgenommen haben. Die hätte es dem Bimfahrer König gleichgetan und eine ordentliche Pizza auf den Fußboden gelegt.

Obwohl weder die Spurensicherung noch die zwei Kripobeamten über das medizinische Fachwissen eines Dr. Schneider verfügen, ist es augenscheinlich, dass die Frau Harrer eines natürlichen Todes gestorben ist. Der Dr. Schneider wird den Gehirnschlag ebenso schnell diagnostiziert haben wie den eigentlichen Tod durch Verdursten. Dass sich der Herr Harrer, obschon mit der notwendigen Fingerfertigkeit ausgestattet, das eigene Fleisch wohl nicht selbst aus dem Gesicht geschabt haben wird, bedarf ebenfalls keiner Fachexpertise. Das fingerabdruckfreie Mordwerkzeug, sprich das Skalpell, wird ebenso sichergestellt wie Myriaden von unterschiedlichen Haaren, die den abgewetzten Steinfußboden bedecken. Ein wahrer Alptraum für die Spurensicherung und die nachgeschalteten Laborratten. Was die in den nächsten Tagen an genetischem Material bestimmen werden, würde lebendig im Tierpark Schönbrunn sämtliche Käfige und Volieren füllen.

108

Mit runzelndem Blick steht der Dr. Schneider vor seinen Kühlfächern. Drei alte Damen haben die drei obersten Fächer belegt. Bei denen ist sich der Herr Doktor sicher, dass es sich um natürliche Abgänge handelt. Eine grobe Nachschau muss er im Zweifelsfall trotzdem halten. Der Vollständigkeit halber und um der Rechtslage Genüge zu tun. Ist eben so im Rechtsstaat Österreich.

Eine Etage tiefer ruhen, praktisch Wange an Wange, die Landesbediensteten a.D. Dr. Dröster und Dipl.-Ing. Rau. Ob die während ihrer gemeinsamen aktiven Zeit auch so friedlich miteinander umgegangen sind, bezweifelt der Dr. Schneider. Sind die drei alten Damen quasi auf der Durchreise, werden die Letztgenannten wohl noch ein Weilchen bei ihm zu Gast bleiben. Zumindest so lange, bis die Mordserie aufgeklärt ist. Wie lange das noch dauern wird, kann der Kriminalist Schneider nicht vorhersagen. Aus Respekt vor dem Draxler und seiner Zunft stellt er diesbezüglich keine drängenden Fragen. Die haben es auch nicht gerade leicht.

Dr. Schneider ist am Grübeln. Gleich werden noch zwei Herrschaften eintrudeln, die wohl auch unbefristet zur Miete wohnen werden. Die liebe Familie Harrer. Sollte diese vermaledeite Mordserie noch länger anhalten, muss Dr. Schneider wohl die eine oder andere Nachtschicht einlegen, um zumindest die alten Damen heraus aus der Kühltruhe, hinein in die Holzkisten und hinunter in die Erde zu bekommen. Damit hätte er zumindest so viel Platz geschaffen, um so eine Jack-Unterweger-Geschichte durchzustehen. Da sind ja auch so um die neun Menschen gestorben worden. Und schon wieder offenbart sich ein weiteres Talent. Im Organisieren ist Dr. Schneider nämlich ebenfalls spitze.

109

Während sich der Draxler auf dem oststeirischen Stützpunkt bespricht, schlendert der Spazierer hinüber ins nahe gelegene Wirtshaus. Spionage würde er das wohl kaum nennen, aber genauso schnell, wie sich Nachrichten in ländlichen Gegenden verbreiten, genauso schnell werden in den Köpfen der durchaus kreativen Ortsansässigen die ersten Mutmaßungen angestellt. Spätestens nach dem dritten Achterl oder dem vierten Bier suchen sich diese Gedanken ihren Weg in die Öffentlichkeit. Und genau dann gilt es zuzuhören.

Gar nicht so selten, dass da etwas Verwertbares dabei ist. Der Spazierer bestellt sich ein großes Bier. Zwar muss er heute noch Auto fahren, aber ein simples Glas Apfelsaft würde ihm in dieser verrauchten Spelunke wohl nicht die notwendigen Sympathien einbringen.

Der Spazierer sucht sich also einen Stehplatz am Tresen und erträgt wacker den immer dichter werdenden Zigarettenrauch. Eine einsam im Eck gerauchte Pfeife, mit einer nicht minder einsamen, aber vergleichsweise angenehmen Duftnote, trägt ihren Teil zum Smog bei.

Gemütlich saugt der Cowboy an seiner Pfeife, einem Erbstück seines Großvaters. Dabei lässt er seinen Blick langsam durch die volle Gaststube wandern. Er kennt sie alle. Vom Pfarrer über den Supermarktgeschäftsführer bis hin zum örtlichen Lagerhausleiter. Dass die Welt sich wacker weiterdreht, obwohl sich hier praktisch jedes männliche Gemeindemitglied mitten unter der Woche und noch dazu vormittags einen hinter die Binde gießt, ist schon recht erstaunlich. Am Land gehen die Uhren offenbar wirklich anders.

Wen er nicht einordnen kann, das ist der Kerl da an der Theke. Sieht für ihn fast wie ein Polizist aus. Für einen Kripomann erscheint ihm der fremde Gast aber ein bisschen zu erdig und zu volksnah. Aber vielleicht ist genau das die Masche. Obwohl der Cowboy als Soziopath eklatante Gefühlsdefizite hat, gleicht er dieses Manko durch ein Übermaß an Besonnenheit aus. Der Indianer hätte hier mit Sicherheit energisch widersprochen. Sicherheitshalber zahlt der Cowboy und verlässt das Lokal durch den Hinterausgang.

Der Spazierer hat den Herrn in der Ecke zwar flüchtig wahrgenommen, aber eben nur flüchtig. Das Lokal ist eindeutig zu voll, um explizit aufzufallen. Dem Spazierer da einen Vorwurf machen zu wollen, wäre mehr als nur schäbig, unterscheidet sich der Cowboy von allen anderen Gästen doch einzig und allein durch seine Pfeife. Und das ist schließlich kein wirkliches Indiz. Dem pickt genauso wenig ein Zettel mit »Hallo, ich bin ein mehrfacher Mörder!« auf der Stirn wie dem Spazierer ein Zettel, auf dem steht: »Gott, was bin ich verliebt.«

Der wahre Grund, warum es sich an diesem Tag im Gasthaus derartig schoppt, sind die gerade publik gewordenen Morde. Die Harrers sind tot! Da bespricht sich ein jeder gerne. Nicht, dass die jemandem wirklich abgehen, aber grausig muss er wohl ausgesehen haben, der Harrer. Das hört man und das erzählt man sich. Und wie bei der »stillen Post« werden die Erzählungen mit jedem Mal ein wenig schauriger.

»Zuerst der Jäger Rau und jetzt der Jagdtrophäenausstopfer Harrer. Alle im Jagdgeschäft!«

Dieses zusammenfassende Statement hat der Fleischermeister Stegmüller von sich gegeben, der sich in unmittelbarer Nähe des Herrn Major mit dem Bäcker bespricht. Da ist wohl etwas Wahres dran, denkt sich der Spazierer und bereut es keinen Augenblick, dass er sich genau hier die Zeit vertreibt. Mit dem Mord am Harrer scheint sich Draxlers Widmungstheorie endgültig in oststeirischer Luft aufzulösen. Einen Zusammenhang zwischen dem Mord oben am Reinischkogel und der Hartberger Mordserie kann der Spazierer, bei aller Freundschaft zum Draxler, nicht mehr erkennen. Drei Morde und ein tödlicher Schlaganfall. Für eine Einzeltätertheorie würde die durchaus angemessene Zeitspanne zwischen dem Mord am Rau und der Häutung des Herrn Harrer sprechen, wären da nicht die ersten beiden Morde innerhalb von nicht einmal vierundzwanzig Stunden. Nach Spazierers Einschätzung deutet das eher auf zwei Täter hin. Den Pfeilmörder und seinen Hartberger Kollegen.

Jetzt hat der Spazierer so eine Angewohnheit, die ihm beim Fußballspielen zu manchem Tor verholfen hat. Tu das, womit keiner rechnet. Wenn es ums Ermitteln geht, heißt das: Denke einmal ganz unkonventionell. Was ist, wenn nicht Geld das Motiv ist, sondern etwas gänzlich anderes? Auch keine Frau oder eine Liebesgeschichte, sondern der reine Hass auf Jäger, auf Tiermörder und auf Schwammerlsucher? Von der Art des Motivs eigentlich gar nicht so unähnlich. Vielleicht zwei kranke Menschen. Menschen mit radikalen Ansichten und der Bereitschaft zu noch radikaleren Maßnahmen. Zwei, die sich einfach gefunden haben.

Treffen sich doch heutzutage die seltsamsten Leute zu den seltsamsten Anlässen und manchmal auch an seltsamen Orten. Was ist, wenn die sich im Internet gefunden haben? Einfach, schnell und anonym. Der Spazierer wird ganz zappelig. Da könnte wirklich etwas dran sein. Dem netten Herrn, der ihm den eigentlichen Denkanstoß verpasst hat, wird der Spazierer leider nicht mehr lebend gegenübertreten. Bei ihrem nächsten Treffen wird ihn der nämliche Fleischermeister Stegmüller, an einem Fleischerhaken hängend, aus toten Augen anstarren.

Der Spazierer ist derartig in Gedanken versunken, dass er Draxlers Anruf gar nicht hört. Ohne seinen Fahrer ist auch der Draxler nur ein einfacher Fußgänger.

110

Der Indianer wird an diesem Abend früh schlafen gehen. Morgen will er früh auf den Beinen sein, eine Landpartie in die Oststeiermark steht auf dem Programm. Das »Halali« zur Jagd auf den Cowboy hallt lautlos über den stillen Reinischkogel.

111

Auf der Fahrt zurück nach Graz unterbreitet der Spazierer dem Draxler seine neue Theorie. Mit verschränkten Armen hockt der Draxler auf dem Beifahrersitz und schmollt. Grund eins, seine anfänglich so schlüssige Theorie ist Schrott, und Grund zwei, der übergescheite Spazierer. Ich werde langsam alt, denkt sich der Draxler selbstkritisch. Vielleicht ist es wirklich an der Zeit, sich ins Privatleben zurückzuziehen. Mit dem Spazierer hat er einen ganz probaten Nachfolger aufgebaut, mit einem beneidenswerten Durchblick. Zu festgefahren sind Draxlers eigene Denkmuster, als dass der sich in seinem Alter noch auf die neuen und offenbar modernen Mörder einstellen könnte. Ohne ein Wort zu sagen, akzeptiert der Draxler die Theorie seines Kollegen. Jagd und Schwammerl! Warum eigentlich nicht.

So modern die neuen Mörder auch sein mögen, jetzt ist wohl wieder die gute alte Polizeiarbeit gefragt. Wie aus dem Lehrbuch. Die Suche nach einem militanten Tierfreund und einem Schwammerlliebhaber. Typisches Türklinkenputzen also. Eigentlich eine ideale Arbeit für die Hilde Ranner.

112

Fleischermeister Stegmüller hat wohl ein Bier zu viel getrunken. Mit schwerem Kopf liegt er in seinem Bett, starrt an die makellos weiße Decke und denkt nach. Zu wenig Alkohol im Blut, als dass er sofort eingeschlafen wäre, und gerade so viel, um jetzt sentimental zu werden. »Ledig bin ich. Nach wie vor.« Dann kommt der erste schwermütige Seufzer.

Die letzte Freundin, die er gehabt hat, ist auch schon einige Jahre aus dem Haus. Die hat das erbärmliche Schreien der Schweine und Kälber nicht ausgehalten. Seufzer Nummer zwei.

Was soll er denn dagegen tun? Sein Beruf wurde ihm quasi in die Wiege gelegt.

Schon seit Generationen sind die männlichen Stegmüllers Fleischer und Metzger. Im Gegensatz zu seinem Vater hat er, Stegmüller junior, investiert und den elterlichen Betrieb im Laufe der Jahre weiter ausgebaut. Da erinnert nichts mehr an eine klinisch weiß gekachelte Verkaufshalle, farblich dominiert vom Weiß der Fliesen und vom Rot des Fleisches. Sein Geschäft ist richtig appetitlich. Hinaus zur Straße ein pikfeines Verkaufslokal, das sogar einem Vegetarier Gusto auf ein Häppchen Fleisch gemacht hätte. Direkt über dem Verkaufslokal befindet sich seine Wohnung. Nach hinten hinaus gibt es einen kleinen Stall sowie zwei Schlachträume und eine kleine Wurstfabrik. Werden Tiere zum Schlachten angeliefert, versucht der Stegmüller, ihr Leiden so kurz wie möglich zu halten. Eingepfercht in engen Ställen können die Tiere den Tod riechen. Aus eben diesem Grund hat er sich mit dem kleinen Stall besondere Mühe gegeben. Sieht fast so gemütlich aus wie die Ställe in jener Zeit, als man noch gemeinsam mit dem Vieh gelebt hat. Trotz der gut gemeinten und zweifellos gut gelungenen Täuschung schreien die Viecher dann und wann. Und so ein markerschütterndes Schreien hat genügend Potenzial, um selbst nervenstarke Frauen aus dem Haus zu treiben. Ist dem Stegmüller nicht nur einmal passiert. Eines Nachts ist er sogar aus dem Bett gestiegen, nach unten gegangen und hat eine schreiende Sau mit dem Schlachtschussapparat still gemacht. Wegen der Frau natürlich, die oben geschlafen hat. Zurück im Schlafzimmer und mit Mörderblut an den Händen, hat er in ihre schreckgeweiteten Augen geblickt. Da hat die noch warme Sau vor ihrer Hinrichtung weniger Angst gehabt. Noch in derselben Nacht hat die Frau ihre Koffer gepackt und ist ohne ein Wort verschwunden. Der Stegmüller hat sie nie mehr wieder gesehen. Das war die Letzte, die gegangen ist. Mit einem dritten und letzten Seufzer auf den Lippen schläft Stegmüller endlich ein.

113

Am frühen Morgen ist der schwarze Alfa wieder unterwegs. Mit an Bord ist diesmal die Ranner. Der Draxler hätte an diesem Tag ohnehin nicht gekonnt, da er zu einem »befohlenen Rapport« in die Burg muss. Diesmal wird zur Abwechslung einmal der Draxler verhört. Vom Polizeipräsidenten und dem Landeshauptmann. Alle sind nervös. Ob der schleppenden Ermittlungen sogar leicht erbost. Das kennt der Draxler alles schon. So lange, wie der schon dient. Hat der Draxler im Laufe seiner langen Karriere bisher fünf Landeshauptleute überstanden, ist er sich dieses Mal nicht so sicher, ob er den amtierenden Landeshauptmann beruflich auch noch überleben wird.

Der Spazierer ärgert sich über einen schleichenden Subarufahrer. Eine Engstelle auf der Autobahn macht ein Überholen unmöglich. Kaum dass die zweite Fahrspur wieder frei ist, rast er am Subaru vorbei. Kopfschüttelnd denkt sich der Indianer, dass solche Raser von der Straße gehören. Wo bleibt denn die Zivilstreife, wenn man tatsächlich einmal eine braucht? Wenn der mit seiner italienischen Rennsemmel so weitermacht, dann gibt es bald Tote. Mit dieser Annahme liegt der Indianer aber völlig falsch. Mit jeder Minute, die der Spazierer früher in Hartberg ist, verringert sich genau diese Wahrscheinlichkeit.

Die Ranner hat zwar einen kurzen Seitenblick auf den Subarufahrer geworfen, sein Gesicht aber kaum erkennen können. Zu schnell hat der Spazierer aus dem Baustellenabschnitt heraus beschleunigt. Davon abgesehen ist ein Wagen mit Voitsberger Kennzeichen auch nichts Besonderes. Derselbe Wagen wird ein paar Stunden später nochmals ihren Weg kreuzen, aber erst sehr viel später wird sich die Hilde Ranner an die alte Rostlaube erinnern.

Zwar hat der Spazierer mit seinem Mördertempo einen zehnminütigen Vorsprung herausfahren können, wissensmäßig liegt er aber weit abgeschlagen zurück. MV50! Dieses Wissen und die Tatsache, dass nur drei Fahrzeuge dieser Art im Bezirk Hartberg gemeldet sind, vergrößert den Wissensvorsprung der bummelnden Rothaut zusätzlich.

Im Hartberger Polizeirevier setzen sich Revierinspektor Krammberger, Major Spazierer und Hilde Ranner im Besprechungsraum zusammen. Hat der Draxler bei seinem ersten Besuch den angebotenen Höflichkeitstrunk beinahe schroff ignoriert, nehmen die beiden Kripobeamten das erneuerte Kaffeeangebot dankend an. Während die Ranner ein Päckchen Zucker nach dem anderen in ihrem Cappuccino versenkt, fragt der Herr Major nach ortsbekannten Tierschutzorganisationen. Der Krammberger nimmt sich zum Nachdenken zwar eine kleine Auszeit, trotzdem will ihm zu dieser Frage keine passende Antwort einfallen. In seiner Heimatgemeinde geht man eher auf die Jagd, züchtet Rotwild oder schlägt Schweinen, Kälbern und Hühnern den Kopf ab. Also ist wohl eher das Gegenteil der Fall. Hier bei ihnen ist die Zeit stehen geblieben. Quasi dunkelste Steinzeit.

Jetzt ist die Ranner noch nicht so lange aus der Schule heraus, dass sie sich nicht mit einer guten Idee einbringen könnte. Ihrer profunden Meinung nach wissen die örtlichen Lehrer am besten Bescheid. Die kennen praktisch jeden und jede und wissen, wer bereits als Kind gewisse Tendenzen gezeigt hat.

Während sich der Krammberger sofort mit der Volksschule verbinden lässt, klopft der Spazierer der Ranner gönnerhaft auf die Schulter. Nun gilt es, die ältesten Lehrer ausfindig zu machen. Jene Altvorderen, die von jedem auf der Straße ehrfürchtig gegrüßt werden. Haben doch die meisten in jungen Jahren unter ihrem Joch gelitten. Hoffentlich gibt es da draußen noch welche vom alten Schlag, denkt sich der Spazierer hoffnungsfroh.

So bedeutungslos diese neue Erkenntnis auf den ersten Blick auch erscheinen mag, wendet sich in diesem Moment das Schicksal. Obwohl nun eine Gedenkminute angesagt wäre, ein Moment des Innehaltens und des Danksagens, geht alles seinen gewohnten Gang.

Der Krammberger telefoniert, die Ranner freut sich, und

der Spazierer denkt an die Koller Karin. Nach einem kurzen Telefonat kann der Krammberger den Kollegen die pensionierte Volksschuldirektorin Fräulein Stadler anbieten. Die ist noch untrennbarer mit Hartberg verbunden als der Jahrmillionen alte Ringkogel. Ein zweiter Anruf, diesmal bei Fräulein Stadler, bringt ans Licht, dass die pensionierte Lehrerin an diesem Tag das naturhistorische Museum in Wien besucht. Sie ist leider erst morgen wieder erreichbar. Das hat dem Krammberger ihre geschwätzige Schwester mitgeteilt. Leider ist Fräulein Stadler ein telekommunikationstechnischer Dinosaurier. Im Bezirk wohl die Letzte ohne Mobiltelefon.

Diese Verachtung jedweden technischen Fortschritts ist nun das endgültige Todesurteil für den Stegmüller. Eigentlich schade. Wäre seine ehemalige Volksschullehrerin in Hartberg gewesen, er hätte wohl noch ein wenig länger leben dürfen. Ohne es zu wissen, hat der Stegmüller aber noch einen zweiten Trumpf im Talon. Den Indianer. Leider wird aber auch diese Karte nicht stechen. Zwar holt sich der Indianer bei einer leutseligen Kellnerin im Hartberger Brauhaus gerade wichtige Informationen, wie zum Beispiel jene, dass der, den er sucht, wohl der Hinteregger Horst sein muss, aber genauso wie die Kripo an diesem Tag das Fräulein Stadler verpasst, wird es dem Indianer mit dem Cowboy ergehen. Zusätzlich zum Namen erhält der Indianer ohne jegliches Nachstoßen noch weitere Detailinformationen. »Der Hinteregger ist immer in dezentes Architektenschwarz gekleidet. Schwarz wie sein heiß geliebtes Moped. Darüber hinaus ist er Frühpensionär, der sich nach dem tödlichen Autounfall seiner Eltern mit einer stattlichen Erbschaft wohl so einigermaßen über Wasser halten kann. Arbeiten sieht man den nie. Ist ein sonderbarer Kauz.« Damit beendet die Kellnerin – Karin heißt sie – das Gespräch. Der Nachbartisch wird nämlich ungehalten. Was so viel heißt wie: Der Bäckermeister will sein nachmittägliches Hefeweizen.

114

Auf dem Weg nach draußen ruft die Kellnerin dem Indianer hinterher, auf der Straße hinaus nach Eggendorf könne er ihn finden. Lebt in einem großen alten Bauernhof. Ist vielleicht ein wenig schäbig, aber nicht zu übersehen. Obwohl ihm diese für jedermann hörbare Information, über zehn Tische herübergebrüllt, doch ein wenig zu öffentlich ist, bedankt sich der Indianer artig. Wäre er jetzt zu Hause auf dem Reinischkogel, würde er seine Axt aus dem Geräteschuppen holen. Quasi das Kriegsbeil ausgraben oder zumindest herräumen.

Im Vorübergehen fragt der Bäckermeister die Karin neugierig, was denn der Fremde da vom Horst gewollt hat. Da die Karin jedoch nicht bei jedem automatisch zur Plaudertasche wird, ignoriert sie den notorischen Frühaufsteher.

115

Während der Indianer seinen Subaru direkt gegenüber dem Hinteregger'schen Gehöft hinter einer mottenstichigen Hecke parkt, rauscht schon wieder der schwarze Alfa an ihm vorüber. So oft wie die Kripo an diesem Tag die Wege ihres eigentlichen Jagdwildes kreuzt, grenzt schon an grobe Fahrlässigkeit. Wäre der scharfsinnige Habicht wieder in der Gegend, er hätte ob der Ahnungslosigkeit im schwarzen Beamtenauto nur seinen Kopf samt Schnabel geschüttelt.

Langsam verliert sich das Motorengeräusch der Beamtenkarosse in der ländlichen Idylle. Neben einem großen Fleischermesser hat der Indianer auch einen Feldstecher mitgebracht. Momentan sind beide Gerätschaften jedoch absolut überflüssig. Der Feldstecher, weil der Indianer nicht den Deut einer Bewegung in und rund um den Bauernhof ausmachen kann, und das Mordwerkzeug, weil eben der Feldstecher keine besseren Informationen liefert. Wie dann die letzten Sonnenstrahlen der idyllischen Oststeiermark eine gute Nacht wünschen, beschließt auch der Indianer, seine Zelte abzubrechen. Ist schließlich ein weiter Weg hinauf zu seinem Haus im dunklen Wald auf dem dunklen Reinischkogel. Er wird morgen wiederkommen.

Mit dieser Entscheidung unterschreibt er endgültig das Todesurteil des Fleischermeisters Stegmüller.

116

Der Cowboy hat den Tag in den umliegenden Wäldern verbracht. Nicht aus purer Langeweile, dafür ist sein momentanes Leben mit zu viel operativer Hektik erfüllt, sondern um sich innerlich zu sammeln und vorzubereiten.

Heute Nacht wird er dem Fleischermeister Stegmüller einen Hausbesuch abstatten. Wie er Stegmüllers Abgang zu arrangieren gedenkt, hat er kreativ ausgetüftelt. Angemessen und an die Art und Weise der vorangegangenen Tierschändungen angepasst.

117

Auch der Draxler beendet langsam sein Tagwerk. Zwar hat es oben in der Burg kein Köpferollen gegeben, trotzdem nimmt der Draxler ein Ultimatum mit nach Hause. Für den glimpflichen Ausgang des Gespräches hat seine Offenheit gesorgt. Da er beim befohlenen Rapport lückenlos und bereitwillig die gesamte Faktenlage übermittelt hat, hatten sogar die hohen Herren ein Nachsehen. Dass da wohl kein kapitaler Verdächtiger dabei ist, ist auch ihnen schnell klar geworden. Keiner der beiden möchte derzeit in Draxlers Haut stecken. Das bleibt an diesem Tag aber unausgesprochen.

118

Es ist kurz vor drei Uhr morgens, als der Cowboy einen kunstvoll gefesselten und nicht minder kunstvoll geknebelten Stegmüller hinunter in den Verkaufsraum schleppt. Da der Cowboy gut im Futter steht, bereitet ihm der für seinen Berufsstand relativ unterernährte Stegmüller keine sonderlichen Probleme.

Im Laden kennt der Cowboy sich fast so gut aus wie der Stegmüller selbst. Rasch hat der Cowboy das Fliegengewicht an einem der martialisch anmutenden Fleischerhaken aufgehängt. Dann beginnt er Stegmüllers weißen Bauch freizulegen. Die nächsten Minuten widmet der Cowboy der umsichtigen Wahl seines Werkzeuges. An geeignetem Schneidmaterial mangelt es hier in der Metzgerstube freilich nicht. Aufgrund der Vielfalt an Messern kommt der Cowboy beinahe in einen Entscheidungsnotstand. Schließlich entscheidet er sich für ein langes, stilettähnliches Messer. Ein paar elegant geführte Schnitte mit besagtem Schnitzinstrument, und schon öffnet sich schmatzend Stegmüllers Bauchdecke. Wäre die Situation nicht gar so schrecklich, man hätte dem Cowboy wohl ein Kompliment aussprechen müssen. Allein schon wegen des sportlichen Hechtsprungs, mit dem sich der Cowboy, praktisch aus dem Stand, vor den nun hervorquellenden Eingeweiden in Sicherheit gebracht hat. Just in dem Augenblick, in dem ein Teil der dampfenden Innereien auf dem Boden aufschlägt, erreicht der Cowboy blutspritzersicheres Terrain.

Dass der Stegmüller noch gut eineinhalb Stunden mit hervorquellenden Augäpfeln auf jene Innereien hat starren dürfen, mit denen er sich in tierischer Form sein ganzes Berufsleben so innig hat beschäftigen dürfen, war wohl keine rechte Gnade. Wäre der Stegmüller Arzt gewesen, er hätte mit Sicherheit, und noch dazu mit bloßem Auge, ein hässliches Karzinom auf seinem Dickdarm entdeckt. Und dann ist der Stegmüller endlich gestorben.

Stegmüllers Todeszeitpunkt wird Dr. Schneider noch am selben Tag mit etwa fünf Uhr morgens festlegen. Plus minus dreißig Minuten. Die zwei Stunden Todeskampf miteingerechnet. Diese wie immer richtige Annahme hätte wohl nur einer tatsächlich bestätigen können. Der Stegmüller höchstpersönlich. Aber der bestätigt nun gar nichts mehr.

119

Noch bevor die Sonne aufgeht, ertönt zum wiederholten Mal ein »Ping«. Diesmal hockt jedoch kein Indianer vor dem Bildschirm, um die Datei zu öffnen.

120

Nur ungern will der Spazierer das emeritierte Fräulein Volksschullehrerin zu so früher Stunde stören, aber die Zeit drängt. Da hätte er sich aber kaum Sorgen machen müssen. Nur allzu gerne empfängt die Frühaufsteherin Stadler die Kripo so früh am Morgen. Es ist ohnehin schon sieben Uhr, und bekanntlich fängt der frühe Vogel den dicksten Wurm. Außerdem war sie ja vorgewarnt. Ihre Schwester hat diesen Besuch in ihrer bekannt nervigen Art angekündigt. Wie es ihrer Lehrerinnennatur entspricht, freut sie sich, dass sich die Polizei für etwas interessieren könnte, was nur sie alleine weiß. Ihr ganz persönlicher Beitrag an einer so wichtigen Ermittlung gibt ihr ein Gefühl der Wertschätzung, wie sie es schon lange nicht mehr hat erleben dürfen. Dass sie das Ziel dieser Ermittlungen sein könnte, kommt der integren und wahrlich rüstigen Dame freilich nicht in den Sinn.

Auf die einleitende Frage der Hilde Ranner, ob ihr in ihren langen Berufsjahren als Volksschullehrerin ein Schüler als extremer Tierfreund aufgefallen ist, huscht ihr ein nicht unattraktives Lächeln über das faltige Gesicht. »Der Hinteregger Horst«, kommt es ihr fast selig und wie aus der Pistole geschossen über die gespitzten Lippen. So bestimmt und endgültig, als ob ohnehin niemand anders infrage gekommen wäre.

»War ein so netter Bub. Und was der Tiere geliebt hat! Wollte sogar Veterinärmedizin studieren. Draußen in Wien. Hat es aber nicht gepackt. Nach dem Tod seiner Eltern, Gott hab sie selig, war genug Geld da, dass der Bub hat überleben können. Ohne eine ordentliche Ausbildung ist das heutzutage noch viel schwerer als früher. Lernen, lernen, lernen, Buben und Mädchen! Das habe ich ihnen nicht umsonst tagtäglich gepredigt. Kann einem richtig leidtun, der arme Kerl.« Dass der Bub jetzt um die vierzig sein muss und draußen auf dem alten Bauernhof seiner Eltern wohnt, muss die Stadler den beiden beinahe hinterherrufen. So eilig haben es die Beamten nun.

Traurig schaut ihnen das Fräulein Stadler nach. Das war's schon? Dabei ist sie doch schon um fünf Uhr in der Früh aufgestanden, um einen herrlichen Gugelhupf zu backen. Extra für die Polizei.

121

Auf dem Weg hinaus in Richtung Eggendorf ruft der Spazierer den Krammberger an. Er soll gleich mit Verstärkung anrücken. Mit Blaulicht, Folgetonhorn und dem ganzen Brimborium. Das volle Programm.

Jetzt kann ein Außenstehender nicht nachvollziehen, warum der Spazierer nach so einem kurzen und recht allgemeinen Hinweis wie ein von der Tarantel gestochener Windhund losrennt. Was beim Draxler seine innere Stimme, ist beim Spazierer bekanntlich die Nase. Und genau die juckt mit einem Mal so fürchterlich, dass es gar keine andere Erklärung, keinen anderen Verdächtigen geben kann.

Der Spazierer ist derartig fokussiert, dass er sogar einen Anruf von der Koller Karin wegdrückt. So sehr wie er seine Herzensdame in den letzten Tagen vernachlässigt hat, ist das eine rechte Schande, aber wenn er mit seiner Intuition richtig liegt, dann hat er bald genügend Zeit für seine Liebste.

Zwar versucht die Ranner, den Spazierer zu beruhigen, und bittet ihn auch inständig, auf die ohnehin schon hörbaren Kollegen zu warten, aber in diesem Moment würde noch eher der untreue Schnurlibärli auf sie hören als der Spazierer in seinem Ermittlungsrausch. Was die Ranner als Letztes sieht, ist, wie der Spazierer mit entsicherter Waffe ums Hinteregger'sche Anwesen nach hinten läuft. Was die Ranner als Nächstes hört, ist ein lautes Krachen. Der Spazierer hat wohl da hinten irgendeine Tür eingetreten.

Kaum eine Minute später, die Landpolizei biegt gerade auf den Zufahrtsweg ein, öffnet der Spazierer von innen die Eingangstür. Zwar ist die nervöse Hektik aus seinem Blick verschwunden, das geheimnisvolle Glänzen ist aber noch da. Der Spazierer tritt zur Seite und gibt der Hilde Ranner den Blick ins Innere des Hauses frei. Mit durchgeschnittener Kehle, aber mit vollständigem Skalp liegt der Cowboy vor ihr. So wie der noch dampft, ist der noch keine Stunde tot. Richtig, wird auch der Dr. Schneider später sagen.

122

Ohne auf die Kollegen der Spurensicherung zu warten, stellt der Spazierer an diesem so erfolgreichen Tag höchstpersönlich zwei der drei Tatwaffen sicher. Das Scharfschützengewehr samt Fernrohr und ein langes Tranchiermesser. Dass der Cowboy das Skalpell beim Harrer hat zurücklassen müssen, schließlich musste er den dicken Bene-Ordner tragen, ändert nichts an der erdrückenden Beweislage. Was die oststeirischen Morde anbelangt, passt alles wunderbar zusammen. Einfache und große Puzzleteile, die den passionierten und jetzt toten Tierfreund Hinteregger einwandfrei überführen. Sosehr dieser Ermittlungserfolg den Spazierer auch befriedigt, fehlen ihm zwei ganz entscheidende Dinge.

Zum einen ein mittelgroßer Zoo, den er bei einem Menschen wie dem Hinteregger und bei der Größe des Hofes schon erwartet hat, und zum anderen ein Computer samt Drucker und dem üblichen Zusatzequipment. Das mit dem Zoo kann der Krammberger schnell aufklären. Zwar hat der Hinteregger mehrmals versucht, so etwas wie eine Arche Noah zu erschaffen, leider war seine Liebe zu Tieren aber viel größer als sein Geschick, diese entsprechend zu pflegen. Zu viele Tiere sind in zu kurzer Zeit gestorben. Daran wäre der Hinteregger Horst beinahe zerbrochen. Klar, dass der früher oder später damit aufgehört hat. Zum fehlenden Computer kann der Krammberger aber recht wenig sagen. Da ein Computer samt Internetanschluss heutzutage ein Muss ist, sogar Krammbergers greise Großmutter surft regelmäßig auf nicht ganz jugendfreien Seiten durchs Netz, teilt Krammberger Spazierers Meinung.

Im Wohnzimmer findet der Krammberger dann die eindeutige Bestätigung. Dort, wo auf dem Schreibtisch der Computer gestanden haben muss, glänzt die verdreckte Holzplatte auffällig. Es sieht so aus, als hätte Hintereggers Mörder den Computer als wichtiges Beweismaterial mitgehen lassen. Wenn es, wie bei diesem vermaledeiten Fall schon fast die Regel, dumm läuft, dann hat der Kerl sämtliche Spuren verwischt. Und es ist dumm gelaufen.

Obwohl der Spazierer die Indizien für eine Internetverschwörung nun schwarz auf weiß hat, kann er sich darüber nicht wirklich freuen. Es ist zum Haareraufen. Eine Stunde früher, und sie hätten beide geschnappt. Fast kommen dem Spazierer die Tränen.

123

Und dann wird es wieder still und friedlich in der Steiermark. Langsam und ergebnislos verrinnen die letzten warmen Spätsommertage. Die Kripo sucht selbst an den unwahrscheinlichsten Stellen und mit verbissener Hartnäckigkeit nach dem zweiten Mörder, durchleuchtet dabei die gesamte dunkle Vergangenheit des Cowboys, findet aber rein gar nichts. Kein noch so unbedeutender Hinweis, der irgendwie weitergeholfen hätte.

Schließlich klopft ein Mittwoch im September an die Tür. Es ist noch immer warm, aber nicht mehr so unerträglich schwül und diesig wie in den Wochen davor. Eine Fernsicht hat es an diesem Tag, dass jeder Hügel und jeder Berg zum Greifen nahe ist. Ein Altweibersommertag, wie er im Bilderbuche steht.

Das denkt sich auch der Luigi. Luigi heißt leider genauso, wie jeder Nichtitaliener glaubt, dass ein Italiener heißen muss. Noch dazu Rossi mit Nachnamen. Luigi Rossi. Klingt schon fast kitschig, weil so übertrieben italienisch.

Luigi ist Koch, und Luigi betreibt eine gut gehende Trattoria in Goricia. War bis vor Kurzem ein Geheimtipp, aber schön langsam sprechen sich Luigis Kochkünste herum. Da parken schon bald mehr Österreicher vor Luigis Trattoria als in den großen Einkaufszentren rund um Udine. Viele kommen speziell wegen Luigis legendärer Schwammerlpasta, für deren Zubereitung Luigi auf ein gut gehütetes Familienrezept zurückgreifen kann. In seiner Branche sind geheime Familienrezepte nicht mit Gold aufzuwiegen. Die wenigsten seiner österreichischen Gäste wissen, dass ein Großteil der Schwammerl aus ihrem eigenen Land stammt. Teils legal importiert, weil brav gekauft, und teils illegal und in großen Körben heimlich und verstohlen aus den österreichischen Wäldern geschleppt. Immer wenn der Luigi um diese Jahreszeit beruflich nach Wien muss, oder, wie heute, gerade aus Wien kommt, dann bleibt er dort stehen, wo seine untrügliche Nase wegen des würzigen Schwammerlduftes ganz laut »Halt!« schreit. Die arbeitet sogar noch besser als die Nase des Major Spazierer. Ohne seinen ausgeprägten Geschmacks- wie Geruchssinn wäre aus dem Luigi wohl kaum so ein begnadeter Koch geworden.

An diesem Mittwoch hat er sich schon früh aus Wien weggestohlen. Das verschafft ihm genügend Zeit, um noch ein paar Stunden durch die weststeierischen Wälder zu streifen. Wegen der Steinpilze, wegen der horrenden Marktpreise südlich der Staatsgrenze und wegen seinen immer hungrigen Gästen. Kurz nach Mooskirchen fährt er von der Autobahn ab und stellt kurz darauf irgendwo am Reinischkogel seinen Wagen ab. Mit zwei großen Körben bewaffnet verschwindet er im Dickicht des dunklen Waldes. Kaum drei Stunden später ist er wieder zurück. Ein Blick in seine prall gefüllten Bastkörbe, und Luigi lächelt glücklich. Heute hat er sich eine schöne Stange Geld gespart.

Nachdem er die Körbe fein säuberlich im Kofferraum verstaut und diese mit luftigen Vliesdecken oberflächlich getarnt hat, ruft er zu Hause an. Laut Navigationssystem wird er in etwa dreieinhalb Stunden daheim sein. Seine liebe Frau freut sich. Ihr geliebter Mann kommt endlich wieder nach Hause.

Auf seiner Fahrt zur Autobahn ist er nicht mehr ganz so einsam wie eben noch im Wald. Ein Wagen fährt dicht hinter ihm. Hat zufällig denselben Weg, denkt sich der Luigi sorglos. Was sollte er auch anderes denken. Hat doch Luigi nicht den Deut einer Ahnung, dass vor wenigen Wochen ein Dr. Dröster beim Schwammerlsuchen in genau diesen Wäldern ermordet worden ist. Luigi ist an diesem Tag nicht unweit des Tatorts auf drei herrliche Steinpilze gestoßen.

Wenn einem am helllichten Tag, noch dazu im idyllischen Österreich, ein Auto hinterherschleicht, dann denkt wohl kaum einer etwas Übles. Dafür bietet die so reizvolle Landschaft auch einen zu ungruseligen Hintergrund. Dementsprechend fröhlich trällert der Luigi ein Wanderlied vor sich hin. Das Wechselspiel der Kurven deckt sich auffällig mit dem Takt des netten Liedes. Obwohl sich das Licht der tief stehenden Sonne hie und da in der Windschutzscheibe seines Verfolgers spiegelt, fühlt sich Luigi herrlich allein und rundum zufrieden. Kaum auf die Autobahn aufgefahren, hat Luigi seinen Wegbegleiter schon vergessen. Trotz alledem klebt ihm dieser noch immer konsequent an den Fersen. Mittlerweile aber mit einem gewissen Respektsabstand.

Gar so viele Autos wie noch vor wenigen Wochen sind nicht mehr unterwegs. Die allgemeine Urlaubszeit ist bereits vorüber. Nur hie und da mischt sich ein Fahrzeug mit ausländischem Kennzeichen unter den üblichen Berufsverkehr, der sich täglich über den Packer Abschnitt der A2 quält. Noch ein gutes Stück vom Herzogbergtunnel entfernt, macht sich Luigis Blase bemerkbar. Luigi hat beim Schwammerlsuchen im Wald öfter gepinkelt, als ein handelsüblicher Hund sein Revier markiert, was aus medizinischer Sicht durchaus verständlich ist. Luigi hat nämlich schon seit längerer Zeit lästige Blasenprobleme. Von Inkontinenz würde er, weil eben typisch Mann, natürlich nicht sprechen.

Wie dann nach einer lang gezogenen Rechtskurve eine gut ausgebaute Raststätte auftaucht, seufzt Luigi erleichtert auf. Endlich!, denkt er sich. Sofort abbiegen!, befiehlt seine Blase. Da sich der großzügig angelegte Parkplatz in unmittelbarer Nähe des Herzogberges befindet, können zu dieser nachmittäglichen Stunde nur noch einige letzte Sonnenstrahlen den Platz erhellen.

Einsam und allein parkt dort ein Wohnmobil. Nach einer zünftigen Brotzeit macht sich ein älteres Ehepaar soeben wieder auf den Weg ins schöne Italien. Zwar ist Italien für Pensionisten auch im Spätsommer kein erschwingliches Urlaubsziel, aber ein mit Lebensmitteln vom Diskonter beladenes Wohnmobil macht die Reise zumindest finanziell erträglich.

Gerade als Luigi in der Toilette verschwindet, kurbelt der alte Mann aus Nürnberg die Stützen seines Wohnmobils hoch. Sorgfältig verstaut er die Kurbel, ehe er sich ächzend auf den Fahrersitz hievt. Liebevoll streichelt er seiner Frau über ihren dürren, von der letzten Chemotherapie gezeichneten Oberschenkel. Sein Lächeln ist milde und voller Liebe. Wer weiß, wie viel gemeinsame Zeit ihnen noch bleibt. Er will darüber gar nicht nachdenken. Nicht heute. Nicht an diesem so schönen Spätsommertag.

Nach vorbildlichem Links- und Rechtsschauen fährt er das Ungetüm aus der Parklücke. Typisch deutsch, typisch gründlich. Im Rückspiegel des Wohnmobils wird Luigis Lancia langsam kleiner. Ein etwas weiter entfernt geparkter Wagen ist sogar schon außer Sicht.

Verwaist liegt der Parkplatz nun da. Ein mit Dachziegeln beladener Hängerzug donnert vorbei, ehe es still wird. Erleichtert tritt der Luigi hinaus ins schwindende Tageslicht. Es wird langsam frisch, denkt er sich. Und dann hört er das Zischen. Pfeilschnell kommt etwas seitlich auf ihn zu. Instinktiv zuckt Luigi zusammen und duckt sich. Das hätte er sich gewiss sparen können, so schnell ist kein menschliches Wesen. Zischend rauscht ein brauner Raubvogel im Konturflug über Luigis Kopf hinweg. So knapp, dass sich seine schütteren Haare im Sog des Vogels bewegen. Noch ehe sich Luigi nach dem Raubvogel umdrehen kann, ist das Tier auch schon im nahen Wald verschwunden. Schneller als ein Pfeil, denkt sich der erschrockene Luigi.

Wäre Luigi nicht gerade auf der Toilette gewesen, er hätte sich vor lauter Schreck in die Hose gemacht. Gott sei Dank wird seine Blase noch eine gute halbe Stunde trocken bleiben. Kaum zwei Minuten später ist Luigi wieder auf der Straße. Zu Hause wartet seine Frau auf ihn. Die wunderschöne, wunderbare Chiara.

125

Der Cowboy hat seine gerechte Strafe empfangen. Für einen Großteil der armen Seelen Grund genug, gen Himmel zu fahren. Nur eine letzte huscht verzweifelt über die Hänge des Reinischkogels und klagt ihr lautloses Leid. Und die Polizei tappt weiter im Dunkeln.

»Zurück auf Start. Brainstorming.« Wie oft der Draxler das in den letzten Tagen wohl gesagt hat? Gefolgt von endlos langen Sitzungen mit immer gleichem Ausgang. Einem peinlichen Schweigen. Was soll man jetzt noch tun? All jene abklappern, die dort oben am Reinischkogel wohnen? Das entspricht kaum den Draxler'schen Vorstellungen von kriminaltechnischer Ermittlungsarbeit. Das ist eher etwas für das gemeine Fußvolk. Für die polizeiliche Infanterie.

Obwohl sämtliche Polizeiposten aus der unmittelbaren Umgebung des Tatorts den Draxler tatkräftig unterstützen, will beim Draxler partout keine rechte Freude aufkommen. Nicht, weil er keine Energie aufbringen kann, den zweiten Mörder zu suchen, sondern weil diese zeitaufwendigen Befragungen dem inoffiziellen Eingeständnis gleichkommen, gescheitert zu sein. Es gibt keine neuen Perspektiven, keine Alternativen, und es mangelt ihnen an zündenden Ideen.

126

Schon längst hat Luigi sämtliche Pilze verkocht, da streifen noch immer Polizisten in Uniform und hie und da einer in Zivil über den Reinischkogel. Fast eine Landplage. Nicht ganz so schlimm wie die unmäßigen Schwammerlsucher, aber trotzdem irgendwie lästig. Die Teenager fahren zum Parken auch nicht mehr hier herauf. Wäre jetzt der König, der sich übrigens noch immer kaum aus dem Haus traut, auf Wanderschaft, dann könnte der nach jedem zehnten Schritt einem Polizisten einen schönen Tag wünschen.

Die Kripo ist nicht jeden Tag oben am Berg, am häufigsten ist das noch der Spazierer. Der hat es ja auch nicht weit hinauf. Von Köflach und von Karins Wohnung ist es für den Spazierer nur ein Katzensprung, nicht viel weiter als für den Reininger Sepp. Mit dem trifft sich der Spazierer auch gelegentlich auf ein kühles Bierchen. Quasi als Draxlerersatz und weil der Reininger für den Herrn Major jetzt auch praktisch ums Eck wohnt. Gerade einmal zum Pflanzengießen und zum Postabholen fährt der Spazierer noch in seine Grazer Wohnung.

Das mit der Karin ist für ihn wie ein Lottosechser. Da haben sich wirklich zwei gefunden. Dass der Karin, die die Buchhaltung für ihren Vater macht, in diesen Tagen und für sie völlig untypisch viele Fehler passieren, verzeiht ihr ein jeder. Ihre Arbeitskollegen, ihre Freundinnen und ihre Familie. Ganz besonders ihr Vater. Überglücklich ist der, dass endlich wieder ein Mann im Haus ist. Wenn auch gerade einmal zum Schlafen. Ein Mann, der was darstellt, ein Mann, der seine einzige Tochter Karin über alles liebt, und ein Mann, der einen ehrenwerten Beruf ausübt. Auf dem Land hat das Polizeiliche schon noch einen anderen Stellenwert. Das spürt der Spazierer, und das gefällt ihm.

Sosehr sich die Polizei auch bemüht, sie stecken alle fest. An den Aussagen in den Fernsehserien ist schon etwas dran. Wenn du in den ersten achtundvierzig Stunden keine ernsthafte Spur hast, dann wird es schwierig, nach einer Woche wird es ärgerlich und nach sechs Wochen so richtig ungemütlich. Und genau an dieser Stelle sind sie nun.

Gut, dass der Polizeipräsident nicht mehr jeden Tag beim

Draxler anruft, um sich einen aktuellen Lagebericht geben zu lassen. Der Haupttäter ist ja gefasst, und dass es da draußen noch einen zweiten geben muss, wissen die wenigsten. Die drei Beamten sind es ohnehin leid, unter ständiger Beobachtung zu stehen.

Als an diesem Freitag die Sonne aufgeht, rot wie ein blutiges Schweineherz, bricht ein Tag an, der das alles schlagartig ändern wird. Die ersten Protagonisten sind »Kommissar Zufall«, der Revierinspektor Sepp Reininger, eine Ampelkreuzung und natürlich der Indianer.

127

Wie der Reininger an besagtem Tag an besagter Ampel steht, erschöpft von den täglichen Befragungen oben am Berg, starrt er ins Narrenkastl. Er ist gerade dabei, ein Pferd in einem Schwimmbad zu ertränken. In einem richtigen, einem betonierten! Nicht in einem von diesen selbst aufstellenden Gummidingern. Mit seinem Vorschlag, sich doch auf so ein kostengünstiges Provisorium zu einigen, ist die Familie Reininger schon durch. Seine Frau hat das nur ein mildes Lächeln gekostet. Sie hat sich nicht einmal die Mühe gemacht, laut aufzulachen. Wäre aus ihrer Sicht ja eine reine Zeitverschwendung gewesen. Ein Gummibecken und ein hölzernes Hutschpferd! So weit kommt es noch. So billig kommt ihr der Sepp nicht davon.

Trotz seiner privaten Probleme ist der Reininger immer noch so viel Polizist, dass er im Augenwinkel einen rostigen Wagen erkennt, der gerade die Kreuzung quert. Weil Reiningers Ampel ein erstes zartes Grün zeigt, muss der Mann im angerosteten Kombi schon in ein tiefes Abendrot geblickt haben. Ampeltechnisch, versteht sich. Das erfüllt eindeutig den Tatbestand einer Verkehrsübertretung. Zwar könnte der Reininger jetzt Fünfe grade sein lassen, aber die Ampel steht in Voitsberg, und Voitsberg ist nicht der Reinischkogel. In Voitsberg kennt man den Reininger und, was noch wahrscheinlicher ist, den immer lauter röhrenden Dienstoctavia.

Da redet auch gleich jeder am Stammtisch davon, dass der Herr Revierinspektor Reininger in voller Pracht und Dienstuniform einen hat fahren lassen. So einen zweideutigen Satz würden die mit Absicht so formulieren. »Einen Verkehrsrowdy hat er fahren lassen«, wird der pseudokomische Stammtischinformant nach einer spannungserhöhenden Pause den ungläubig Staunenden dann mitteilen. Der Reininger Sepp findet diese Vorstellung gar nicht lustig. So ein Wirtshausgerücht, wenn es in so einem Fall auch weniger ein Gerücht als eine Tatsache wäre, würde ein schlechtes Bild auf die Polizei im Allgemeinen werfen und auf den Revierinspektor Reininger im Speziellen.

Der Reininger gähnt müde, schaltet sein Blaulicht ein und biegt rechts ab. Kein »Tatütata«. So einen Lärm hält der Reininger heute gar nicht aus. Den da holt er sich so kurz vor dem Abendessen auch ohne Martinshorn. Beim Gedanken an ein Abendessen mit seinen beiden fordernden Frauen will bei ihm aber auch kein rechter Appetit aufkommen.

Der rostige Wagen, ein roter Subaru, ist so schnell unterwegs, dass er dem Reininger beinahe durch die Lappen gegangen wäre. Der Sepp sieht gerade noch, wie der rote Bürzel des Japaners rechts in einer Seitengasse verschwindet. Dort gibt es eine verkehrsberuhigte Zone mit diesen bescheuerten Stoßdämpferkillern, die die rasante Fahrt des Subaru unweigerlich verlangsamen. Und genau dort stellt der Reininger den doppelten Sünder. Doppelt, weil Ampel rot und weil in der Wohnstraße Dreißigerbeschränkung. Dass diese Vergehen im Vergleich zu den eigentlichen Missetaten des Fahrers Kinderkram sind, kann der Reininger jedoch nicht wissen.

Das Blaulicht tut seine Wirkung, und der rote Subaru hält an. Dass der Fahrer der Rostbeule auch sofort aussteigt, ist wieder so eine gute, alte österreichische Tradition. Nicht so wie in Amerika, wo sie dir ohne Zögern zehntausend Volt durch den Körper jagen, wenn du dein Auto voreilig verlässt. Auch wenn du ein höflicher Österreicher bist, scheren sich die Ami-Cops einen feuchten Dreck um deine kulturellen Wurzeln. So schnell kann keiner seinen Reisepass zücken, um seine Herkunft zu dokumentieren, da zuckt der schon wie ein frisch gefangener

Zitteraal am Boden herum. Wäre der Fahrer hier in Voitsberg hinter dem Lenkrad sitzen geblieben, der Reininger hätte viel eher Verdacht geschöpft. Wegen Drogen oder wegen Alkohol am Steuer.

So aber geht alles seinen gewohnten Gang. »Lenker- und Fahrzeugkontrolle.« Das Übliche also. Dass beim Subaru auch noch das rechte Bremslicht so dunkel geblieben ist, wie das bei den laufenden Mordermittlungen der Fall ist, verlängert die polizeiliche Mängelliste. Das sagt der Sepp dem Mann, noch bevor er ihn nach der obligaten Signalweste, dem Warndreieck und dem meistens öligen Verbandskasten fragt. Dass einer auch bei weißester Weste bei einer Anhaltung durch die Polizei nervös wird, ist für den Reininger auch nichts Neues. So sind sie eben, die Leute. Permanent ein schlechtes Gewissen.

Dass er unter der Uniform auch nur ein Mensch ist, sehen die Wenigsten. Dem Reiniger soll es recht sein. Schuldbewusst zahlt so ein reuiges Gegenüber gleich viel schneller, auch wenn zeitgleich die Ausreden einschlagen wie die Raketen einer Stalinorgel. »Ampel übersehen, wegen der tief stehenden Sonne.« Die muss auch für alles herhalten. »Nicht auf den Tacho geschaut, wegen der Sorgen um die Oma.« Die Arme. Ist wahrscheinlich ohnehin schon seit Jahren tot. »Das mit dem Bremslicht tut mir leid, kann man aber gar nicht wissen. Schließlich fährt man sich selten selber nach.« Diese Ausrede kann der Reininger noch einigermaßen akzeptieren. »Trotzdem danke für den Hinweis, Herr Inspektor. Wird heut noch erledigt. Gleich bei der nächsten Tankstelle.« Das Übliche also.

Weil der Mann dem Reininger aber jetzt weder das Verbandspackerl noch das Warndreieck zeigen will, kommt das dem Revierinspektor dann doch ein wenig spanisch vor. Das Zeug wird der Kerl doch im Kofferraum haben. Gehört ja selbst bei Fahrrädern schon fast zur Grundausstattung. Der Angehaltene ziert sich so sehr, den Kofferraum zu öffnen, als hätte er da drinnen vierzig Kilo Steinpilze versteckt. Die wachsen so spät im Jahr nämlich noch ganz ordentlich.

Jetzt wird der Reininger zum ersten Mal an diesem Tag ungehalten. »Aufmachen!«, herrscht er den Fahrer an. Der kann dann aber auch nicht mehr aus und öffnet zögerlich den Kofferraum. Wie der Reininger dann die drei nachgefragten Teile in einer offenen Plastikbox friedlich nebeneinanderliegen sieht, ist er schon sehr erstaunt. Warum der ganze Aufstand? Das Kofferraumaufmachen hat dem guten Mann gerade den Verlust von drei Kisten Bier erspart. In Euro, versteht sich. Kurz bevor der Reininger dem Verkehrssünder gestattet, den Kofferraum wieder zu schließen, fällt ihm eine schwarze Decke auf. Jetzt geht den Reininger eine schwarze Decke in einem roten Subaru so gar nichts an, und was darunter versteckt liegt, noch viel weniger, außer … ja, außer es handelt sich um eine mögliche Mordwaffe. Der Reininger Sepp ist noch immer so intensiv in die Ermittlungen zur Sache Dröster eingebunden, dass er schon weiß, was da unter der Decke hervorlugt. Das eine Ende eines Jagdbogens. An sich nichts Besonderes, wäre da nicht das auffällige Verhalten des Verkehrssünders und wäre da nicht der ungeklärte Politikermord.

Da aber in der stillen Seitengasse kein Mensch zu sehen ist – auch ungewöhnlich, wenn die Polizei einen anhält –, ist augenscheinlich nur einer in ernsthafter Gefahr. Nämlich der Reininger Sepp. Normalerweise gibt es bei einer Amtshandlung immer gleich Horden von besserwissenden Zaungästen. Aber heute? Null, nichts, nada. Die Gegend ist wie ausgestorben.

Im Reininger geht es gleich hoch her. Dass er den Mörder vor sich hat, weiß er einfach. Das ist mehr als nur eine Ahnung. Für ihn ist das so sicher wie der Wunsch seiner Frau nach dem Pool.

Einen Mörder auf offener Straße zu verhaften, ist so eine Sache, weil für den Reininger praktisch eine Premiere. So ein eiskalter Mörder wird sich dann aber auch nicht gleich umdrehen und die Hände hinter dem Rücken verschränken, nur um dem Reininger beim Handschellenanlegen ein bisserl zur Hand zu gehen. Der hat mehr zu verlieren als so manch anderer Mensch. Eigentlich mehr als alle Menschen zusammen, die der Reininger Sepp persönlich kennt.

Nun macht der Reininger etwas ganz Intelligentes. Er lässt sich zuerst einmal gar nichts anmerken und fordert beinahe beiläufig die Fahrzeugpapiere. Dann kennt er auch gleich den Namen des Fahrzeughalters. Es handelt sich um einen gewissen Johannes

Saringer. Wohnhaft, no na, oben am Reinischkogel. Jetzt ist sich der Reininger, was die Faktenlage angeht, absolut sicher. Würde er den Mann ganz einfach so weiterfahren lassen, wäre der schneller über alle Berge, als der Reininger »A« sagen kann.

Dann liefert der Reininger sein Meisterstück ab. Er geht um den Wagen herum, kontrolliert die Begutachtungsplakette und zählt dem Saringer nochmals seine Verfehlungen auf. Eine nach der anderen. Penetrant und minutiös. Der Reininger Sepp spürt, wie sich der vermeintliche Mörder merklich entspannt. Der glaubt mittlerweile, dass der Reininger nicht den Deut einer Ahnung hat, wer hier eigentlich vor ihm steht.

Da dem Reininger an diesem Tag der Sinn weder nach Nachsicht noch nach Großzügigkeit steht, kommt ein ganz schönes Sümmchen zusammen. Einhundertfünfzig Euro und keine Aussicht auf Begnadigung. Auch das gehört zu Reiningers improvisiertem Plan. Und dann spielt der Reininger obendrein ein richtiges Arschloch. Authentisch für den Mörder, aber so gar nicht der typische Reiningerstil. Respekt, Herr Revierinspektor!

Der Mörder ist umfassend geständig. Zumindest, was die gerade vorgebrachten Anklagepunkte angeht. Dass der genügend Geld dabeihat, um seine Strafe auch gleich hier und jetzt zu begleichen, freut dann beide. Den Mörder, weil er den Reininger Gott sei Dank bald wieder los ist, und den Reininger, weil er einem gesuchten Mörder nicht auch noch bis zum nächsten Bankomaten nachfahren will. Je länger der Reininger mit dem Saringer zu tun hat, umso größer ist die Gefahr, dass seine löwingerbühnenreife Show auffliegt. Das letzte Glanzstück, das der Reininger dann abliefert, ist das Strafzettelschreiben. Ohne einen Wackler und ohne ein nervöses Zittern. Wie der Saringer wieder in seinen Subaru steigt, geht der Reininger zum Octavia zurück. Nicht unnatürlich langsam, aber auch nicht übertrieben schnell. Noch ehe der Sepp im Wagen sitzt, ist der Subaru auch schon um die nächste Ecke verschwunden.

Obwohl dem Reininger die Knie jetzt mehr zittern als damals bei seinem Ja-Wort vor dem Traualtar, muss er nun schnell handeln. Für den Fall, dass ihm der Saringer seine Unwissenheit doch nicht abgenommen hat. Der Reininger ruft als Allerersten den Spazierer an. Allein schon wegen der Nähe und der raschen Verfügbarkeit.

128

Der Indianer ärgert sich. Praktisch den ganzen Weg hinauf zu seinem abgelegenen Haus ärgert er sich. In dem Wochenendhaus, das er von einer längst verstorbenen Tante geerbt hat, lebt er schon seit Jahren. Zurückgezogen und fast völlig isoliert. Worüber sich der Saringer am meisten ärgert, das sind die unnötigen einhundertfünfzig Euro, die er dem Hornochsen von Polizisten hat überlassen müssen. Da ärgert sich der Indianer aber weniger über seine eigene Schuld als über den blöden Dorfpolizisten. Selbstkritisch ist der Saringer noch nie gewesen. Der ist so unverschämt selbstbewusst, dass der nicht einmal ansatzweise auf die Idee gekommen wäre, dass der Herr Revierinspektor Reininger mehr wissen könnte, als er vorgegeben hat. Wäre da nicht dieses absurde Mordmotiv, hätte die Kripo einen so abgehobenen Mörder, wie der Saringer nun einmal einer ist, schon längst gefasst.

Heute wird der Saringer nicht mehr viel anstellen. Eine gute Jause, dann eine Folge CSI Miami im Fernsehen wegen der Weiterbildung und dann früh ins Bett. Dem Saringer ist seit der Hinrichtung des Cowboys die Lust am Töten vorerst vergangen. War eine wirklich ekelige Angelegenheit. Mit dem Messer zu töten, war ihm ehrlich gesagt zu intim. Ob er je wieder den Bogen in die Hand nehmen wird, kann er nicht sagen. Was er sagen kann, ist, dass ihm der Mord am Cowboy weit weniger Genugtuung bereitet hat als der Schuss in das Herz des Schwammerldiebs.

129

Den Spazierer erreicht der Reininger, wie der gerade bei der Karin bei der Tür hereinkommt. Wegen dem obligaten Geschmuse wird Reiningers Geduld auf eine harte Probe gestellt. Es läutet und läutet. Endlich hebt der Spazierer ab. Nicht unfreundlich, aber weil dem jetzt der Sinn nach etwas anderem steht, doch ein wenig genervt. Was ihm der Reininger dann aber mitzuteilen hat, lässt den Spazierer die aufreizende Karin Koller für einen kurzen Augenblick vergessen. Ob er sich sicher ist, fragt der Spazierer den Reininger.

Das kurze und bestimmte »Ja!« vom Reininger reicht dem Spazierer als Bestätigung. Der Reininger soll auf dem Polizeiposten auf ihn warten. Den Draxler und die Ranner informiert der Spazierer persönlich. Zwischenzeitlich soll der Sepp sämtliche verfügbaren Truppen zusammenrufen.

Nachdem der Reininger aufgelegt hat, ruft der Spazierer den Draxler an. Der Spazierer steht noch immer im Vorzimmer. Erstarrt und wie in Stein gemeißelt. Seine Karin schaut in fragend an und krault ihm dabei den Nacken. Den Draxler erwischt der Spazierer draußen in Hitzendorf. Natürlich ist auch Draxlers erste Frage, ob sich der Reininger da wirklich hundertprozentig sicher ist. Allein schon wegen der anstehenden Generalmobilmachung. Für nichts und wieder nichts will der Draxler auch nicht gleich die ganze Kavallerie anfordern. Das fragt der Draxler aber auch nur, weil es Teil des üblichen Protokolls ist. Dass er auf den Reininger Sepp mittlerweile so einiges hält, ist ja hinlänglich bekannt. Der Spazierer kann den Draxler beruhigen. Sowohl der Name des Verdächtigen als auch die Adresse ist dem Reininger bekannt. Liegt nicht unweit des Tatorts. Wäre schon ein dummer Zufall, wenn da gar nichts dahinter wäre. Was das Berufliche angeht, sind beide Beamten absolute Realisten. Keine, bei denen vor lauter Freude gleich das Denken aussetzt.

Sie machen sich nun Folgendes aus. Der Spazierer soll den Reininger abholen. Mitsamt seiner gesamten Kollegenschaft. Die brauchen sie weniger für eine Erstürmung des Hauses als vielmehr für die weiträumige Absicherung des Geländes. Damit ihnen ja keiner in die Schusslinie rennt. Erstürmen wird das Haus die Antiterroreinheit »Cobra«. Der Draxler will sich mit dem Spazierer und dem Voitsberger Gefolge an genau jener Stelle treffen, wo der Dr. Dröster damals geparkt hat. Um die

Cobraleute kümmert sich der Draxler. Die Ranner muss auch noch mit. Der Draxler hat da nämlich einen Plan. Die Ranner will er als Lockvogel einsetzen. Schaut ein Mörder der Guten in den Ausschnitt, dann ist so ein Bursche mehr als nur abgelenkt. Vorausgesetzt, der Mörder steht auf vollbusige Weiber, wovon der Draxler aber ausgeht. So einen sexuell irritierten Verbrecher schreckt dann erst das Klicken zuschnappender Handschellen aus den Donnerbusenphantasien. Wenn es darauf ankommt, kann der Draxler unglaublich pragmatisch sein. Die beiden legen auf.

Sosehr es den Spazierer auch drängt, für einen süßen und langen Kuss mit seiner Karin nimmt er sich noch die Zeit. Vielleicht gibt es bald etwas zu feiern. Wenn an dem Verdacht etwas dran ist, dann wird es heute sicherlich spät. Hängt ganz davon ab. Die Karin schaut dem Spazierer tief in die Augen, ehe sie ihm mit dem rechten Daumen ein Kreuz auf die Stirn zeichnet. Zum Schutz und dass er auf sich aufpasst. Nicht, dass er ihr verloren geht, wo sie doch so lange Zeit nach ihm gesucht hat. Dass ein Verdächtiger ihren Schatz wieder in den Dienst zurückbeordert, stört die Karin weniger. Dafür hat sie dem Mörder viel zu viel zu verdanken. Ohne den Mord und ohne den Aufruf über die Zeitungen hätte sie ihren Herrn Major ja niemals kennengelernt.

Wie sie dem Spazierer verträumt nachsieht, ist sie frei von jeglicher Angst. Dem passiert schon nichts. So etwas würde sie als Frau spüren.

130

Der Reininger sitzt auf dem Polizeiposten und studiert die ÖDK-Karte. Saringers Haus ist bei einem Maßstab von 1:25.000 sogar eingezeichnet. Da der Reininger Sepp mit dem Teufelszeug Internet schon seit jeher auf Kriegsfuß steht, sind moderne Recherchen mittels Google Earth für ihn ein »No-Go«. Die guten alten Landkarten tun es auch. Der Reininger beugt seinen müden Rücken zum Selbststudium über die ausgebreitete Karte. Von der öffentlichen Straße führt ein rund dreihundert Meter langer, unbefestigter Weg zuerst durch ein kleines Waldstück, ehe er auf einer Lichtung endet, auf der das Haus steht. Der Reininger nimmt mit einem Zirkel Maß und stellt erleichtert fest, dass es im Umkreis von drei Kilometern keine weiteren Anrainer gibt. Das macht einen Zugriff leichter und für alle Beteiligten auch sicherer.

Kaum dass der Spazierer bei der Tür herein ist, fragt ihn die Sandra, ob er nicht noch einen schnellen Kaffee haben will. Wegen dem aufputschenden Koffein. Die Sandra ahnt, dass dieser Tag in die Kriminalgeschichte eingehen wird. Der Spazierer nickt freundlich und lässt sich ächzend neben dem Sepp nieder. Das anschließende Schulterklopfen deutet der Reininger Sepp als Zeichen ehrlicher Anerkennung. Dass die zwei sich schon seit längerer Zeit duzen, sei nur der Vollständigkeit halber erwähnt. In weiser Voraussicht hat der Sepp schon zehn Kopien von der Karte machen lassen. Für den Rest der Truppe.

So langsam, wie bei der Sandra normalerweise die Fingernägel trocknen, so schnell ist sie beim Kaffeekochen. Der Spazierer bedankt sich artig und stürzt den Türkentrank im Gehen hinunter. Draußen fahren nämlich gerade die Kollegen vor. Die Voitsberger Kollegen im Golf, dicht gefolgt von den Köflachern im Passat. Beim Anblick des schmucken Passat bekommt der Reininger heute ausnahmsweise keinen nervösen Ausschlag.

Zwei Minuten später sind die vier Autos auf dem Weg hinauf zum Reinischkogel. Der Sepp in seinem Octavia fährt voran. Dann folgen die beiden Deutschen, während der Italiener die Nachhut bildet. Dieses Mal nimmt der Reininger nicht den direkten Weg, sondern führt die Wagenkolonne über Mooskirchen und die Autobahn hinauf auf den Berg. Jetzt im Konvoi bei Saringers Einfahrt vorbeizubrausen, wäre mehr als nur dämlich. Da wäre es schnell vorbei mit Donnerbusen und Überraschungseffekt.

Als Erster oben angekommen, erspart sich der Spazierer einen Telefonanruf. Zu eindeutig ist das Motorengeräusch, das durch den Wald zu ihnen heraufdringt. Unmittelbar hinter Draxlers Mondeo parken die Cobraleute ihren Kleinbus.

Wie der Spazierer das Dekolleté der Ranner sieht, bekommt er ganz große Augen. So aufgeputzt und in einer so engen Bluse hat er die junge Dame ja noch nie gesehen. Da gibt es wahrhaft schöne Einblicke. Der Rest des Outfits passt dann schon eher in die Bergwelt. Wegen der Glaubwürdigkeit, versteht sich. Dass der Draxler der Hilde auf dem Weg zum Einsatz das schöne Oberteil gekauft hat, weil dienstlich erforderlich, hat den Pragmatiker automatisch zum Voyeur gemacht. Nicht zuletzt, weil er die Ranner gezwungen hat, sich im engen Mondeo mühsam umzuziehen. Im Geschäft hätten sie zu viel Zeit verloren. »Diskretion hat bei der Festnahme eines Schurken nun wirklich keinen Platz.« Das zumindest hat der Draxler gemeint.

Gemeinsam studieren sie nun die Karte. Die Cobraleute legen sich ihren Schlachtplan zurecht. Dann weist ihr Kommandant den Uniformierten aus der Weststeiermark ihre Absperrpositionen zu. Sie sollen aber erst dann die Straßen sperren und sichern, wenn der Vogel auch wirklich im Nest ist. Logisch. Sonst würden die vielleicht den Saringer versehentlich und mit der Entschuldigung aufhalten, dass gerade ein wichtiger Polizeieinsatz läuft. Der Reininger schüttelt nur den Kopf. So dumm sind die Menschen vom Land auch wieder nicht.

Sobald alle in Position sind, soll die Ranner im Ford Mondeo beim Saringer vorfahren, aussteigen, ein bisserl herumschauen und dann anläuten. Sie sucht eine bestimmte Adresse und hat sich leider verirrt. Alles Weitere wird sich dann weisen. Wenn der Saringer unbewaffnet aufmacht, wovon eigentlich auszugehen ist, dann soll die Ranner versuchen, den Mann ein gutes Stück vom Haus wegzulocken. Hat eben der Wagen ein technisches Problem. Wenn der Saringer nicht gerade stockschwul ist, dann geht der schon mit. Wenn ein Mann die Chance auf einen tiefen Einblick in einen Ausschnitt hat, der sich beim gebückten Hinzeigen auf einen Reifenschaden fast zwingend verbessert, dann nützt der das auch aus, Säbelzahntiger hin, Säbelzahntiger her. Die Ranner muss den Saringer jedenfalls so weit vom Haus weglocken, dass ihm die Cobraleute den Rückweg ins Gebäude versperren können.

Der Plan ist einfach und der Plan ist gut. Darin sind sich alle einig. Die Ranner ist zwar ein wenig nervös, dass sie aber von allen anwesenden Männern eindeutig als Frau wahrgenommen wird, tut ihr ausnehmend gut. Gedanklich zeigt das Fräulein Ranner dem Ruckerlberger, vielleicht sogar zum letzten Mal, den Stinkefinger. Selber schuld, mein Freund.

Der Spazierer steigt in seinen Wagen und fährt los. Er und ein Cobramann bilden die Vorhut. Der Cobramann fungiert an diesem Freitagnachmittag als Kundschafter. Dass die Kripo bei einem Pfeilundbogenmörder einen waschechten Kundschafter auf die Fährte schickt, ist schon recht authentisch. Ein Indianerspiel, an dem der Spazierer seine rechte Freude hat.

Zum Glück müssen sie sich im einundzwanzigsten Jahrhundert nicht mühsam und höchst verdächtig mit Trommeln oder Rauchzeichen verständigen, sondern können auf kleine, handliche Funkgeräte zurückgreifen. Kanal 1 ist eingestellt. Warum die im Kino sich immer auf einen so absurden Kanal wie 3 oder 4 einigen, versteht der Spazierer nun wirklich nicht. Der Einser ist logisch, und den Einser vergisst auch keiner so schnell. Typisch Hollywood. Alles Schmarrn.

Unmittelbar vor der unbefestigten Stichstraße, die durch das kurze, aber dunkle Waldstück zu Saringers Haus führt, lässt der Spazierer den Schwarzgewandeten aussteigen. Noch ehe die Beifahrertür dumpf ins Schloss fällt, ist der Mann auch schon im Dickicht verschwunden. Der Spazierer nimmt wieder Fahrt auf, passiert die Schotterstraße und fährt noch einen guten Kilometer weiter, eher er wendet und unter den langen Schatten einer Gruppe hoher Tannen einparkt. Dort wird er auf den entscheidenden Funkspruch warten. Der Rest der Häschergruppe wartet ebenfalls. Ist die Freigabe erst einmal erteilt, werden die Uniformierten ihre zugewiesenen Posten beziehen und den Reinischkogel verkehrstechnisch veröden. Also null Durchkommen.

Kaum zehn Minuten sind vergangen, als sich der Kundschafter über Funk meldet. Der rote Subaru steht vor der Tür, und der Saringer werkelt in der Küche. Wird wohl sein Abendessen vorbereiten. Seinem Outfit nach zu schließen geht der heute nicht mehr vor die Tür.

Mehr Information braucht der Draxler nicht. Zwanzig Minuten später sind die Uniformierten postiert, und das Cobrateam ist abgesetzt. Ähnlich rasch und professionell, wie es ihr Kundschafter vorgemacht hat, verschwinden die Dunkelgewandeten in den Wäldern rund um ihr Einsatzgebiet. Für die drei verbliebenen Protagonisten ist erneut Warten angesagt. Dann wird zum letzten Mal an diesem schicksalhaften Tag grünes Licht gegeben. Die Ranner kann kommen.

Die Hilde Ranner setzt sich hinter das Lenkrad, während sich Major und Oberst kurz besprechen. Der Draxler wird links von der Zufahrt in Richtung Haus marschieren, während der Spazierer sich rechts halten soll. Per Handzeichen erhält die Hilde die endgültige Freigabe. Abmarsch, Mädel! Noch ehe die Ranner auf den Schotterweg einbiegt, sind auch die zwei Beamten verschwunden. Nicht annähernd so elegant wie das Cobrateam.

Die Ranner transpiriert. Nicht gerade wie ein dampfendes Bierkutscherpferd, aber doch eindeutig heftiger als ein Eisbär in einer kalten Polarnacht. Wird schon gut gehen. Noch vor ein paar Wochen hätte sie mit so einer Aktion ihren Schnurlibärli beeindrucken können. Diesen Gedanken verdrängt sie gleich wieder. Ist schließlich längst Geschichte, der Mann. Die Ranner gibt Gas. Als sie schließlich die Lichtung erreicht und auf den geschotterten Vorplatz rollt, berührt die Sonne beinahe schon den Horizont. Für eine Festnahme wird das Tageslicht noch ausreichen. Die Ranner parkt ihren Wagen in der Nähe des Subaru, zur Sicherheit aber doch ein gutes Stück vom Haus entfernt. Irgendwie kommt ihr der Wagen bekannt vor. Sie hat diesen Wagen schon einmal gesehen. Nur wo?

Sosehr sich die Ranner auch anstrengt, will ihr das Wann und Wo nicht einfallen. Egal. Jetzt sollte sie sich auf ihre Aufgabe konzentrieren. Sie steigt aus und streckt sich erst einmal herzhaft. So als ob sie eine elendslange Fahrt hinter sich hätte.

Aus den Wäldern ringsum ertönt stummer Applaus. Nette Show. Allein schon wegen dem Hände-in-die-Höhe-Strecken und dem Busenhervorquellen. Da liegen ein paar unsichtbare Schwarzgewandete in ihrer Deckung gleich nicht mehr ganz so bequem. Gott sei Dank ist der Waldboden weich und angenehm moosig. Dann bückt sich die Ranner und schaut sich den linken Vorderreifen an. Und verpasst dem Reifen anklagend einen heftigen Fußtritt. Sehr gut improvisiert. Wieder hallt lautloser

Beifall durch den immer dunkler werdenden Wald. Dann kommt das besorgte Umherschauen, und endlich marschiert die Ranner mit festem Schritt auf das kleine Haus zu.

Der Saringer hat die junge Frau schon längst entdeckt. Durch das Fenster über der Abwasch. Viel zu viele Rundungen auf viel zu wenigen Zentimetern, aber trotzdem recht apart, denkt sich der Saringer lüstern. Die schaut er sich an. Auch ohne vorheriges Anklopfen. Draxlers Rechnung scheint voll aufzugehen.

Noch bevor die Ranner an die schwere Holztür klopfen kann, geht diese auch schon auf. Vor ihr steht der Saringer. In den Händen eine mörderische Waffe.

Genau genommen handelt es sich um ein rot-weiß kariertes Geschirrtuch, mit dem er sich gerade die Hände abtrocknet. Sind noch ganz nass vom Geschirrabwaschen. Der Saringer grinst die Ranner freundlich an. So gar nicht wie ein blutrünstiger Mörder, denkt sich die Ranner. Die Ranner lächelt noch freundlicher zurück. So gar nicht wie eine erst kürzlich geschasste Frau. Dann kommen die zwei ins Plaudern. Wie sich die Ranner umdreht und auf den Mondeo zeigt, tritt der Saringer einen Schritt zurück, hinein ins Dunkel des schmalen Vorraumes. Mist, denkt sich der Draxler, Scheiße, denkt sich der Spazierer, und Blöd so was, denken sich die Cobraleute. Dass der Saringer aber nur seine Arbeitshandschuhe von der Vorzimmerkommode holen will, und zwar genau jene, mit denen er den Pfeil aus dem armen Dr. Dröster gezogen hat, sieht nur die Ranner. Die ist jetzt gar nicht mehr nervös. Der Mann scheint wirklich nichts zu ahnen. Fast wie ein Pärchen schlendern die zwei zum vermeintlich defekten Wagen.

Und dann schlägt die Cobra zu. Entschlossen, blitzartig und sehr effektiv. Da macht die Antiterroreinheit dem Namen ihres Schutzreptils alle Ehre. Der Saringer geht wie ein Schranken zu Boden und beendet mit einem dumpfen Aufschlag eine blutige Mordserie. Der Rest der Verhaftung ist dann reine Formsache.

131

Bei der darauffolgenden Hausdurchsuchung findet die Spurensicherung alles, was das liebe Polizistenherz begehrt. Mordwaffe, Fluchtwagen, Fotos vom Dröster, wie er in den Wald geht, ein Foto vom toten Rau, noch eines vom rotgesichtigen Harrer und ein letztes vom ausgeweideten Stegmüller.

Die übliche Trophäensammlung. Da ist es endlich vorbei mit den Indizien und Vermutungen. Spazierers Theorie ist endgültig Fakt. Die Reste jenes Computers, den der Indianer dem Cowboy abgenommen hat, sind rasch geborgen. Nur wenige Tage später sind auch sämtliche digitalen Beweise sichergestellt. Der Abgleich mit Saringers Mailverkehr bringt ein ähnliches Ergebnis. Zwei Mörder und eine gemeinsame Jagdpartie.

Bei dieser Fülle an Beweismaterial könnte manch einer einen Schock kriegen. So wenig Spuren die beiden Mörder an den Tatorten hinterlassen haben, so viele finden sich in Saringers Behausung. Nach dem Mord am Cowboy hat er alles zusammengetragen und nachlässig im ganzen Haus verteilt. Der präpotente Saringer hat sich völlig sicher gefühlt.

Bereits auf dem Weg nach Graz fängt der Saringer an zu zwitschern wie ein Vogerl im Frühling. Da bringt man ein hungriges Baby schwerer zum Heulen als den Saringer zum Mordgestehen. Ist für ihn fast wie eine Erleichterung. In Graz-Straßgang hat man an diesem Abend das Gefühl, ein Kärntner Gesangsverein wäre zu Besuch. So laut und so viel wird da gesungen.

Während der Spazierer den Saringer befragt – eigentlich handelt es sich dabei eher um ein Zuhören als um ein Verhör –, sitzt der Draxler in seinem Büro und telefoniert. Zwar will er niemandem das unglaubliche Mordmotiv ungefragt auf die Nase binden; der Frau Dröster wird er aber reinen Wein einschenken. Sie ist in seinen Augen die Einzige, die ein echtes Anrecht darauf hat, den wahren Grund zu kennen, warum ihr Mann nicht mehr ist.

Frau Dröster ist stark, und Frau Dröster ist dankbar. Dankbar, dass der Mörder ihres Mannes nicht mehr ungestraft in der Gegend herumläuft, und dankbar für Draxlers Bemühungen und seine behutsame Art. Beim Reininger Sepp wird sich die Frau

Dröster persönlich bedanken. Allein schon wegen dem netten Nachmittag bei Kaffee und Kuchen und seinem Schubser, der sie zurück ins Leben gebracht hat.

132

Der Kripo kann keiner einen rechten Vorwurf machen, dass die gesamte Mannschaft, was das eigentliche Motiv angeht, so etwas von auf dem Holzweg war. Wegen Schwammerln Menschen umzubringen, ist schon ein rechter Wahnsinn. Besonders dann, wenn der Wald nicht einmal dem Mörder persönlich gehört hat. Der Saringer hat ja gerade einmal den schmalen Streifen Wald rund um das Haus besessen. Irre, so etwas.

Es kommt zwar andauernd vor, dass einer einer alten Frau den Kopf einschlägt und dann mit zwanzig traurigen Euro aus ihrem abgegriffenen Geldbörsl davonläuft, aber das mit den zwanzig Euro weiß der vorher nicht. Hätte er das gewusst, er hätte die alte Dame wahrscheinlich nicht angeredet und sich schon gar nicht zum Tee einladen lassen. So ein Gelegenheitsmörder muss ganz einfach davon ausgehen, dass die alte Frau bündelweise Geld unter ihrer Matratze liegen hat, das nur darauf wartet, von ihm abgeholt zu werden. Und daran muss der auch noch ganz fest glauben.

Für zwanzig Euro ein Leben wegzunehmen und das eigene dafür einzutauschen, so als ob man eine Zehnerpackung davon hätte, kann kein vernünftiges Motiv sein. Da kostet der Tod eines Igels, volkswirtschaftlich gesehen, schon mehr. Frisst so ein Igel genau jene Wespe, die einen Mann gestochen hätte, der nicht nur auf die eigene Frau allergisch reagiert, dann muss eben keine Rettung ausfahren, bei der das erste »Tatütata« schon mehr als zwanzig Euro gekostet hätte.

So tief, wie sich der Saringer in den nun folgenden Tagen in seine dunkle Seele blicken lässt, das ist auch für die abgebrühten Herren der Kripo eine erschreckend neue Erfahrung. Um den Saringer zumindest in Ansätzen verstehen zu können, hat der

Spazierer versucht, Saringers Motive mit einer der Todsünden in Einklang zu bringen. Gemäß Kirchenkodex gilt ja jene Sünde als schwer, die mit einem Verstoß der zehn Gebote einhergeht.

Dass Mord wohl eindeutig dort einzuordnen ist, stellt der Spazierer nicht in Frage. Selbstverständlich ist der Saringer schuldig. Die Kirche sagt weiter, dass es sich erst dann um eine Todsünde handelt, wenn der Verstoß gegen eines der Gebote mit vollem Bewusstsein begangen wurde. Null zu zwei gegen den Saringer, Vorsatz und volles Bewusstsein kann der auch nicht abstreiten. Als dritte Voraussetzung muss der Tatbestand des freien Willens erfüllt sein. Da ist sich der Spazierer dann nicht mehr ganz so sicher. Ein Motiv wirklich in einem Mord gipfeln zu lassen, setzt zwar einen freien Willen voraus, dass sich der Saringer diesen inneren Zwang willentlich gewünscht hat, bezweifelt der Spazierer aber. Beim Cowboy hätte er keine solchen mildernden Umstände gelten lassen.

Das muss man sich einmal bildlich vorstellen. Da lebt einer ein relativ normales Leben, obschon vom Rest der Menschen weitgehend isoliert, und findet sich schon langsam mit der gar nicht einmal so schlimmen Einsamkeit ab, bis auf einmal Stimmen laut werden. So einer ist anfänglich vielleicht gar nicht so traurig, wenn wieder einmal einer mit ihm spricht, aber wenn diese Stimmen dann lauter werden und so gar nicht mehr weggehen wollen, dann wird auch ein gestandener Mann wie der Saringer nervös. Dass sich diese bösen Stimmen dann ausgerechnet an den Schwammerlsuchern stoßen, war für den Dr. Dröster zwar bedauerlich und letztendlich auch tödlich, aber aus Spazierers Sicht nur ein bedauerlicher Zufall. Genauso gut hätten sich die flüsternden Stimmen über Straßenbahnfahrer echauffieren können. Keine Gefahr für einen Dr. Dröster, aber Lebensgefahr für den König.

Was innere Stimmen angeht, kann man eine generelle Bösartigkeit aber auch nicht so einfach unterstellen. Siehe Oberst Draxler. Dessen innere Stimme in einem Atemzug mit der des geistesgestörten Saringer zu nennen, wäre grundlegend falsch. Beim Draxler fungiert die innere Stimme als Pressesprecher der eigenen Intuition.

Bequem, wie innere Stimmen manchmal sein können, haben die dem Saringer Opfer eingeredet, die für ihn auch problemlos erreichbar waren. Zumeist Einzelgänger und an verschwiegenen Plätzen unterwegs.

Irgendwie tut dem Spazierer der Saringer sogar leid. Wenn einer den Knopf nicht findet, um das lästige Fordern abzustellen, und die Sehnsucht nach Stille immer größer wird, kann der Spazierer durchaus nachvollziehen, dass das vormals absolut Undenkbare in den Bereich des Möglichen rückt. Dann ist so ein Mord gar nicht mehr so absurd.

Auch wenn der Saringer den Hinteregger, der der weitaus Gefährlichere der beiden Mordbuben gewesen ist, letztendlich selbst zur Strecke gebracht hat, geht die ursprüngliche Idee für diese morbide Jagdgesellschaft eindeutig auf sein Konto. Das geht aus den E-Mails klar hervor. Es war der Saringer, der die eigentliche Saat gesät hat.

133

Blickt man abschließend durch die Runde der Lebenden, dann ist eines auf Anhieb klar: Den pensionierten Bimfahrer König hat es am schwersten getroffen. Da helfen die regelmäßigen Besuche bei einer Selbsthilfegruppe auch nur wenig. Den hat das Leben, oder besser gesagt der Tod, mit voller Wucht gezeichnet. Nicht einmal die Gartenarbeit, auf die sich der König zu Therapiezwecken verlegt hat, ist in der Lage, ihm die Angst zu nehmen. Der vermutet sogar hinter dem alten Apfelbaum einen Toten. Zum Komposthaufen traut der sich schon lange nicht mehr. Allein schon wegen dem Geruch der Vergänglichkeit. Den König kann man getrost als das zweite Opfer des Indianers bezeichnen. Nicht einmal die Witwe Dröster hat es so schlimm erwischt.

Der Hilde Ranner geht es mittlerweile eindeutig besser. In letzter Zeit liest sie sehr viel. Zwar betteln ihre üblichen Wehwehchen noch immer um Aufmerksamkeit, aber das wiederentdeckte Kopfkino liefert ihr die notwenige intellektuelle Ablenkung. Sie bevorzugt Krimis. Ist auch eine Art von Fortbildung. Im Vergleich zu den Schrecklichkeiten, die in London, Edinburgh oder

Venedig passieren, ist ihre berufliche Realität aber sehr banal. In ganz seltenen Fällen aber doch genau das Gegenteil. Die Idee, jemanden wegen ein paar Fruchtkörpern um die Ecke zu bringen, ist selbst den kreativsten Schriftstellern noch nicht gekommen.

An andere Männer denkt die Hilde Ranner vorerst nicht. Noch nicht. Dass Beziehungen aber tatsächlich funktionieren können, sieht sie beim Spazierer. Unerwarteterweise fungiert er derzeit als ihr persönliches Vorbild. Das würde ihm die Ranner so aber niemals sagen. In hundert Jahren nicht.

Der Draxler ist oft draußen in Hitzendorf. Obwohl bei Frau Dröster die tiefen seelischen Wunden schon langsam zu verheilen beginnen und sie die Hausarbeit alleine nicht mehr überfordert, will sie Draxlers liebevolle Gartenpflege auch nicht mehr missen. Da ist vielleicht auch ein wenig Gefühl für den Draxler als Person im Spiel. Dem Draxler geht es ähnlich. Wenn er das auch nie öffentlich eingestehen würde, aber in seinem Herzen, wo nach wie vor seine geliebte Irmi wohnt, wäre schon noch ein kleines Plätzchen frei.

Hie und da schaut auch der Revierinspektor Reininger bei der Frau Dröster vorbei. Der hat sich unsterblich in ihren Gugelhupf verliebt. Vom Reininger erfährt die Frau Dröster, dass er wohl bald befördert wird. Das freut Frau Dröster sehr. Leider hilft dem Reininger das bisserl Mehr an Geld bei Pool und Pferd auch nicht wirklich weiter. Wenn der nicht kriminell wird, zahlt er den Rest seines Lebens Kredite zurück. Ohne die wird es wohl nicht gehen. Das Ultimatum seiner fordernden Frauen ist bereits abgelaufen.

Was den Ruckerlberger angeht, so kann man eigentlich gar nicht viel sagen. Auf der TU kennt kaum ein Professor seinen Namen. Nur den Barkeepern der Stadt ist er ein Begriff. Dieser Nichtstuer. Die Ranner hat den Absprung gerade noch geschafft. War im Grunde genommen eine reine Zeitverschwendung.

Über die Hannelore Rau wollen wir uns nicht weiter auslassen.

Dass Spazierers Urlaub Tieren und Schwammerln zum Opfer gefallen ist, ist bedauerlich. In die Wärme will er aber schon noch. Leider hat seine Karin für dieses Jahr nur mehr fünf Tage Resturlaub. Der Vater hätte ihr, allein schon um den potenziellen Schwiegersohn bei Laune zu halten, schon den einen oder anderen Tag zusätzlich genehmigt, aber im Moment erstickt er in Arbeit.

Was das Urlaubsziel des Herrn Major angeht, wäre Thailand wegen der Wärme und der erschwinglichen Preise schon eine Option gewesen, wäre da nicht dieser bittere sextouristische Beigeschmack. Das will er seiner geliebten Karin nicht antun.

Dass der Spazierer dem schönen steirischen Herbst entfliehen will, ist schon eine rechte Schande. Dafür sollte sich ein eingefleischter Steirer ein wenig schämen. Dass er dann aber gar nicht fliegen wird, hat weniger mit seiner Heimatverbundenheit und der Liebe zur Karin zu tun als mit der Südsteiermark.

Denn wenn der Sturm in den Gläsern gärt und die Maroni vor sich hin rösten, dann kommt schon wieder der eine oder andere Mörder unter seiner Decke hervorgekrochen.

Denn dann ist schließlich *Maronizeit.*

Glossar

Abwasch – Spüle
Anonymverfügung – Sanktion bei Verletzung einer Verwaltungsvorschrift, etwa Verkehrsdelikt
Aufeinanderpicken – aneinanderkleben
Bahnübersetzung – Eisenbahnüberweg auf Schienenhöhe
Bim – Straßenbahn
Bimfahren – mit der Straßenbahn fahren
Bimfahrer – Straßenbahnchauffeur
Eierschwammerlgulasch – Gulasch aus Pfifferlingen
Fleischhauer – Metzger
Fleischlaberl – Frikadelle
Gelsenstich – Stich einer Stechmücke
Hantig – barsch, unfreundlich
Hetz – Spaß
Jausenbrot – Pausenbrot
Kelomat – Druckkochtopf
Körberlgeld – Zubrot, zusätzliches Geld
Lercherlschas – nicht der Rede wert
Nachbarbeisel – Lokal (Bar, Gasthaus) gleich nebenan
ins Narrenkastl starren – abwesend dreinblicken
Schanigarten – Freischankfläche
es schoppt sich – da ist eine große Menge
Schranken – Eisenbahnschranke
Schwammerl – Pilze
Sponsion – bezeichnet in Österreich die Verleihung bestimmter akademischer Grade
Taferlklassler – ABC-Schütze
Unkrautgstettn – ungepflegtes Grünland
Widmungsausschuss – Ausschuss, der sich mit der Nutzungsart eines Grundstückes beschäftigt